HEYNE

Zum Buch

»Ronny schlüpfte in seinen Schlafanzug. Um zu wissen, was er tat, brauchte ich nicht hinzusehen, ich kannte das Geräusch jedes einzelnen Handgriffs. Normalerweise hockte Ronny danach auf dem Klosett, dabei summte die elektrische Zahnbürste exakt zwei Minuten lang. Dann hörte ich die Toilettenspülung und anschließend das Klacken, wenn er die Zahnbürste zurück in die Halterung steckte.

An diesem Abend drehte er sich entgegen allen regulären Bewegungsabläufen in der Tür kurz um und schaute mich grinsend an. ›Ich gehe Zähne putzen, soll ich deine gleich mitnehmen?‹

Mein Unterkiefer fiel herunter. Normalerweise konnte ich auf Ronnys speziellen Humor gelassen reagieren, das ist eben so, wenn man seit der Schulzeit ein Paar ist, aber an diesem Abend geschah etwas mit mir.

Ich merkte es nicht sofort, sondern erst Wochen später.«

Zur Autorin

Carla Berling, unverbesserliche Ostwestfälin mit rheinländischem Temperament, lebt in Köln, ist verheiratet und hat zwei Söhne. Mit der Krimi-Reihe um Ira Wittekind landete sie auf Anhieb einen Erfolg als Selfpublisherin. Mit »Der Alte muss weg« wechselte sie sehr erfolgreich in die humorvolle Unterhaltung. Unter dem Pseudonym Felicitas Fuchs schreibt sie darüber hinaus historische Familiengeschichten. Bevor sie Bücher schrieb, arbeitete Carla Berling jahrelang als Lokalreporterin und Pressefotografin. Sie tourt außerdem regelmäßig mit ihren Romanen durch große und kleine Städte.

Lieferbare Titel

978-3-453-41996-4 – Mordkapelle
978-3-453-41993-3 – Sonntags Tod
978-3-453-41994-0 – Königstöchter
978-3-453-41995-7 – Tunnelspiel
978-3-453-42315-2 – Der Alte muss weg
978-3-453-42252-0 – Pechmaries Rache
978-3-453-42412-8 – Klammerblues um zwölf
978-3-453-42492-0 – Was nicht glücklich macht, kann weg

Carla Berling

Glück für Wiedereinsteiger

Roman

WILHELM HEYNE VERLAG
MÜNCHEN

Penguin Random House Verlagsgruppe FSC® N001967

2. Auflage
Originalausgabe 05/2024
© 2024 by Wilhelm Heyne Verlag, München,
in der Penguin Random House Verlagsgruppe GmbH,
Neumarkter Str. 28, 81673 München
Redaktion: Steffi Korda,
Büro für Kinder- & Erwachsenenliteratur, Hamburg
Printed in Germany
Umschlaggestaltung: www.buerosued.de
unter Verwendung von Abbildungen von © Gerhard Glück
Satz: Satzwerk Huber, Germering
Druck und Bindung: GGP Media GmbH, Pößneck
ISBN: 978-3-453-42905-5

www.heyne.de

1

Neun Wörter waren es, die schließlich alles veränderten. Neun eigentlich unbedeutende Wörter, in freundlichem Ton dahingesagt, an einem Montagabend um Viertel vor elf.

Ich saß auf der Bettkante und massierte meine Füße. Ronny schlüpfte in seinen Schlafanzug. Die Hose war ihm an den Beinen zu kurz und das Oberteil am Bauch zu weit. Um zu wissen, was er tat, brauchte ich nicht hinzusehen, ich kannte das Geräusch jedes einzelnen Handgriffs. Das Ächzen, wenn er sich die Strickjacke über die Schulter zog, das Geräusch der Hose, die auf den Boden fiel, bevor er sie akkurat auf den stummen Diener hängte, das Schleifen seiner Unterhose über die trockene Haut seiner sehnigen Schenkel. Sobald Ronny im Nachtgewand war, hatte er die Angewohnheit, den rechten Daumen in den elastischen Bund der Schlafanzughose zu stecken. Er ließ das Bündchen dezent auf seinen flachen Bauch flitschen, bevor er sich, barfuß übers Laminat tapsend, auf den Weg ins Bad machte. Beim Gehen knackten seine Gelenke. Die Türen des Spiegelschrankes klappten; ich wusste, dass er jetzt die Zahnpasta portionierte, dann ertönte das laute Brummen der elektrischen Zahnbürste. Abends putzte Ronny sich die Zähne, während er auf dem Klo saß.

Ja, er saß.

Seit er mal eine Weile das Bad hatte sauber machen müssen – ich hatte mir das Schlüsselbein gebrochen und war für derlei Verrichtungen ausgefallen –, hing überm Klo die Attrappe einer Überwachungskamera neben einem Schild, auf dem stand: *Bei Stehpinklern schaltet sich automatisch die Kamera ein!*

Die Brille blieb fortan sauber, bei uns saßen alle.

Normalerweise hockte Ronny also auf dem Klosett und sorgte dafür, dass er nachts nicht rausmusste, dabei summte die elektrische Zahnbürste exakt zwei Minuten lang. Dann hörte ich die Toilettenspülung und anschließend das Klacken, wenn er die Zahnbürste zurück in die Halterung steckte.

An diesem Abend drehte er sich entgegen allen regulären Bewegungsabläufen in der Tür kurz um und schaute mich grinsend an. »Ich gehe Zähne putzen, soll ich deine gleich mitnehmen?«

Mein Unterkiefer fiel herunter. Ich bekam den Mund sekundenlang nicht zu. Normalerweise konnte ich auf Ronnys speziellen Humor gelassen reagieren, das ist eben so, wenn man seit der Schulzeit ein Paar ist, aber an diesem Abend geschah etwas mit mir.

Ich merkte es nicht sofort, sondern erst Wochen später.

»Ronny«, sagte ich an jenem Abend milde, »es ist eine Beißschiene und kein Gebiss, das außerhalb meines Körpers in einem Wasserglas mit Corega-Tabs übernachten musste. Deine Scherze waren auch schon mal besser.«

Ich zog mir die Decke über den Kopf. Als er zurückkam, bewegte ich mich nicht und tat, als würde ich schon schlafen.

Er knipste sein Leselicht an und murmelte: »Lass uns morgen endlich mit der konkreten Reiseplanung anfangen. Ehe man sich's versieht, haben wir Silvester.«

»Hm«, brummte ich.

Die Mottoparty. Wir wollten unseren vierzigsten Hochzeitstag, der auch unser beider sechzigster Geburtstag sein würde, mit Freunden von damals feiern. Ronny hatte recht, bis Silvester waren es noch acht Monate; wir mussten sehen, dass wir in die Gänge kamen.

Ronny und ich sind am 1. Januar geboren, aber nicht nur das: Wir heißen beide von Geburt an Schmidt. Ich bin also Thea Schmidt, geborene Schmidt. Natürlich sorgten derlei Zufälle schon in der Schule für Erstaunen oder Verwirrung, denn da wir im selben Ortsteil aufgewachsen sind, wurden wir auch am selben Tag in derselben Klasse eingeschult. »Seid ihr Geschwister?«, fragte jeder, der uns kennenlernte. Dass wir später beide eine Lehre in der Sparkasse machten, war dann irgendwie die Krönung der Gemeinsamkeiten.

Ich fand es erst immer doof, Neujahr Geburtstag zu haben. Als Kind ging mir der höchste Feiertag des Jahres flöten, an dem ich endlich mal die Hauptperson hätte sein können. Aber als junge Erwachsene war es prima, mit Böllern und Feuerwerk reinzufeiern.

Ronny und ich sind in der Silvesternacht zu unserem achtzehnten Geburtstag zusammengekommen. Na ja, was heißt zusammengekommen ... Ein Paar waren wir schon früher, aber platonisch. Nur mit Knutschen. Fast nur.

Wir gingen jedenfalls miteinander, seit wir sechzehn waren. Und an jenem Silvester feierten wir mit der Clique in der Kellerbar von Olli Holländers Eltern. Olli hatte sturmfrei, die Eltern waren im Sauerlandstern.

Wir hatten zu Peter Maffay getanzt. Eng. Sehr eng. Als ich Ronny fragte, ob er nicht seinen Schlüssel aus der Hosentasche nehmen könnte, der würde ein bisschen stören, ließ er mich für einen Moment los, um mich fassungslos anzusehen. Dann zupfte er an seinem mit Rauten gemusterten Pullunder und tanzte entschlossen und noch enger weiter.

So bist duhuhu ... Nie hatte ein Text so zu mir und meinen Gefühlen gepasst. *Denn wenn ich geh, dann geht nur ein Teil ...* Ich musste nur an diesen Song denken und hatte tagelang einen Ohrwurm.

Jedenfalls war das die unvergessliche Nacht gewesen, in der Ronny und ich unsere Unschuld verloren. In Holländers Gartenhäuschen, auf einer geblümten, muffigen Auflage für den Liegestuhl, bei fünfzehn Grad minus. Heiße Nächte sind anders. Aber wir haben danach immer wieder geübt, bis es uns richtig Spaß machte.

Und zwei Jahre später, am 31. Dezember, einen Tag vor unserem zwanzigsten Geburtstag, haben wir geheiratet.

Meine Eltern waren entsetzt, als ich ihnen unsere vollzogene Verlobung beichtete.

»Eine Hochzeit mit Rückenwind«, jammerte meine Mutter, »wie stehen wir vor den Leuten denn jetzt da ...«

»Wie 'ne junge Oma!«, antwortete ich, was sie nicht wirklich tröstete. Die Erlaubnis zur Hochzeit musste sie trotzdem geben. Jedenfalls war es eine großartige Party, auch wenn ich als »gefüllte Braut«, wie mein Schwiegervater es charmant nannte, mit Capri-Sonne und Dunkelbier anstieß. Die anderen konnten es richtig krachen lassen: zwei zwanzigste Geburtstage, Silvester und eine Hochzeit an einem Tag, wann hatte man je so viele Anlässe auf einmal.

Nun, das war knapp vierzig Jahre her. Ronny und ich hatten also die »Rubinhochzeit« und den runden Geburtstag vor uns.

»Mama, dass ihr euren Sechzigsten feiern wollt, klar, finde ich grundsätzlich klasse. Aber eine Rubinhochzeit? Die Silberhochzeit feiert man groß und dann die Goldene, wieso hängt ihr ein krummes Jubiläum denn so hoch?«, fragte unsere älteste Tochter.

»Franziska, die erste Frage, die ich mir stelle, lautet: Wer ist noch mal ›man‹?« Kopfschüttelnd fuhr ich fort: »Wir haben eine Pandemie hinter uns. Wir haben keinen Klimawandel mehr, sondern eine sehr bedrohliche Klimakrise. Wir haben immer häufiger Starkregen, Hochwasser, Orkane, Dürren und Waldbrände. Hier, bei uns in Deutschland, nicht jottwehdeh. Wer weiß, was noch alles auf uns zukommt. Außerdem ist es vielleicht der letzte runde Geburtstag, an dem ich tanzen kann, mit siebzig gehe ich womöglich am Stock. Ich möchte zeitnah feiern. Was ich hab, das hab ich.«

»Du immer mit deinem Pessimismus«, moserte Franziska.

»Ich nenne das Realismus«, erwiderte ich.

Ronny war auf meiner Seite: Unsere Rubinhochzeit war ein toller Anlass für ein Fest, und er hatte sofort die Idee mit der Mottoparty.

»O ja«, rief ich begeistert, »sollen wir alles in einer Farbe machen? Kleidung, Deko, Getränke und Essen in Rot? Oder Grün? Oder vielleicht lieber eine Flower-Power-Party?«

Natürlich hätte ich wissen müssen, dass Ronny für nichts Schräges zu haben war, er wollte immer alles elegant, mit Stil und Klasse. Um nichts in der Welt wäre er je irgendwo in nachlässiger Kleidung aufgetaucht. Deswegen feierte er (als gebürtiger Rheinländer!) auch seit Jahrzehnten keinen Karneval mehr.

Natürlich gab ich nach. Also würde es nach seinem Wunsch eine Party mit dem Titel *Comme au Cinema* werden. »Wie im Kino«, na, das war ein weites Feld, dazu würde gewiss jedem etwas einfallen.

Nun war das Motto beschlossen und verkündet, aber die Gästeliste war noch nicht fertig. Einige unserer damaligen Freunde waren inzwischen leider verstorben, ein paar waren ausgewandert und nicht zu erreichen, mit manchen hatten wir uns für immer und ewig zerstritten, andere hatten wir irgendwann einfach aus den Augen verloren. Wochenlang hatte ich nachgeforscht, wer wo abgeblieben war, und oft hatte ich Ronny abends mit den Worten begrüßt: »Hör mal, weißt du, wer auch tot ist?«

»Kümmerst du dich bitte um die Liste der Überlebenden?«, hatte er schließlich gefragt.

Natürlich kümmerte ich mich. Ich kümmere mich immer um alles. Nicht umsonst werde ich von unseren drei Töchtern »Kümmermonster« genannt. Ich weiß nie so recht, ob es liebevoll gemeint ist oder sie genervt sind.

Zeitnah wollten Ronny und ich uns zusammensetzen und die Liste der Überlebenden und nicht Verschollenen durchgehen, dann würden wir sie aufsuchen und persönlich einladen. Die Besuchstour sollte die Urlaubsreise ersetzen, über deren Ziel wir uns dieses Mal nicht hatten einigen können.

Wir waren vor der Pandemie in Bayern gewesen – ein Kompromiss, ein fauler dazu. Ronny hatte eigentlich lässig in München flanieren wollen, sich elegant anziehen, stundenlang in Straßencafés sitzen, schlemmen und Wein trinken wollen. Ich liebte aber die Natur, wollte wandern, abschalten, Ruhe haben, die Stille hören. Also hatten wir uns auf eine Woche in München und anschließend sieben Tage Tegernsee geeinigt.

Ich hasste es, durch eine überfüllte Metropole zu latschen, alte Gebäude zu besichtigen und Vorträge darüber zu hören, wo und wann welcher König an einen besonderen Findling gepieselt hatte. Und ich sah es überhaupt nicht ein, in »angesagten« Lokalen Unsummen für Hausmannskost zu bezahlen, bloß weil ein berühmter Koch seinen Namen dafür hergegeben hatte. Dafür bekam man dort halbe Portionen zum zehnfachen Preis, die man in »Time-Slots« zu verzehren hatte, weil die nächsten Gäste schon auf ihren Auftritt warteten.

Nein, das war nicht meine Welt.

Ronny fand es doof, sich derbe Schuhe mit Profilsohlen und praktische Funktionskleidung anzuziehen, um auf Berge zu klettern, deren Gipfel oft im Nebel lagen und von denen man dann nicht mal eine schöne Aussicht hatte. Ich hingegen wartete gern, bis die Wolken sich verzogen hatten.

»Steig halt im Smoking mit Lackschuhen auf den Wallberg«, hatte ich gesagt, als er schon beim Frühstück wegen seiner wetterfesten Garderobe gezetert hatte.

Sobald die Pandemie das Reisen wieder zugelassen hatte, hatten wir sofort Pläne gemacht. Leider waren unsere Wünsche wieder so verschieden gewesen, dass wir ewig hatten diskutieren müssen. In Sachen Urlaub gebe ich nämlich nicht so schnell nach wie sonst.

Ronny wollte in diesem Jahr unbedingt nach Paris, ich träumte von Usedom. Glattes Wasser, lange Strände, Wäl-

der in Strandnähe. Bei einer Entfernung von 1200 Kilometern, die unsere Wunschziele voneinander entfernt lagen,
gab es dieses Mal keinen Kompromissurlaub.

»Fahrt doch getrennt!«, schlug unsere mittlere Tochter
Katharina vor. Dabei bekam sie volle Unterstützung von
ihrer jüngeren Schwester Jette, die seit jeher auf alle Kon-
ventionen pfeift, als berufstätige Mutter in Köln lebt und
den kenianischen Vater unserer Enkelin schon vor der Geburt in die Wüste geschickt hat. Sie findet es normal, wenn
ein Ehepaar nach vier Jahrzehnten getrennt in Urlaub fährt.
Ich weiß nicht, warum, aber das kam für uns nicht infrage.

Die Entscheidung war gefallen, es gab die Mottoparty-
Tour.

2

Junger Gouda, Leberwurst, Hähnchenbrust und gute Butter. Als ich die Zutaten aus dem Kühlschrank nahm und die Butterdose öffnete, schmunzelte ich.

»Gute Butter«, hatte meine Mutter immer gesagt. Ich hatte nie verstanden, warum. Wer nahm denn schlechte Butter?

Meine Mutter hatte einige Redewendungen gehabt, die mir immer wieder einfielen. Wenn sie zum Beispiel die Ziehung der Lottozahlen im Fernsehen anschaute, sagte die Lottofee zum Schluss immer dieselben Worte: »Diese Angaben sind ohne Gewähr«, und meine Mutter fügte immer im gleichen Tonfall und mit wackelndem Zeigefinger hinzu: »Aber mit Pistole!« Obwohl nie jemand darüber lachte, hat sie jedes Mal über ihren eigenen Witz gekichert. Und sie nahm gute Butter.

Bei uns wird in der Butterfrage penibel unterschieden. Ich bevorzuge Pflanzenmargarine, für Ronny kommt nur Butter mit grobem Meersalz infrage. Dazu isst er weichen französischen Käse, nach dem die ganze Küche stinkt, sobald man die Käseglocke lüftet. Und er will kein gesundes Vollkornbrot, sondern Baguette. »Das sind bloß leere Kalorien«, erklärte ich immer wieder. »Das ist ungefähr so, als würdest du einen großen Raum mit einem Kamin heizen und Papier ins Feuer werfen. Das wird sofort zu Asche, während ein Eichenscheit viel länger brennt und wärmt.«

Obwohl Ronny ansonsten sehr gesundheitsbewusst lebt, beim Essen lässt er sich nicht reinreden. Des Mannes Wille ist nun mal sein Himmelreich. Ich bereitete die Schnittchenteller vor. Für mich Gewürzgurke und Radieschen als Beilage, für Ronny Oliven und Weintrauben. Ich trank zum Essen immer Leitungswasser, ihm schenkte ich Rotwein in eins der bauchigen Gläser, die nicht in die Spülmaschine durften. Jeden Handgriff beherrschte ich im Schlaf: Stoffservietten zum Dreieck falten, das Licht der Dunstabzugshaube einschalten, weil es die Küchenzeile dezent beleuchtete, eine Kerze anzünden. Früher hatte ich Teelichter benutzt, aber die Metallschälchen waren alles andere als umweltfreundlich. Deshalb gab es jetzt bei uns Bienenwachskerzen.

Es war zehn vor sieben, um sieben Uhr wurde gegessen. Danach stand die Planung der Mottoparty auf dem Programm.

Das Telefon klingelte. Um diese Zeit?

Marita ruft an, stand auf dem Display.

Ich meldete mich mit den Worten: »Hallo, Marita, wir wollen gleich essen!«

Sie plapperte sofort los: »Stell dir doch bitte mal vor, Gaby Schickentanz hat ein Verhältnis!«

»Oh. Tatsächlich?«

»Ja, oh, das hab ich auch gedacht!«

»Und woher weißt du das?«, fragte ich.

»Heike hat es mir heute beim Turnen erzählt. Die Gaby! Ausgerechnet! Ich wollte es gar nicht glauben, aber die Information kommt aus erster Hand. Heike ist nämlich mit

14

Gabys Schwägerin befreundet, und die wiederum ist Gabys beste Freundin und engste Vertraute.«

Ich teilte die Informationen in Häppchen auf, um sie besser verstehen zu können. »So eine Freundin braucht kein Mensch, wenn sie dafür sorgt, dass es sogar in deiner Turngruppe ankommt.«

Marita stutzte. »Da ist was dran.« Dann fuhr sie ungerührt fort: »Aber trotzdem. Gaby! Erinnerst du dich daran, wie sie sich benommen hat, als ich damals geschieden wurde? Von jetzt auf gleich war ich raus aus dem Freundeskreis. Sie wird geglaubt haben, dass ich mit jedem Kerl ins Bett wollte, der nicht bei drei auf dem Baum war. Geschiedene haben doch immer diesen Ruf, dass sie nur das eine wollen. Aber Thea, ganz im Vertrauen: Ihren Dirk, den hätte ich sowieso nicht rangelassen. Den hättest du mir nackt vor den Bauch binden können, ich wäre gerannt, bis er runterfällt. Aber Gaby wird gewusst haben, warum sie ihn so penibel bewacht hat. Sie dachte bestimmt, dass er auf jede scharf ist, die in seine Nähe kommt. Dabei war Dirk schon immer ein total schüchterner Mensch, der hat doch nicht mal beim Schützenfest mit anderen Frauen Brüderschaft getrunken. Und nun das. Wenn ich bloß wüsste, wen Gaby sich geschnappt hat ...«

Sie holte Luft, ich nutzte den Moment, um nachzufragen: »Wie ist das denn aufgeflogen?«

»Dummer Zufall, ganz dummer Zufall! Dirk hat auf Gabys Handy zufällig eine SMS gesehen.«

»Wie kann man auf dem Handy des Partners *zufällig* eine SMS sehen?« Ich dachte an unsere Handys, die mit Gesichtserkennung oder Codes zu entsichern waren. Darauf zufällig etwas zu lesen, war nach meiner Kenntnis nicht möglich.

»Keine Ahnung, er muss das Passwort gehabt haben. Jedenfalls hat er eine eindeutige SMS gelesen: *Mein süßer Blasehase, wir sehen uns wie gehabt im Kaiserforst. Dein Bärchen.*«

Ich verschluckte mich fast, so sehr musste ich lachen.

Marita sagte: »Schade, dass Bärchen nicht mit seinem richtigen Namen unterschrieben hat, dann wüsste man, mit wem man es zu tun hat. Und schade auch, dass Dirk das Handy an die Wand geschmissen und nicht daran gedacht hat, den Absender der SMS anzurufen. Männer haben in solchen Situationen einfach keine Nerven, sie reagieren viel zu emotional.«

»Kann sein. Du, ich muss Schluss machen, Ronny sitzt am Tisch und wartet, wir essen jetzt!« Ich legte auf.

Ronny zog die Augenbrauen hoch. »Was war denn so wichtig, dass sie zur Essenszeit anrufen musste?«

»Sie wollte mir brühwarm erzählen, dass Gaby Schickentanz ein Verhältnis hat und dass Dirk es zufällig rausgekriegt hat.«

Er winkte ab. »Ob in China ein Sack Reis umfällt oder Gaby 'ne Affäre hat ... mir ist beides egal.« Grinsend erzählte ich trotzdem vom Inhalt der SMS.

»Blasehase? Bitte, ich möchte dazu keine Bilder im Kopf haben.« Er klopfte mit dem Handballen an seine Schläfe und beschwor mit den Wörtern »Hundebabys, Hundebabys, Hundebabys!« sofortige Ablenkung herauf. Dann platzierte er eine Portion müffelnden Camembert auf einer Scheibe Baguette und biss genüsslich hinein.

Nachdenklich sah ich ihm beim Essen zu. Ronny war schon immer ein besonders attraktiver Mann gewesen, daran hatte sich auch mit fast sechzig Jahren nichts geändert.

Sein welliges dunkles Haar schimmerte an den Schläfen silbergrau, er trug es klassisch nach hinten gekämmt. Feine Fältchen umrahmten seine blauen Augen, um deren lange schwarze Wimpern ich ihn seit jeher beneidete. Neuerdings brauchte er eine Lesebrille, aber die stand ihm ausgezeichnet. Ronny war groß, schlank, von athletischer Statur, die er dank Jogging, Schwimmen, Rudergerät, Radfahren, Liegestützen, Kniebeugen und Hanteltraining in Form hielt.

Daran sollte ich mir ein Beispiel nehmen, aber ich hatte einfach zu viel zu tun und keine Zeit für sportliche Aktivitäten. Man sah es mir inzwischen auch an. Nach den Wechseljahren war ich ein bisschen aus der Form geraten. Zuerst war ich unglücklich über mein wachsendes Bäuchlein und die Schwerkraft gewesen, die plötzlich an allen möglichen Körperteilen einsetzte, aber Ronny streichelte meine Schwachstellen bei passenden Gelegenheiten zärtlich und raunte liebevoll: »Das ist alles erotische Nutzfläche. Und wenn es jetzt ein bisschen mehr ist, umso besser.«

Ich liebte seinen Humor, auch wenn er zuweilen grenzwertig war (ich sag nur: Pinkelschild im Bad ...). Das Schönste an ihm aber war sein Lächeln, und das gefiel mir nicht nur wegen der teuren Kronen, in die wir viel Geld investiert hatten. Er hatte beim Lächeln Grübchen, zauberhafte Grübchen, auf die ich früher gern mit spitzen Lippen Küsse gehaucht hatte.

Schon in der Schule war Ronny aufgefallen, weil er durch sein Gardemaß von eins zweiundneunzig fast alle anderen überragt hatte. Damals hatte er schulterlanges, welliges Haar gehabt, alle Mädchen waren hinter ihm her gewesen.

Aber er hatte sich als Sechzehnjähriger tatsächlich in mich verliebt, und das war, wenn ich es richtig einschätzte, bis heute so geblieben.

Marita wollte mal wissen, ob ich keine Angst hätte, dass Ronny fremdgehe, weil er so gut aussehe.

»Ist es ein Grund zum Fremdgehen, wenn ein Mann attraktiv ist?«, fragte ich zurück.

»Aber sicher, weil Frauen es gut aussehenden Männern immer sehr leicht machen!«

Nein, ich hatte keine Angst. Ronny war mir immer treu gewesen. Er erzählte mir sogar, wenn ihn eine angebaggert und er es gemerkt hatte, und wir amüsierten uns gemeinsam darüber. Ja, er sah überdurchschnittlich gut aus und wusste das auch, aber er machte sich nichts daraus. Das heißt – er legte Wert auf Körperpflege und Garderobe, eitel war er schon. Er brauchte im Bad wesentlich länger als ich und gab eine Menge Geld für seinen Luxuskörper aus. Er ging regelmäßig zur Kosmetikerin, gönnte sich Maniküre, Pediküre, Massage, ging ab und zu ins Solarium und alle vier Wochen zum Friseur.

Ich erschrak, als er plötzlich mit der flachen Hand vor meinen Augen herumwedelte. »Hallo, ist jemand zu Hause? Wo bist du gerade mit deinen Gedanken?«

»Ich hab überlegt, ob du mir noch treu bist.«

»Du unterstellst mir ja wohl nicht, dass ich Gabys unbekannter Blasehase bin, oder?«, fragte er mit gespieltem Entsetzen.

Wir mussten lachen. *Solange wir zusammen lachen, ist doch noch immer alles gut,* dachte ich.

Nach dem Essen nahmen wir uns die Gästeliste vor. Zuerst notierten wir die Familienmitglieder, für die wir Übernachtungsmöglichkeiten schaffen mussten: Unsere älteste Tochter Franziska, die mit Mann und den Kindern Ronja und Damian in Stockholm wohnte, würde in ihrem alten Kinderzimmer schlafen. Ronnys Eltern, die auf Ibiza lebten und mindestens eine Woche bleiben würden, weil sich die Reise sonst nicht lohnte, sollten Katharinas Zimmer bekommen. Unsere mittlere Tochter lebte mit ihrer Familie nur ein paar Straßen weiter, sie konnten nach der Feier nach Hause gehen. Und Jette, die Jüngste, sollte mit ihrer Tochter Ilse auch in ihrem früheren Kinderzimmer schlafen. Dann hatten wir noch ein Gästezimmer, in dem wir zwei Leute unterbringen konnten, und im Wohnzimmer war auf dem Sofa Platz für zwei. So viele waren wir früher oft gewesen.

Spontan sagte ich: »Manchmal denke ich, dass es ziemlich irre ist, das große Haus zu behalten.«

»Hä? Wo sollen die Kinder denn alle schlafen, wenn sie mal hier sind?«, fragte Ronny.

»Das ist der Punkt: *Wenn* sie mal hier sind!«

Die meiste Zeit lebten wir allein auf über zweihundert Quadratmetern, aber wir benutzten nur noch das Erdgeschoss. Die Kinderzimmer unserer Töchter standen seit Jahren leer. Seit auch Jette ausgezogen war, betrat ich die Räume nur noch zum Staubwischen und Lüften. Dazu der riesige Garten, auch er war für zwei alternde Leute viel zu groß. Obwohl wir uns schon von etlichen Beeten und Beerensträuchern getrennt und Rasen gesät hatten, verbrachte ich immer noch viel Zeit mit der Pflege.

Ich sprach noch einen spontanen Gedanken aus: »Einer von uns beiden geht zuerst.«

»Wohin?«, fragte Ronny.

»Ins Grab natürlich. Ich meine, unter normalen Umständen stirbt einer von uns zuerst, und derjenige, der zurück-
bleibt, hockt allein in diesem großen, leeren Haus.«

»Thea, um Himmels willen, wie kommst du denn auf so
was, wir sind neunundfünfzig und kerngesund!«

»Ja, jetzt! Aber vielleicht bleibt das nicht immer so. Was
ist denn, wenn einer von uns gestorben ist? Hast du noch
nie daran gedacht?«

»Nein. Daran will ich auch nicht denken, wozu? Ich habe
beschlossen, mindestens Mitte neunzig zu werden.«

3

Der Wecker klingelte um sechs. Durch das gekippte Fenster wehte laue Frühlingsluft herein und bauschte die Gardinen zu weißen Schleiern. Draußen zwitscherten Heerscharen von Spatzen, die Sonne schien durch die Blätter des Fliederbusches und malte zitternde Schatten an die Zimmerdecke. Von Ronny schaute nur der Haarschopf unter der Decke hervor, ich hörte seinen ruhigen Atem.

So ein friedlicher Moment. Ich blieb noch ein bisschen liegen. Vor acht würde er nicht aufstehen. Schließlich war heute Sonntag, es wurde ausgeschlafen, Muttertag hin oder her.

Ich dachte an frühere Muttertage, in denen er vor mir aus dem Zimmer geschlichen war, um mit den Mädchen Frühstück zu machen. Das war jahrelang mein Geschenk gewesen: ein gedeckter Tisch mit Blumen aus dem Garten und drei aufgeregte Mädchen, die Bilder gemalt oder Glückwunschkarten gebastelt hatten. Leider war der Festakt jedes Mal beim Tischabräumen zu Ende gewesen, und ich hatte die Trümmer beseitigen müssen, die drei Kinder und ein unbeholfener Mann in einer Küche nun mal hinterlassen.

Heute wollten nur Katharina und Jette mit ihren Kindern zum Frühstück kommen, die Stockholmer würden sich abends per FaceTime melden. Natürlich hatte ich auch meinen Vater eingeladen.

Opa Günni, so nannte ihn fast jeder, lief stets in Cordhosen mit Hosenträgern, Flanellhemd und Turnschuhen rum, rasierte sich grundsätzlich nur montags und rauchte Roth-Händle-Zigaretten. Mein Vater war vierundachtzig Jahre alt, faltig wie ein Hundertjähriger, aber sehr rüstig. Er trank gern ein Schnäpschen oder zwei oder drei und geigte jedem ungefragt die Meinung. Das war anstrengend. Mein Vater hatte zuweilen etwas merkwürdige Ansichten, die er ungefragt kundtat, und auch das war anstrengend.

Der Schlummermodus des Weckers ließ mich schließlich aufstehen.

Duschen dauerte bei mir nur drei Minuten, Anziehen weniger als zwei. In Jeans, Shirt und Birkenstocks fühlte ich mich in der Freizeit am wohlsten, Schminke benutzte ich nicht, meine kurzen braunen Haare kämmte ich aus dem Gesicht und ließ sie an der Luft trocknen. Ich weiß, Ronny wünschte sich oft, dass ich wenigstens ab und zu schicke Garderobe tragen würde, aber ich hatte keinen Sinn für so was. Opa Günni hatte mal gesagt: »Du has en Klamöttschen wie en Putzfrau, und de Kääl sieht us wie ne Dressmenn!«

Mir reichte es, dass ich bei der Arbeit in der Sparkasse Blusen und Hosenanzüge tragen musste, obwohl ich mir mit meiner Kollegin Isa ein Büro im Souterrain teilte und mich außer ihr kaum jemand sah.

Heute aber war Freizeit, Sonntag, Muttertag, und ich hatte noch jede Menge Arbeit.

Pünktlich um zehn Uhr saßen alle am Tisch und schnatterten durcheinander. Ich reichte den Korb mit den frisch aufgebackenen Brötchen herum, als Opa Günni loslegte: »Kinners, isch muss eusch wat verzälle. Et sin Ausländer! Wat sisch de Verwaltung dabei jedacht hät, isch wäs et nit ...«

Jette unterbrach ihn: »Opa Günni, bitte rede in Ilses Gegenwart Hochdeutsch!« Sie wandte sich an ihre Tochter: »Grandpa will talk to you soon in a more understandable way.«

Sofort rief Opa Günni: »Un isch möschte, dat minge Enkelin mit mir Deutsch vazällt!«

Jette erzog ihre Tochter zweisprachig, was ich natürlich begrüßte, daher nahm ich sie in Schutz: »Heutzutage ist es wichtig, sich in einer Fremdsprache genauso verständigen zu können wie in der Muttersprache. Ilse ist die Generation, die mit Sicherheit nicht so an der Scholle kleben kann wie wir. Die Welt ändert sich; wer weiß, wo sie mal leben muss! Und dann kann eine zweite oder dritte Sprache sehr hilfreich sein.«

Mein Vater verdrehte die Augen, Katharina schüttelte genervt den Kopf, ihre Söhne Matthäus und Cornelius daddelten auf dem Handy und kriegten nichts mit. Ich wollte noch etwas zum Thema Klimawandel und Studien über die daraus resultierenden und zweifelsfrei bevorstehenden Völkerwanderungen sagen, aber Ilse kam mir zuvor: »Opa Günni, Kompromiss? Wenn du kein Kölsch redest, spreche ich kein Englisch mit Mama.« Sie machte eine Pause, bevor sie schelmisch grinsend fortfuhr: »Is et denn dann allet wieder joot?«

Was für ein Sonnenschein. Alle brachen in Gelächter aus.

Opa Günni schmunzelte: »Für ne Fünfjährje hast du ne janz schöne Klappe!« Dann begann er zu berichten, was ihm auf der Seele lag, dabei war er um Hochdeutsch bemüht und sprach deswegen betont langsam. »Mir hat sisch keiner von de Neuen vorjestellt. Dat jeht aber so nit. Die müssen sisch anpassen. Un wir müssen uns abspreschen, wer wann de Treppe macht. Jestern han isch denen ne Putzplan an de Türe jeklebt: Eene Woch: Jünther Schmidt. Nexste Woch: neue Mieter. Den Namen kenn isch ja nit.«

»Opa Günni, wenn du deine neuen Nachbarn wirklich kennenlernen willst, dann klingele doch einfach. Und wenn das Treppenhaus geputzt werden muss, sag es ihnen«, meinte Jette.

Mein Vater machte sich gerade. »So weit kommtet, dat isch da hinnerherrenn! Dat sin de Neuen, die müssen sisch vorstellen! Isch weiß bloß, et sin Ausländer!«

Ilse platzte heraus: »Ausländer sind alle Menschen, wenn sie nicht zu Hause sind. Mein Erzeuger ist in Köln ein Ausländer, und als meine Mama mit ihm in Kenia verliebt war, war sie in Kenia eine Ausländerin!«

Der Begriff »Erzeuger« stieß mir übel auf, aber das war nun mal die Erziehung meiner Tochter, da durfte ich mich nicht einmischen.

Jette schaute Ilse mit liebevollem Stolz an, Opa Günni brummte, Ronny nickte zustimmend, und ich musste in die Küche, weil die Zeitschaltuhr am Backofen geklingelt hatte und das Blech mit den nächsten Brötchen fertig war.

Gegen Mittag brachen fast alle gleichzeitig auf. Katharinas Jungs mussten zum Tennis. Eigentlich brachte ich sie immer hin, aber weil heute Muttertag war, übernahmen die Eltern den Fahrdienst ausnahmsweise selbst.

Jette wollte noch arbeiten. »Mama, ich mag dich gar nicht fragen, ob Ilse vielleicht noch ein bisschen hierbleiben kann ...«

»Na, dann frag halt nicht«, rutschte es mir heraus. »Du bist auch Mutter, mach doch heute mal was Schönes mit Ilse!«

Meine Tochter sah mich verärgert an. »Mama, du weißt, dass ich kein Typ bin, der auf Work-Life-Balance Wert legt. In meiner Position muss ich eben auch sonntags Mails beantworten.«

Abwehrend hob ich die Hände, ich hatte keine Lust auf Diskussionen. »Ja, lass sie halt hier, ich bring sie später nach Hause«, sagte ich, obwohl ich es gar nicht wollte.

Natürlich fragten meine Töchter, ob sie mir beim Aufräumen helfen sollten, aber der Ton, in dem sie es sagten, war eindeutig.

»Nein, lasst man, ich kümmere mich schon drum ...«

Mein Spitzname »Kümmermonster« war ziemlich passend.

Ich blickte auf den verwüsteten Tisch, die bekleckerte Leinendecke und die Essensreste auf den Tellern. Mir kam die Galle hoch. Diese Unart, alles anzubeißen und dann nicht aufzuessen, ging mir entschieden gegen den Strich, aber was nutzte es, wenn ich es ansprach? Katharina hatte mich mal angepflaumt: »Die Kinder sollen zu essen aufhören, wenn sie satt sind, bei uns wird nicht gestopft, bis der Teller leer ist. Davon werden sie adipös, weil sie nicht lernen, auf ihren Körper zu hören.«

Als ob das bei uns je so gewesen wäre! Wir hatten mit den Kindern während der Mahlzeiten immer gemeinsam am Tisch gesessen, und zwar so lange, bis alle fertig gewesen waren. Und wenn man keinen großen Hunger hatte, lud man sich eben den Teller nicht so voll. Niemand hätte gewagt, am Tisch auf einem Handy zu daddeln. Okay, die gab es damals noch nicht, als die Kinder klein waren. Eigentlich hätte ich gern mit ihnen geschimpft, hätte gesagt, dass Tischmanieren nur dem schaden, der keine hat, aber ... wozu? Sie machten ja doch, was sie wollten.

Katharina, ihr Mann Niko und die Jungs stiegen in ihren SUV.

»Nicht euer Ernst?«, rief ich. »Für den kurzen Weg nehmt ihr das Auto?«

»Mama, wir müssen noch zu Nikos Eltern! Das sind sechs Kilometer!«

Ich wollte eigentlich sagen, dass sie bei dem schönen Wetter auch mit dem Rad hätten fahren können und dass sie ihren Kindern damit keineswegs schaden würden. Aber ich wusste: Es hatte keinen Sinn.

Jette stieg in ihren schlüpferblauen Fiat und hupte, als sie vom Hof fuhr.

Ich winkte allen nach.

Ronny stand hinter mir. Als ich mich umdrehte, gab er mir einen Kuss auf den Scheitel. »Du bist ja am liebsten allein in der Küche, ich steh dir doch nur im Weg rum.« Er wartete keine Antwort ab. »Ich geh rudern, okay?«

Das war keine Frage, sondern eine Information. Er verschwand im Schlafzimmer, zog sein Sportzeug an, wenig später erklang das Geräusch des Rudergerätes aus dem Fitnesskeller.

Ilse fragte, ob sie sich auf unser Bett legen und auf ihrem iPad YouTube gucken durfte. Sie hatte ein eigenes, das Jette so eingestellt hatte, dass sie nur bestimmte Videos darauf anschauen konnte. Man musste es mit einem Code frei-schalten, den das Kind nicht kannte. Klar erlaubte ich es ihr.

Ich räumte den Tisch ab und die Spülmaschine ein, spül-te die Gläser und das gute Besteck mit der Hand, steckte Stoffservietten und Tischdecken in die Waschmaschine und saugte den Boden.

Es war ein Muttertag wie etliche andere zuvor, aber heute zermürbte mich dieser Gedanke. Irgendwie war alles immer dasselbe. Das Jahr begann mit unseren Geburtsta-gen, es folgten die der Kinder, Enkel und Schwiegersöhne, wir feierten Ostern, dachten an Mutters Todestag, richte-ten Opa Günnis Geburtstag aus, dann kamen Muttertag, Urlaub, Weihnachten, Silvester.

Und danach begann alles wieder von vorn. Seit Jahrzehn-ten ging ich von montags bis freitags halbtags in die Spar-kasse und bearbeitete Kreditanträge. Manchmal verspürte ich eine gewisse Macht, wenn mir eine Person auf der Stra-ße begegnete, von der ich wusste, wie hoch sie verschuldet war. Aber solche Macht ist kein nachhaltiges Gefühl, sie bringt einen nicht weiter. Genau wie die öde Hausarbeit, die brachte mich auch nicht weiter. Immer dasselbe, Tag für Tag dieselben Handgriffe, nie wurde ich wirklich fertig. Wenn der Job getan, der Haushalt erledigt und der Garten in Schuss war, hütete ich meine Enkel, kochte für meinen Vater und gelegentlich für meine gestressten Töchter, ich half meinen Kindern, unseren Freunden, den Nachbarn, wann immer jemand Hilfe brauchte.

Nachdenklich schaute ich aus dem Fenster. Auch im Garten gab es jahrein, jahraus dieselben Abläufe. Mähen, jäten, harken, pflanzen, säen, ernten. Ronny war als Filialleiter den ganzen Tag in der Sparkasse in Bonn, der Garten gehörte zu meinen Aufgaben. Jedenfalls die leichteren Arbeiten. Wie oft beneidete ich Menschen, die in ihrer freien Zeit radeln oder wandern konnten. Unser Garten machte so viel Arbeit, dass wir selten Zeit hatten, um uns darin aufzuhalten und ihn nur zu genießen.

Ich ließ meinen Blick über den Rasen schweifen. Er war ziemlich trocken, es hatte schon wieder viel zu lange nicht geregnet. Ob er sich erholen würde? Da konnte Opa Günni noch so oft betonen, dass es früher auch schon heiße Sommer gegeben hatte, die letzten Sommer waren anders gewesen. Ich empfand die langen trockenen Phasen und Temperaturen um vierzig Grad als bedrohlich. Irgendwas lief auf diesem Planeten grundsätzlich falsch. Während ich mich an meinen vielen Gewohnheiten dem Alter entgegenhangelte, sorgte die Menschheit unermüdlich dafür, dass die Natur komplett verrücktspielte. Ich versuchte, in meinem Umfeld kleine Lösungen zu finden, und dabei waren meine Enkel mir eine große Hilfe. Matthäus und Cornelius hatten zum Beispiel in der Schule Filme mit Walen und Delfinen gesehen, die unter entsetzlichen Qualen im Plastikmüll verendet waren. Die Jungs zeigten sich schockiert und verstanden mich – lange bevor meine Töchter verstanden hatten, wie ernst die Lage war! Fortan bemühte ich mich, im Alltag Plastik zu vermeiden, dabei spielten in unserer Familie alle mit. Wir tranken Leitungswasser und versetzten es mit Kohlensäure, anstatt Plastikflaschen zu benutzen. Obst und Gemüse kauften wir unverpackt, bio und regional. Wir aßen nur selten Wurst, Fleisch oder Geflügel, ich benutzte das Fahrrad, wann immer es ging, auf unserem Dach glänzten Solarpaneele, wir versprühten kein Gift gegen Unkraut und Schädlinge. Und Ronny fuhr jetzt ein E-Auto.

»Was bringt das?«, hatte Opa Günni skeptisch gefragt.

Ronny hatte erklärt: »Abgesehen davon, dass ich es zu Hause mit eigenem Strom laden kann und keinen Sprit kaufen muss, sind wir nicht mehr Teil des Problems, sondern wenigstens ein kleiner Teil der Lösung.«

Obwohl ich sehr dankbar war, dass meine Familie sich um Umweltschutz und Klima sorgte, dachte ich oft, dass noch viel mehr möglich sein könnte. Mir ging das alles noch nicht weit genug, aber zu mehr Zugeständnissen ließen sich meine Leutchen nicht überreden. Natürlich konnte ich die Welt nicht retten – aber konnte man durch ein bisschen Engagement nicht alles besser machen, ohne wirklich auf etwas verzichten zu müssen? Ich wusste nicht, wovor ich mich mehr fürchten sollte, vor Pandemien, Querdenkern, rechtem Pöbel, Diktatoren oder dem Klimawandel. Manchmal wünschte ich mir, alles ausblenden zu können, keine Nachrichten mehr zu schauen, nur draußen zu sein, allein mit mir und meinen Gedanken.

Ich dachte an meine Kollegin Isa, mit der ich mir das Büro teilte. Sie wollte demnächst auswandern, nach Südspanien, weil es da billig und warm ist. Nie im Leben zöge ich in ein verdorrendes Land, außerdem vertrage ich Hitze nicht. Aber, und dieser Gedanke war auf einmal neu und ziemlich aufregend ... wenn ... nur mal so angenommen ... wohin würde ich gehen, wenn ich wählen könnte?

Die Antwort war leicht: nach Neuseeland.

Seit ich wusste, dass es dieses Land gab, träumte ich davon, es zu bereisen. Aber da man Neuseeland nur per Flugzeug oder mit dem Schiff erreichen konnte und beides bei

der enormen Entfernung eine der schlimmsten Umwelt-
sünden war, die ein Mensch begehen konnte, würde es ein
Traum bleiben müssen. Vom Preis einer solchen Reise mal
abgesehen.

Nun war ich nie der depressive Typ. Ich habe es immer
verstanden, dem Leben schöne Seiten abzugewinnen. Also
riss ich mich zusammen, sagte mir, dass es uns gut ging,
schließlich hatten wir drei gesunde Töchter, zwei nette
Schwiegersöhne, fünf passable Enkelkinder, und mein Vater lebte auch noch. Ich hatte Freundinnen, Kollegen, Nachbarn. Und ich hatte Ronny, mit dem ich bald vierzig Jahre
verheiratet sein würde.

Komisch, dass mir wieder dieser Satz einfiel: »Ich gehe
Zähne putzen, soll ich deine gleich mitnehmen?« Was sagte
er eigentlich über uns aus? Dass wir in einem Alter waren, in dem wir theoretisch vom Gebiss getrennt schlafen
konnten. Dass wir uns sehr gut kannten und miteinander
vertraut waren. Dass wir sozusagen tabulos miteinander
umgingen. Das war doch nach all der Zeit ein schönes Fazit.
Ich beschloss, zufrieden zu sein.

4

Zuerst hatte ich Ellen angerufen. Sie und ihr Mann Steffen standen ganz oben auf unserer Liste. »Wir wollen euch ganz bald wiedersehen! Und wir haben eine tolle Überraschung für euch.«

Ellen hatte dröhnend gelacht. »Du bist ja wohl nicht schwanger?«

Ich fand ihren Witz ziemlich daneben, ging aber oberflächlich darauf ein. »Nein, von nix kommt nix! Wann passt es euch?«

»Bei uns zu Hause im Moment ehrlich gesagt gar nicht. Wir wollen nämlich umziehen und sind am Packen, hier herrscht ein einziges Chaos. Aber wir können uns gerne im Brauhaus treffen, dann erzähle ich euch alles.«

»Ihr wollt umziehen?«, fragte ich überrascht.

Ellen und Steffen klammerten sich seit jeher an alles Vertraute. Nun wollten sie tatsächlich etwas verändern, und dann gleich so gravierend? Da war ich aber mal gespannt!

Wir verabredeten uns in einem Brauhaus in der Kölner Südstadt.

Ronny und ich setzten uns an einen Tisch in der Ecke. Der Köbes brachte uns zwei Kölsch. Plötzlich ging mein Handy. Ellen.

»Kommt ihr mal raus, ich brauche Hilfe.« Es war keine Frage, sondern ein Befehl.

Ronny und ich eilten vor die Tür – und ich erschrak zweimal. Einmal, weil Ellen in einem Rollstuhl saß, den sie mit der rechten Hand mit einer Art Joystick manövrieren konnte. Der linke Arm lag angewinkelt auf einer Schiene. Und dann erschrak ich, weil sie uns so selig anschaute, als säße sie nicht in einem Rollstuhl, sondern auf einem Thron.

Ich ging in die Hocke, legte fürsorglich die Hände auf ihr Knie und fragte bestürzt: »Liebelein, was ist denn bloß passiert?«

Ellens Augen leuchteten, aber sie verzog leidend die Mundwinkel. »Das Käppchen an der Speiche vom Ellen-bogengelenk ist gebrochen. Ich bin von der Trittleiter ge-stürzt, als ich im Wohnzimmer Fenster geputzt habe, und mit voller Wucht auf die Fliesen geknallt. Glaub es mir, das ist eine schrecklich schmerzhafte Angelegenheit. Ich könnte verrückt werden, denn ich falle wochenlang aus! Und ausgerechnet jetzt, wo wir so viel vorhaben!«

Ich sah Ronny an, dass er dasselbe dachte wie ich. Wir kannten Ellen ewig, und ich konnte mich an kein einziges Treffen erinnern, bei dem der Gesprächseinstieg nichts mit einer ihrer Krankheiten zu tun gehabt hatte. Ellen war ex-trem anfällig; einmal hatte sie sogar eine Feier abgesagt, weil ihre Nachbarin eine Lungenentzündung bekommen hatte. Daher kommentierte ich angesichts des Rollstuhls, in dem sie sich keinesfalls unwohl zu fühlen schien, eine Spur zu spöttisch: »Logisch. Du bist gefallen, hast dir was am Ellenbogen gebrochen und kannst mit angeknackstem Arm nicht laufen. Klarer Fall. Wie bist du hergekommen?«

»Mit dem Behindertentaxi, wie denn sonst? Steffen ist noch bei der Physiotherapie, der Rücken, er kommt aber gleich. Jetzt helft mir doch mal über diese blöde Stufe, hier komme nicht allein rein, und dann erzähle ich euch, wie das passiert ist.«

Das tat sie in aller Ausführlichkeit, sie hatte sogar ihre Röntgenbilder, die Laborbefunde und den neuesten Arztbrief mitgebracht.

Ronny fragte vorsichtig: »Also, ganz verstanden habe ich es noch nicht. Du hast dir am Arm was gebrochen, und der Doktor verfrachtet dich deswegen in den Rollstuhl?«

Ellen ging hoch wie ein HB-Männchen. »Nee! Den Rollstuhl, den musste ich mir selbst organisieren, ebenso wie die Haushaltshilfe und jemanden, der jeden zweiten Tag kommt und mir beim Duschen hilft. Die haben mich aus dem Krankenhaus komplett ohne Hilfe nach Hause geschickt, unmöglich finde ich das. Nicht mal genug Schmerzmittel habe ich bekommen! Nach dem Motto: Du bist doch bloß Kassenpatientin, sieh zu, wie du allein klarkommst.«

»Aber warum kannst du nicht laufen, wenn du dir den Arm verletzt hast?«, hakte ich noch mal nach.

»Ich darf den Arm nicht in der Schlinge tragen, und ich darf ihn nicht hängen lassen, beides zusammen ist nun mal nur im Sitzen möglich.« Sie zog eine genervte Grimasse. »Und so bin ich über Wochen zur absoluten Bewegungslosigkeit verurteilt.«

Der Rollstuhl war also aus medizinischer Sicht komplett unnötig. Ich mochte Ellen wirklich, sie war eine treue Seele, aber ihre Hypochondrie ging mir gehörig auf den Wecker.

Der Köbes stellte erst mir und dann Ronny ein Kölsch hin, zögerte bei Ellen und wies auf den Rollstuhl. »Oder muss die Lady noch fahren?«

Sie nahm ihm das Glas aus der Hand. »Ich lasse fahren!«

»Hoffentlich erst, wenn isch um de Ecke bin«, rief er und eilte lachend zum Nebentisch.

Die Tür ging auf, und Steffen kam herein. Hui, war der im letzten halben Jahr alt geworden! Das dachte ich in letzter Zeit immer öfter bei Leuten, die ich lange nicht gesehen hatte, und ich fragte mich jedes Mal, ob sie bei meinem Anblick vielleicht dasselbe empfanden.

Steffen war Mitte sechzig, hatte schütteres, komplett weißes Haar und tiefe Nasolabialfalten. Sein hölzerner Gang war der eines alten Mannes. Er beugte sich zu Ellen hinunter, gab ihr ein Küsschen auf die Wange und begrüßte dann uns.

Steffen saß noch nicht ganz, da stand der Köbes schon mit vier Kölsch parat. Ich legte einen Bierdeckel auf mein Glas, um zu signalisieren, dass es mir nach dieser Runde reichte.

»So!«, begann Ellen. »Nun bin ich aber gespannt wie 'n enger Schlüpfer, was ihr uns zu erzählen habt!« Sie trommelte ungeduldig mit dem Finger auf die Armlehne des Rollstuhls.

Ich zog einen Umschlag aus der Tasche und legte ihn auf den Tisch. »Wir möchten euch einladen. Zu unserem sechzigsten Geburtstag am ersten Januar, der, wie ihr wisst, auch unser vierzigster Hochzeitstag ist. Wir werden eine Mottoparty feiern.«

»Ich lach mich weg. Zwei Karnevalsverweigerer schmeißen 'ne Mottoparty?«

Ronny machte sich gerade. »Wir wollen bestimmt keine Bütt, keine Pappnase und kein Tätä. Das Motto ist: *Comme au Cinema*! Gefeiert wird im Rheinhotel.«

»*Cinema?* Also wie im Kino? Dann komme ich als Obelix, die Figur hab ich ja schon«, witzelte Ellen.

»Jeder soll sich anziehen wie ein Filmstar. Elegant, schicke Kleider, Federboa, Stirnband, Zigarettenspitze, Perücken, so was!«, erklärte Ronny.

Ellen nickte. »Klar. Wer die Musik bezahlt, bestimmt, was gespielt wird.« Sie wandte sich an ihren Mann. »Wir kommen, oder?«

Er nickte.

»Natürlich nur, wenn wir gesund sind«, fügte sie hinzu.

Er nickte wieder.

So war Steffen immer gewesen, stumm nickend.

Wir übergaben ihnen die Einladung.

»Die hättet ihr uns aber auch mit der Post schicken können«, fand Ellen.

»Stimmt. Aber Ronny und ich werden sechzig, und das Wichtigste, was wir in unserem Alter haben, ist, neben der Gesundheit, Zeit. Wir haben uns viele Gedanken darüber gemacht, wer in unserem Leben wichtig geblieben ist und mit wem wir diese wertvolle Zeit verbringen möchten. Ja, wir haben uns in den letzten Jahren nicht oft gesehen, aber so ist das nun mal, wenn man einen Beruf und eine große Familie hat.«

Oje, das war taktlos von mir gewesen. Ellen war eine überzeugte Vollzeithausfrau. Vor über einem Jahrzehnt hatte sie beschlossen, dass sie in ihrem Leben genug für fremde Leute gearbeitet hatte. Sie wollte es endlich langsam angehen lassen und sich nur noch um Steffen und den Haushalt kümmern. Kinder hatten sie keine, der letzte Hund war seit einer Weile tot.

Aber sie nahm mir die Bemerkung nicht übel und legte eine Hand auf meinen Arm. »Das mit der Zeit hast du schön gesagt! Wir sind gerne dabei, danke!«

»Nun seid ihr dran. Die Umzugspläne, davon wussten wir gar nichts. Kamen sie aus heiterem Himmel?«, fragte Ronny.

»Das hat sich über eine lange Zeit so entwickelt«, erklärte Ellen. »Ich habe im Haushalt immer so schrecklich viel Arbeit, obwohl wir nur zu zweit sind. Deswegen wollen wir abspecken. Im Sinne von minimieren, Überflüssiges loswerden, Ballast abwerfen!«

Jetzt mischte sich Steffen ein. Mit wichtiger Miene verkündete er: »Wir werden nämlich unser Haus aufgeben. Ellen ist den ganzen Tag nur am Kochen, Waschen und Putzen, und dann der Garten ...«

Hörte ich da einen leisen aggressiven Klang in seiner Stimme?

»Sie ist natürlich perfekt organisiert, jeder Tag hat seine festgelegten Pflichten. Montags wischt sie das ganze Haus, dienstags macht sie die Wäsche, mittwochs muss sie Betten beziehen und bügeln, donnerstags putzt sie die Fenster ...«

Ich unterbrach ihn: »Jeden Donnerstag? Alle Fenster?«

Ellen nickte eifrig. »Natürlich!«

»Aber damit ist bald Schluss.« Steffen schaute seine Frau an und erhob die Stimme. »Sie macht sich das Leben unnötig schwer, ich meine, wenn die Scheiben blind sind und man rausgucken will, dann kann man das Fenster auch aufmachen. Muss immer alles wie geleckt aussehen? Zu uns kommt doch kaum noch Besuch, da könnte sie auch mal fünfe gerade sein lassen. Müssen die Hecken im Garten jede Woche mit dem Handfeger abgebürstet werden? Wegen mir bräuchte Ellen auch nicht jeden Tag zu kochen und jedes Wochenende Kuchen zu backen ...« Er zählte noch eine lange Litanei auf und redete über Ellen, als wäre sie gar nicht im Raum. »Aber das hat bald ein Ende. Wir fangen erst mal damit an, uns von Dingen zu trennen. Was wir länger als ein Jahr nicht in der Hand hatten, wird verschenkt, verkauft oder entsorgt. Die Stehrümchen verschwinden, etliche Bücher haben wir in den offenen Bücherschrank gebracht. Wir hatten ja fast nur Krimis, und wer liest denn einen Krimi zweimal? Geschirr für eine ganze Kompanie kommt ins Sozialkaufhaus, alte Kleidung ist im Kleidercontainer gelandet.« Er schlug mit dem Zeigefinger auf die Tischkante, als wollte er seine Worte damit bekräftigen. Triumph lag in seiner Stimme, als er die Entscheidung formulierte, die den beiden bestimmt ziemlich schwergefallen sein musste: »Und dann kommt das Haus weg. Mensch, Thea, man muss auch realistisch sein, wir sind nur zwei Leute, und man kann sich nur in einem Zimmer aufhalten. Außerdem ist diese dauernde Putzerei für Ellen eine endlose Quälerei.«

»Richtig. Meine Gesundheit ist seit Langem schwer angeschlagen, wir werden nicht jünger, ich merke das Alter in allen Knochen, und ich möchte mich endlich ausruhen«, fügte Ellen hinzu.

Ronny hatte sofort einen anderen Gedanken: »Das Haus soll weg? Wollt ihr euch verkleinern? Habt ihr daran gedacht, eine Wohnung zu kaufen? Unsere Immobilienabteilung kann euch dabei ...«

Mit einer Handbewegung brachte ich ihn zum Schweigen. »Jetzt reden wir nicht übers Geschäft!«

Steffen schaute mich dankbar an. »Es ist nämlich so ...« Er nahm die Schultern zurück, als wollte er sich gegen mögliche Reaktionen wappnen. »Wir werden in ein Tiny House ziehen!«

Ich starrte erst ihn an, dann Ellen. Sie nickten synchron. Ich dachte an das Haus, in dem sie wohnten, ein Haus, das vom Keller bis zum Dachboden voller Möbel, Teppiche, Lampen, Bilder, Pflanzen, Nippes und Sammlungen steckte. Ein Haus, in dem ich immer Beklemmungen gehabt hatte, weil es keinen Zentimeter gab, auf dem nichts stand. Ich wusste, dass Ellen Geschirr für sechzig Personen besaß, allein ihre Kaffeepottsammlung von fünfunddreißig Sylt-Urlauben umfasste fünfunddreißig verschiedene Tassen mit Jahreszahlaufdrucken (dabei waren sie Teetrinker). Handtücher, Tisch- und Bettwäsche sammelte sie seit der Konfirmation, und nie, niemals gab sie etwas weg, bevor es auseinanderfiel. Und jetzt ein Tiny House? Die Dinger waren nicht größer als fünfundzwanzig Quadratmeter. Darin wollten sie wohnen? Zu zweit? Ohne das ganze Zeug, dessen Betreuung und Instandhaltung Ellens Lebensaufgabe war? Das konnte ich mir beim besten Willen nicht vorstellen.

Auch Ronny sah fassungslos aus.

»Na, das ist so nicht ganz richtig«, sagte Ellen. »Wir ziehen nicht in *ein* Tiny House, sondern wir nehmen zwei baugleiche Modelle, die sich gegenüberstehen. Dann hat jeder sein eigenes Reich, aber gegessen und ferngesehen wird natürlich gemeinsam.«

»Warum zwei Häuser?«, fragte ich.

»Ganz einfach: Wenn einer stirbt, muss der andere nicht noch mal umziehen!«

Verblüfft sagte ich: »Schwester im Geiste ... Gerade neulich hab ich zu Ronny gesagt, dass unser Haus inzwischen viel zu groß für uns ist, und wenn einer von uns geht, bleibt der andere allein in dem Riesenkasten zurück.«

Steffen nickte zustimmend, erhob sich, trank sein Kölsch im Stehen aus und machte dem Köbes ein Zeichen, noch eine Runde zu bringen. Dann ging er vor die Tür, um eine zu rauchen.

Ellen sah ihm nach, beugte sich in ihrem Rollstuhl vor und schlug einen verschwörerischen Ton an. »Was er nicht weiß: Ich habe eine Garage angemietet, in der ich alles lagere, von dem ich mich nicht trennen kann.« Sie wies mit dem Daumen hinter sich. »Falls er zuerst das Zeitliche segnet, erbe ich seine Hütte und kann mir meine Sachen zurückholen!«

Über diesen Irrsinn mussten Ronny und ich so lachen, dass die Leute an den Nebentischen erstaunt zu uns herübersahen. Sie schauten erst recht, als Ellen, für deren Rollstuhl vorhin extra Stühle zur Seite geschoben worden waren, plötzlich aufstand, ihren linken Arm mit der rechten Hand abstützte und erhobenen Hauptes zur Toilette ging.

In diesem Moment kam der Köbes mit dem Kölschkranz, riss die Augen auf, musterte Ellen von oben bis unten und rief: »Lieber Jott! Dat Wasser von Kölle is jut, halleluja! Se hat en Kölsch jetrunke, und nu kannse wieder jehen!«

Das halbe Brauhaus grölte vor Vergnügen.

Steffen kam zurück. Mit einem Blick Richtung Damentoiletten vergewisserte er sich, dass Ellen außer Hörweite war. »Es ist doch total vernünftig, jetzt schon an später zu denken«, raunte er. Er schaute erneut verstohlen um sich, dann fuhr er fort: »Ich hab sogar schon die Inschrift für ihren Grabstein entworfen!«

»Ach ...«, war alles, was ich herausbrachte.

»Hör zu«, er schrieb mit dem Finger imaginäre Zeilen in die Luft, dabei deklamierte er leise:

»Hier ruht Ellen Lang.

Sie hat nicht gelebt.

Sie hat nicht genossen.

Sie hat sich niemals gehen lassen.

Aber es war immer alles sauber.«

Als Ellen vom Klo zurückkam und es sich wieder in ihrem Rollstuhl bequem machte, musste ich mich zusammenreißen, um mir meine Verstörtheit nicht anmerken zu lassen.

Ich hatte nur zwei Kölsch getrunken, also fuhr ich. Auf dem Weg nach Hause schwiegen Ronny und ich eine Weile.

Er redete zuerst. »Puh«, sagte er.

Ich antwortete: »Ja, genau.«

»So will man doch nicht enden.«

»Nein, das will man nicht.«

Ich wusste sofort, was er meinte. Ellen und Steffen machten sich etwas vor. Sie betrog ihn um den beschlossenen Minimalismus, und er entwarf die Inschrift für ihren Grabstein. Ob das gut ging? Wahrscheinlich nicht. Sollte ich es ihr sagen? War es meine Pflicht, sie darauf hinzuweisen, dass sie sich offenbar beide in etwas hineinsteigerten, dem sie nicht gewachsen waren?

Plötzlich fiel mir Ellens erster Freund ein, Silko. Damals hatte ich ihr gegenüber einen gewissen Verdacht geäußert, mit dem Ergebnis, dass sie tagelang nicht mit mir geredet hatte. Aber ich hatte im Nachhinein recht gehabt, was es für Ellen noch schlimmer gemacht hatte.

Es war ein Rosenmontag gewesen, gewiss dreißig Jahre her. Damals feierten wir noch, der Sauftourismus artete nicht aus, und Ronny war noch nicht so elegant und so frankophil. Wir waren mit unserer Clique unterwegs, standen vor einer Kneipe, tanzten, tranken und schunkelten auf der Straße.

Silko und Ellen hatten eine Art Pärchenkostüm an: Er ging als kunterbunter Hahn in einem Gewand aus Filz und Stoffresten, Ellen kam als weißer Schwan. Sie hatte eine Federboa zerschnitten und die Teile auf Jacke, Hose und weiß angepinselte Gummistiefel geklebt. Dazu trug sie einen selbst gebastelten Hut, der einen Schwanenkörper darstellte und den ein langer Hals aus Pappmaché krönte.

Irgendwann musste Ellen Pipi, aber in den Kneipen gab es kein Durchkommen zu den Toiletten, davor standen die üblichen langen Warteschlangen. Sie konnte mit dem Pipimachen aber nicht warten, also beschloss sie, über den Platz zum nächsten Klohäuschen zu rennen. Ich sah ihren Schwanenhals über den Köpfen der Menge wippen. Aber auch drüben war die Warteschlange lang, zu lang für Ellen, sie huschte hinter das Häuschen. Und traf dort auf Silko, dessen Abwesenheit wir in dem Getümmel nicht bemerkt hatten. Er stand da im opulenten Hühnerkostüm, gebückt, den Hahnenkamm aus gelbem Samt in den Nacken geschoben, mit erhobenen Händen und runtergelassenen Hosen an der Rückwand der Kloanlage und ließ sich von einem Popeye mit Hütchen und Plüschmuskeln vernaschen.

Ellen verging alles, auch das Pipimachen. Ihre Körperhaltung verwandelte sie in einen sterbenden Schwan, der Rosenmontag endete in einem Drama. Silko outete sich unter Tränen noch an Ort und Stelle, während er die Hühnerhosen hochzog und der Matrose sich aus dem Staub machte.

Ellen drehte sich auf dem flachen Absatz ihrer Gummistiefel um, stolperte, strauchelte, ließ dabei ordentlich Federn und rannte nach Hause.

In der WG suchte sie Silkos komplette Garderobe zusammen und warf sie im Hof auf einen Haufen. Sie übergoss alles mit Spiritus. Was nicht verbrannte, wurde durch den Einsatz der Feuerwehr vernichtet. Silko besaß kein Hemd, keine Schuhe und keine Hose mehr, nur das immerhin opulente Hühnerkostüm, und in diesem Aufzug musste er am nächsten Morgen in die Stadt, um sich neu einzukleiden.

Während ich den Wagen über die Kölner Ringe lenkte und Ronny schweigend aus dem Fenster schaute, dachte ich weiter über Ellen nach.

»Um Silko brauchte ich nicht zu kämpfen«, hatte sie später gesagt, »gegen eine Frau hätte ich es versucht, aber was hätte ich einem Mann entgegenzusetzen?« Sie hatte das Thema zum Tabu erklärt, wir hatten nie mehr darüber geredet.

Inzwischen war Ellen seit fünfundzwanzig Jahren mit Steffen Lang verheiratet und hatte sich in einem Hausfrauendasein eingerichtet, das sich, wie Ronny es ironisch nannte, um FKK drehte: Fernsehen, Kochen, Krankheiten.

Als wir zu Hause auf den Hof fuhren, sagte er: »Thea, versprich mir, dass wir nie so übereinander reden und miteinander umgehen!«

Ich zuckte die Achseln. »Warum sollten wir? Bei uns ist doch alles in Ordnung.«

Ronny nickte heftig, als wollte er seine Worte bekräftigen. »Ja«, sagte er, »ja, das stimmt. Bei uns ist alles in Ordnung.«

5

Unsere nächste Station war der Besuch bei Lilli und Gernot. Sie waren unsere Trauzeugen gewesen, wir kannten sie seit den Siebzigern aus dem Jugendzentrum im Nachbarort. Gernot und sein älterer Bruder waren Mitgründer des »JuZ« gewesen, eines beliebten Treffpunkts für Kinder und Jugendliche. In den Räumen einer alten Backstube organisierte Gernot damals Diskoabende und Kickerturniere. Er hatte immer zu den Großen gehört, zu denen, die etwas bewegten. Lilli war die Tochter des Bäckers und brachte täglich Kuchen vom Vortag ins Jugendzentrum. So lernten die zwei sich kennen.

An Lilli schätzte ich ihre offene, burschikose Art. Sie war umsichtig und geduldig, besonders bei der Kindererziehung wurde sie später mein Vorbild. Ihre Zwillinge waren drei Jahre älter als unsere Franziska. Etliche Tipps zum Durchschlafen, gegen Zahnweh und Blähungen bekam ich damals von Lilli. Gernot legte bei einer Versicherung erwartungsgemäß eine rasante Karriere hin. Als er ein Jobangebot in Würzburg bekam, zogen sie weg. Wir besuchten uns noch eine Zeit lang gegenseitig, aber die Besuche wurden irgendwann weniger und hörten schließlich ganz auf. Die Zwillinge wurden erwachsen, zogen nach Berlin, die Männer verloren sich aus den Augen, aber Lilli und ich blieben über WhatsApp in Kontakt. Ich wollte sie unbedingt bei unserer Mottoparty dabeihaben.

Ende Mai rief ich sie an, um unseren Besuch anzukündigen.

»Mensch, Thea, das ist toll! Kommt gerne, ich freue mich! Wir haben uns so lange nicht gesehen und ... glaub mir ... es gibt viel zu erzählen! Äh ... möchtet ihr bei uns übernachten?«

Ich wusste, wie viel Arbeit es machte, ein Gästezimmer herzurichten. Man musste putzen, Betten beziehen, Handtücher rauslegen, fürs Frühstück einkaufen und sämtliche Bäder wienern. Daher sagte ich: »Nein, mach dir bitte keine Umstände! Wir fahren am selben Tag wieder zurück.«

Sie wirkte erleichtert. »Okay, ich meine, ihr hättet natürlich auf dem Sofa schlafen können, weil ... das Gästezimmer ist zurzeit ... besetzt.« Über diesen Satz dachte ich nicht nach.

Wir waren früh um sechs losgefahren und erreichten die Siedlung im Stadtteil Gartenstadt Keesburg um zehn.

Als Lilli die Tür öffnete, hielt ich die Luft an. Sie hatte extrem abgenommen, ihr ehemals dunkles Haar war von fadem Grau, ihr Gesicht wirkte trotz des Lächelns traurig.

Wir gingen ins Wohnzimmer, das ich ganz anders in Erinnerung hatte. Sicher, der Esstisch aus Glas mit der tief hängenden Lampe stand hier früher schon, auch an die schwarzen Kunstlederstühle mit den hohen Lehnen erinnerte ich mich. Es gab aber keine Kissen, keine Pflanzen, keine Bilder, keine Blumen. Auf dem Glastisch lag ein blauer Läufer aus Chiffon, darauf stand eine leere Obstschale.

Hier sah es aus wie in einer Ferienwohnung, bevor man die Koffer ausgepackt hat; ich hatte das Gefühl, als würde der Raum nie benutzt.

»Wir essen draußen, das Wetter spielt ja mit«, sagte Lilli und führte uns auf die Terrasse, der sich ein quadratischer Rasen vor einer Buchsbaumhecke anschloss. »Käfiggarten« oder »Gartenkäfig« nannte ich solche Grünflächen, weil sie die Bezeichnung Garten nicht verdienten. Im Rasen wuchsen Disteln und Löwenzahn, die Hecke musste dringend in Form geschnitten werden, in den Ästen einer Kübelpflanze, die kein einziges Blatt mehr hatte, baumelte eine Kette mit verrotteten Papierlampions. Die Hälfte des winzigen Areals nahm ein überdimensionales Trampolin ein. Dessen Gestell war verrostet, das Netz hatte einen ausgefransten Riss, auf der Sprungfläche lag trockenes Laub, darunter entdeckte ich allerlei Gerätschaften und einen schmutzigen schlappen Ball.

Was war hier los? Lilli war zwar nie so ein Putzteufel gewesen wie Ellen, aber das, was ich sah, nein, das passte nicht zu ihr.

Jetzt bemerkte ich, dass nur für drei gedeckt war. »Sehen wir Gernot nicht? Ist er im Büro?«

Lilli goss Kaffee ein. »Gernot hat kein Büro mehr.«

»Wie meinst du das?« Auch Ronny hatte den ungepflegten Zustand von Haus und Garten bemerkt und signalisierte mir mit seinem Unterton Verwunderung.

Lilli winkte ab. »Lasst uns erst mal essen. Und dann will ich wissen, warum du am Telefon so geheimnisvoll über den Grund eures Besuches getan hast!«

Während des Frühstücks ließ ich mich auf ihren Small Talk ein. Sie erzählte von ihren Zwillingen Ole und Malte, die nun über vierzig waren, erkundigte sich nach unseren Töchtern und nach meinem Vater, fragte nach gemeinsamen Bekannten. Oberflächlich betrachtet, war es ein normales Treffen. Aber hier stimmte etwas nicht. Warum sagte sie nichts zu Gernot? Wo war er? Was bedeutete das, er hatte kein Büro mehr?

Ich spürte, dass ich Lilli Zeit geben musste, damit sie entscheiden konnte, was sie uns wann erzählte. Da sie aber keine Anstalten machte, diese merkwürdige Situation aufzuklären, gab ich ihr erst mal die Einladung.

»Was ist das?«

»Silvester sind wir vierzig Jahre verheiratet ...«

Sie machte große Augen. »Mein Gott, so lange!«

»Ja«, fuhr ich fort, »und am ersten Januar werden wir sechzig. Grund genug für eine schöne Party. Ihr wart unsere Trauzeugen, wir haben so viel miteinander erlebt, wir möchten euch unbedingt dabeihaben. Ihr könnt natürlich bei uns übernachten!«

Lilli öffnete das Kuvert, nahm die Einladung und einen Abzug eines Hochzeitsfotos heraus, den ich dazugelegt hatte. Auf dem Foto posierten wir zu viert, Lilli im dunkelblauen Abendkleid aus Satin und Gernot im hellen Anzug.

»Wie jung wir waren!«, rief sie aus. Dann lachte sie. »Deine Dauerwelle! Na ja, man hatte das so, ich sah auch nicht besser aus. Ronny, dein Vokuhila-Schnitt und der Schnäuzer waren sagenhaft!« Sie betrachtete versonnen das Foto. »Weißt du noch, wie blöd Gernot sich in seinem Sommeranzug vorkam? Aber wir hatten kein Geld für einen neuen Anzug, die Zwillinge waren klein, und ich konnte noch nicht wieder arbeiten.«

Wir redeten über früher, erinnerten uns an gemeinsame Urlaube in diversen Center-Parks, an Ferien mit den Kindern auf Norderney, Juist und in Cuxhaven, an fröhliche Feste und Feiern.

Schließlich legte Lilli das Foto auf den Tisch. »Ehrlich gesagt weiß ich nicht, ob …«

»Lilli, ihr müsst kommen, ich lasse keine Ausrede gelten! Ihr gehört doch irgendwie zu unserer Ehe!«

Wieder lächelte sie. »Das war das erste und einzige Mal, dass ich Trauzeugin gewesen bin, und euch hat es offenbar Glück gebracht. Ihr seid immer noch zusammen. Vierzig Jahre, das ist toll. Ich freue mich für euch.«

Ronny und ich wechselten einen Blick. Lilli und Gernot hatten drei Jahre vor uns geheiratet. Plötzlich beschlich mich ein Verdacht. »Ist Gernot krank?«

Sie stieß ein bitteres Lachen aus. »Krank? Vielleicht kann man das so nennen. Liebeskrank, trifft es eher.«

»Was ist passiert?«, fragte Ronny.

»Trinkt ihr ein Glas Sekt mit mir?«

Ich schaute auf die Uhr, es war elf Uhr vormittags.

Aber bevor ich ablehnen konnte, sagte Ronny: »Ja, gerne.«

Ich verstand. Lilli brauchte etwas, an dem sie sich festhalten konnte, um uns erzählen zu können, was geschehen war.

Ronny öffnete die Flasche und schenkte ein, wir tranken »auf die Freundschaft«.

Dann seufzte Lilli. »Gernot und ich sind getrennt. Beziehungsweise waren wir es. Er hatte eine andere, aber die hat sich rasch wieder von ihm getrennt, und dann habe ich ihn zurückgenommen. Seitdem wohnt er im Gästezimmer.«

»Oha«, machte Ronny.

»Tatsächlich?«, sagte ich nur. Kommentieren wollte ich nicht, noch nicht, Lilli sollte sich erst mal alles von der Seele reden.

Es klang wie ein Groschenroman: Gernot hatte ein Verhältnis mit seiner Sekretärin gehabt.

»Ich hab es nicht gemerkt, dabei hat er die klassischen Ausreden benutzt: fast täglich Überstunden, wichtige Meetings am Abend, Konferenzen am Wochenende, Geschäftsreisen.« Lilli nahm einem Schluck Sekt und starrte auf ihre Knie. »Dann sind wir im Urlaub gewesen, hatten in einer richtig schnieken Anlage auf Fuerteventura einen Bungalow.« Sie schnaubte verächtlich. »Er war sich so sicher! Und hielt mich für so doof. Doch dann war er unvorsichtig.«

Gernot hatte sich vier Tage vor Ende des Urlaubs eine Magen-Darm-Geschichte zugezogen und pendelte zwischen Bett und Bad. Am nächsten Tag war es nicht besser, er blieb im Zimmer, ließ sich von Lilli ihr Hausmittel, Cola ohne Kohlensäure und Salzstangen, besorgen. Abends wagte er es noch immer nicht, sich weiter als zwei Meter vom Klo zu entfernen. Lilli ging allein zum Abendessen und danach am Strand spazieren. »Und da sah ich Frau Krawuttke.«

»Wen?«, fragte ich.

»Seine Sekretärin.«

»Na, so ein Zufall«, sagte Ronny.

»Das dachte ich im ersten Moment auch. Aber als sie dann so tat, als hätte sie mich nicht bemerkt, und sich beeilte, mir aus dem Weg zu gehen, wurde ich skeptisch.«

»Wieso?«, fragte Ronny.

»Intuition? Sie hatte mich definitiv gesehen. Ich war immerhin die Frau von ihrem Chef, warum grüßte sie mich nicht? Nachdenklich bin ich zurück in unseren Bungalow. Gernot schlief. Ich habe ihn nicht geweckt. Am nächsten

Morgen, als er meinte, es gehe ihm besser, er sei topfit und müsse erst mal ein paar Bahnen im Pool schwimmen, bin ich ihm nachgegangen.« Lilli hielt ihr Glas mit Daumen und Zeigefinger fest, drehte es hin und her und starrte gedankenverloren hinein. Mit nahezu emotionsloser Stimme fuhr sie fort: »Er ging nicht schwimmen. Er ging zu einem Bungalow am anderen Ende der Anlage, klopfte an die Tür, Frau Krawuttke öffnete, fiel ihm um den Hals, küsste ihn und zog ihn hinein.« Lilli sah mir in die Augen. »Kannst du dir das vorstellen? So einen Verrat? Er hatte ein Verhältnis mit ihr und war sich seiner Sache so sicher, dass er zwei Bungalows in derselben Anlage gemietet hatte. Einen für seine Frau und einen für seine Geliebte. Immer, wenn er sagte, er gehe schwimmen, joggen oder spazieren, war er bei ihr.«

»Da bleibt mir die Spucke weg«, empörte sich Ronny.

»Wie hast du reagiert?«, wollte ich wissen.

»Im ersten Moment hätte ich am liebsten die Tür eingetreten und die beiden verprügelt. Aber dann wurde ich ganz kalt. Habe mich umgedreht, bin in unser Zimmer, habe meinen Koffer gepackt, mir an der Rezeption ein Taxi zum Flughafen bestellt und bin mit der nächsten Maschine nach Hause geflogen.«

So ein dreister, infamer und verletzender Betrug! Ronny wirkte genauso fassungslos wie ich.

»Hast du ihn zur Rede gestellt?«, fragte er.

»Nein. Ich bin nicht mehr an mein Handy gegangen, obwohl er ununterbrochen versucht hat, mich anzurufen. Er ist bis zum Ende des Urlaubs geblieben. Mit ihr. Nach über vierzig Jahren, in guten und in schlechten Zeiten, tat er mir das an. Ich hab sein Bettzeug und seine Klamotten ins Gästezimmer geworfen und nur noch geheult. Aber es kam noch schlimmer.«

»Oh, was denn noch?« Schlimmer konnte ich es mir gar nicht vorstellen.

»Nach seiner Rückkehr erklärte er, er wolle mich verlassen, weil er noch mal Vater werde und zu seiner Verantwortung stehen müsse.« Lilli schluckte und kämpfte mit den Tränen. »Es ist nicht zu fassen. Er hat ihr ein Kind gemacht. Unsere Söhne haben eine Halbschwester. Dann ist er ausgezogen.«

Ich wusste nicht, was ich sagen sollte, auch Ronny schaute erschüttert aus der Wäsche.

Plötzlich grinste Lilli. »Man sagt, nur gut gerächt ist auch gerecht. Da ist was dran! Ich habe mich gerächt, und es tat mir unfassbar gut. Ich habe eine Anzeige veröffentlicht, in der Samstagsausgabe der Tageszeitung:

Dem erfolgreichen Kollegen-Fortpflanzungs-Duo Gernot Hoffmann und Tanja Krawuttke einen herzlichen Glückwunsch zum außerehelichen Firmenunfall!

Es gratulieren: die Ehefrau des Befruchters und die beiden ehelichen Söhne

Sekundenlang war es still, nur das Zwitschern der Vögel in der Buchsbaumhecke war zu hören.

Dann bekamen Ronny und ich zeitgleich einen solchen Lachanfall, dass uns Tränen über die Wangen liefen. Lilli stimmte ein; ihr Lachen klang ein bisschen hysterisch, aber durchaus befreiend.

Atemlos berichtete sie, dass Gernot daraufhin untragbar für die Firma geworden war und seinen Job verloren hatte. Und kurz danach hatte er auch Tanja Krawuttke verloren, genauso wie das Kind, eine Tochter. Es wurde jetzt vom Geschäftsführer eines Fitnessstudios großgezogen. Aber zahlen musste Gernot.

»Tja, und dann tat er mir wieder leid, weil er nicht wusste, wohin. Vierundvierzig Jahre wischt man nicht einfach so aus dem Leben. Jedenfalls ich nicht. Jetzt wohnt er im Gästezimmer.«

»Ist er zu Hause?«, fragte Ronny mit einem Blick zum Haus.

Lilli schüttelte den Kopf. »Er hat Frühschicht.«

»Was macht er?«

»Er fährt Taxi.«

Was für ein Abstieg. Der Macher, der Organisator, der Abteilungsleiter, der Chef. Gernot fuhr Taxi.

»Und ... seid ihr ... wollt ihr es noch mal versuchen?«

Lilli senkte den Kopf. Sie strich mit den Fingern über unsere Einladung. »Ich werde ihm nie wieder vertrauen können, ihm nie wieder glauben. Wenn er mich in den Arm nehmen würde, müsste ich immer an sie denken und daran, wie die beiden ... na, ihr wisst schon.«

Dann sah sie mir ins Gesicht. Traurig sagte sie: »Nein, ich glaube nicht, dass wir eine zweite Chance haben. Aber ich weiß im Moment überhaupt nicht, wie es weitergehen soll. Deswegen, seid mir bitte nicht böse, kann ich eure Einladung nicht annehmen. Käme ich allein, müsste ich allen alten Bekannten zu viel erklären, und mit ihm ...«

Sie schüttelte heftig den Kopf. »Nein. Ich kann nicht.«

Dafür hatten Ronny und ich Verständnis. Wir umarmten Lilli zum Abschied, wünschten ihr alles Gute und baten sie, sich zu melden, wenn sie uns brauchte.

Wir fuhren los. Ronny schaute in den Rückspiegel.

»Da hält ein Taxi vor dem Haus. Gernot steigt aus. Soll ich wenden, damit wir ihn begrüßen?«

»Nein. Ich kann ihm nicht in die Augen sehen. Er hat alles zerstört«, sagte ich.

»Vielleicht sollten wir uns seine Version der Geschichte anhören?«

»Wie könnte seine Version von *Ich habe meine dreißig Jahre jüngere Sekretärin geschwängert und meine Frau monatelang betrogen* denn klingen? Nee, danke, ich will ihn nicht sehen. Bitte fahr weiter, mir reicht es.«

Wir fuhren fast eine Stunde lang über die Autobahn, ohne zu reden.

Irgendwann sagte ich: »Was ist bloß aus unseren alten Freunden geworden? Marita lästert den ganzen Tag und kümmert sich nur noch darum, was andere Leute machen. Ellen und Steffen wollen alles minimieren und belügen sich gegenseitig, bevor sie überhaupt einen Karton gepackt haben. Und jetzt das. Warum tut ein Mann das? Wie kann es geschehen, dass ein Vierundsechzigjähriger ein Kind zeugt! Bei der Torschlusspanik, die ihn vielleicht befallen hat, muss man doch trotzdem immer noch Verantwortungsbewusstsein haben. Eine Frau kann in dem Alter kein Kind mehr in die Welt setzen, und das ist gut so. Stell dir das mal vor!«

»Das ist doch was anderes«, sagte Ronny.

»Allerdings! Ein Mann kann als Greis noch Vater werden, eine Frau wird im selben Alter nicht mehr Mutter. Der

Spaß hat für Gernot vielleicht eine Viertelstunde gedauert, aber die Frau hat ein Kind gekriegt, davon hat sie ihr Leben lang was. Mal abgesehen von dem Mädchen, das nicht mit seinem leiblichen Vater aufwachsen kann.«

»Gernot hat auch für immer was davon, wie du es nennst, er muss bis an sein Lebensende zahlen. Wenn Lilli sich scheiden lässt, müssen sie das Haus verkaufen, und sie verlieren beide ihr Zuhause.«

»Nimmst du ihn etwa in Schutz? Ich finde, das hätte er sich vorher überlegen müssen, bevor er mit einer jungen Frau eine Affäre angefangen hat.«

»Ich nehme ihn nicht in Schutz. Aber ich kenne die genauen Umstände nicht. Zwei erwachsene Menschen müssen die Konsequenzen ihres Verhaltens tragen. Das sind die Fakten, darüber will nicht urteilen.«

»Drei Erwachsene«, widersprach ich. »Lilli muss die Konsequenzen auch tragen, obwohl sie nix dafürkann!«

Ronny zog die Schultern hoch. »Klar. Aber, mal ehrlich: Fängt ein zufriedener Mann eine Affäre an? Gehören dazu nicht immer zwei, bis es so weit überhaupt kommen kann?«

»Du nimmst ihn doch in Schutz!«

»Nein, ich will nur niemanden vorschnell verurteilen.«

Eine Weile schaute ich wieder stumm aus dem Fenster und dachte über Ronnys Worte nach. Natürlich, ein glücklich liierter Mensch ist für Avancen anderer nicht empfänglich. Ich stellte mir vor, wie ich reagieren würde, wenn jemand mir ein eindeutiges Angebot machen würde. Ein absurder Gedanke. Ebenso absurd war es, mir vorzustellen, ich würde einen fremden Mann anflirten und ihn womöglich verführen.

Was würde ich tun, wenn es mir erginge wie Lilli? Wenn ich herausfände, dass Ronny eine andere hätte, die zehn Jahre jünger wäre als unsere älteste Tochter und von ihm ein Kind bekäme?

Spontan fragte ich: »Bist du eigentlich schon mal fremdgegangen?«

Er legte seine Hand auf mein Knie. »Nein, bin ich nicht«, sagte er ohne zu zögern und mit fester Stimme.

Ich glaubte ihm.

»Bist du also ein glücklicher Mann?«

Er zog die Luft durch die Zähne. »Sagen wir so: Ich bin zufrieden. Glücklich ... na, das ist ein bisschen hoch gegriffen. Und du?« Er schaute mich kurz von der Seite an, bevor er sich wieder auf die Fahrbahn konzentrierte.

War ich glücklich? Wie fühlte sich Glück an? War ich glücklich, weil ich keine finanziellen Sorgen hatte, gesund war, weil ich in einem relativ sicheren Land im Frieden lebte und ein Dach über dem Kopf hatte? Wahrscheinlich. Vielleicht. Es wäre jedenfalls klug, unter diesen Umständen glücklich zu sein. In Ländern, in denen Krieg herrschte, oder dort, wo das Klima ganze Landstriche durch Dürren, Stürme oder Überflutungen verwüstet und entvölkert hatte, definierten die Menschen »glücklich sein« wohl anders als wir.

»Ich denke, mir geht es wie dir. Ich bin ganz zufrieden. Das ist ein bisschen wie Glück, oder?«

Ronny wiegte den Kopf. »Glaub schon.«

6

Bea sah fantastisch aus. Die blonden Haare fielen ihr voll und glänzend bis über die Schultern, sie hatte Augen und Mund gekonnt geschminkt und wirkte wie ein Mensch, der sich in seiner Haut rundherum wohlfühlt. Ihre lässige Leinenhose, die Seidenbluse und die Ballerinas hatten den gleichen Cremeton, Finger- und Fußnägel waren perlmuttfarben lackiert, und sie trug zierlichen, edlen Modeschmuck. Bea war jetzt Mitte sechzig, sah aber zehn Jahre jünger aus. Mindestens.

»Bea, meine Güte, du hast dich aber verändert!«, rief ich, und Ronny ergänzte: »Zum Vorteil, Wahnsinn, du hast noch nie so toll ausgesehen!«

Bea warf den Kopf in den Nacken und lachte ein ansteckendes Jungmädchenlachen. »Was eine schicke Scheidung ausmacht, oder?«

Allerdings.

Sie führte uns ins Wohnzimmer ihrer Neubauwohnung am Stadtrand: ein Traum in Weiß, Grau und Beige mit edlen dunklen Accessoires.

»So schön hast du noch nie gewohnt!«, sagte ich und dachte an die finster möblierten Räume mit der Schrankwand aus Mooreiche und den scheußlichen Gobelinstühlen, in denen sie jahrzehntelang mit Manfred gelebt hatte.

»Ja, das ist endlich mein Geschmack, klein, nur zwei Zimmer, aber fein. Wurde auch Zeit, dass ich so wohne, wie es mir gefällt!«

Bea und Manfred waren unsere Brautführer gewesen. Sie waren damals schon verlobt gewesen, hatten aber erst ein paar Jahre nach uns geheiratet.

Wir nahmen auf dem Sofa Platz. Bea servierte Kaffee, Kekse und eisgekühlten Limoncello. »Auf die Zukunft!«, sagte sie und hob ihr Glas.

»Auf die Zukunft!«

Ich gab ihr die Einladung und erklärte: »Wir besuchen Gäste, die damals auf unserer Hochzeit waren, auch wenn wir uns eine Weile aus den Augen verloren hatten.«

»Thea, das war ein riesiges Fest! Wie viele Leute habt ihr denn noch gefunden, die kommen können?«

»Um die hundert!«

Bea machte große Augen. »Ihr besucht hundert Leute?«

Ich lachte. »Nein, natürlich nicht alle! Familie, Nachbarn und Kollegen bekommen ihre Einladungen per Post. Die anderen besuchen wir. Einfach, weil wir es schön finden, uns wiederzusehen, und weil wir in den letzten Jahren zu wenig Zeit miteinander verbracht haben.«

»Das stimmt.« Bea schüttelte den Kopf. »Nicht zu glauben: Von hier bis zu euch sind es keine dreißig Kilometer, und trotzdem schaffen wir es nicht, uns regelmäßig zu sehen. Ich komme gern, vielen Dank.« Dann nahm sie das Foto, das ich in ihren Umschlag gelegt hatte, und betrachtete es.

»Als säße da eine andere Person neben Manfred.«

Sie hatte recht. Es war 1983 aufgenommen worden, aber bis zu ihrer Scheidung hatte Bea so ausgesehen wie auf dem Bild: dauergewellte Haare mit geföhnter Außenrolle, Brille, Bluse, kein Make-up. Eine graue Maus mit Übergewicht. Bea und Manfred hatten keine Kinder, sie war kaufmännische Angestellte in einer Motorenfabrik gewesen. Gleich nach der Scheidung hatte sie eine Stelle in einem Modehaus angenommen und vom ersten Tag an für sich selbst gesorgt. Inzwischen war sie Abteilungsleiterin, hatte sich die Augen lasern, die Dauerwelle rauswachsen und die Haare blondieren lassen. Sie ging zum Yoga und joggte jeden Sonntag acht Kilometer durch den Schlosspark.

Von allen Trennungen, die ich kannte, fand ich die von Bea und Manfred am besten. Vielleicht, weil Udo Jürgens daran ein bisschen mitgewirkt hatte. Dazu muss man wissen, dass Bea ein Riesenfan ist. Als Udo starb, trug sie wochenlang Schwarz. Sie kannte jedes Lied, konnte nach drei Tönen fehlerfrei mitsingen. Irgendwie hatte sie früher das Gefühl gehabt, dass seine Texte eine Art Gebrauchsanweisung für ihr Leben waren. Wenn sie ein paar getrunken hatte, sang sie das Lied »Ich war noch niemals in New York«. Die Zeile »Ich war noch niemals richtig frei« schmetterte sie immer besonders inbrünstig. Ich erinnerte mich an den Tag, als ich das Lied »Ich weiß, was ich will« zum ersten Mal hörte. Darin singt Udo Jürgens, dass er weiß, was er will, und dass er damit eigentlich Leidenschaft und stundenlangen Sex an einem weißen Strand meint. Bea erklärte damals lakonisch: »Schöne Melodie. Aber Sex am Strand braucht kein Mensch, das ist nur im Lied romantisch. In der Realität möchte ich nicht wissen, wie es sich anfühlt, wenn man Sand im Getriebe hat. So was ist mit Manfred sowieso kein Thema, der hat für alles Regeln und Zeiten. Was er unter Leidenschaft versteht, erledigt er sonntags nach dem Tatort.«

Aber Udo Jürgens sang in dem Lied auch: »Ich will, dass endlich etwas Neues beginnt ...« Und das wurde Beas Parole, nachdem sie ausgezogen war. Sie machte alles anders.

Zuerst ging sie zum Friseur. Manfred hatte immer auf Dauerwelle und Außenrolle bestanden, so hatte er sie kennengelernt, und so wollte er sie behalten. Wie unfair Männer sein konnten. Manfred hatte alsbald Tonsur statt Vokuhila, da bestand Bea auch nicht auf die Achtziger-Frisur. Ronny und ich witzelten oft darüber, dass er seit den Achtzigern Bundfaltenhosen und Collegeschuhe mit Bommeln trug. Ich konnte verstehen, dass Bea der Sinn nach Veränderung stand.

Unmittelbar nach der Trennung war ich mit ihr zum Griechen gegangen. Und zwar an einem Mittwoch. Manfred und Bea waren nämlich Jahr um Jahr jeden Samstagabend um sechs im »Restaurant Dionysos« gewesen. Jeden Samstag um kurz vor sechs waren sie auf den Parkplatz links neben der Eingangstür gefahren. Manchmal waren Ronny und ich dabei gewesen. Wir hatten das blau-weiß eingerichtete Lokal, in dem es nach Gyros und Zaziki roch, jedes Mal um die gleiche Zeit betreten. Und sobald Manfred dem Griechen zugerufen hatte: »Dimmi, du alter Schwede, alles klar bei dir?«, hatten die Männer sich in den Arm genommen und sich gegenseitig auf den Rücken geklopft.

Manfred hatte immer erst zwei große Biere getrunken, Bea hatte immer einen Retsina und später zum Essen zwei Mavrodafni genommen.

Nach dem ersten Bier hatte Dimitri stets gefragt: »Wie immer, mein Freund?«

Manfred hatte jedes Mal geantwortet: »Jau. Grillteller mit Lammkotelett, Souflaki, Giros, Zaziki, ohne Reis, da-

für mit Pommes weiß, ohne Salat, dafür mit Grilltomate.«
Dann hatte er mit dem Kopf zu Bea gewiesen. »Ja, genau.
Und für sie auch wie immer. Bifteki.«

Jahrein, jahraus aß Bea samstags Bifteki und trank dazu
Mavrodafni.

Bis ich sie mal gefragt hatte, warum sie immer das
Gleiche aß.

Sie hatte die Schultern hochgezogen. »Warum soll ich
was anderes nehmen? So kann ich mich mittags schon darauf einstellen, was ich abends esse.«

Ich hatte sie verdutzt angeschaut. »Wie stellt man sich
denn bitte darauf ein, abends griechische Buletten zu essen?«

Und das sei für sie der finale Denkanstoß gewesen, sagte
Bea später. Da sei sie ins Nachdenken gekommen, und daraus hätten sich die Konsequenzen entwickelt.

Und deswegen hatte sie mich kurz nach der Trennung
eingeladen, mit ihr an einem Mittwoch ins Dionysos zu
gehen. Dimitri hatte vielleicht doof geguckt, als wir uns
um neun Uhr abends an Tisch zehn gesetzt und vor dem
Sorbas-Teller einen doppelten Metaxa genommen hatten!

Wenn wir später über diesen Abend sprachen, behauptete Bea: »Unser Essen war der Beginn meiner Freiheit. Du
hast den Stein ins Rollen gebracht.« Dann grinste sie schelmisch: »Und wenn ich heute mal ein Glas zu viel trinke,
singe ich nicht ›Ich war noch niemals in New York‹, sondern ich schmettere ›I am what I am‹.«

Nachdem Bea die eheliche Wohnung verlassen hatte,
dauerte es nicht besonders lange, bis Manfred eine neue
Freundin fand und mit ihr in ein Dorf in Brandenburg zog.
Das war alles, was wir von ihm wussten. Manfred gehörte

zu den Weggefährten, die wir unterwegs aus den Augen verloren hatten.

Bea wirkte jetzt rundherum glücklich. Als sie kokett sagte: »Ich habe da jemanden kennengelernt ... darf ich meinen Freund Frank-Jochen zur Mottoparty mitbringen?«, wusste ich, dass sie es auch war. Glücklich.

»Natürlich!«, sagten Ronny und ich einstimmig.

Beschwingt fuhren wir nach Hause.

»Ihr Glück ist direkt ansteckend, heute geht's mir richtig gut«, sagte Ronny.

So empfand ich es auch. Und ich beschloss, mich von negativen Stimmungen anderer künftig nicht mehr beeinflussen zu lassen.

Aber da waren wir noch nicht bei Angie und Olli gewesen.

7

Bei Olli Holländer im Beatkeller hatte mit Ronny und mir damals alles angefangen, und er und seine Frau Angie hatten lange zu unserem engsten Freundeskreis gehört.

Dann gewann Olli im Lotto. Niemand wusste, wie viel, nur Ronny kannte die genaue Summe, aber als Banker hielt er sich natürlich an die Schweigepflicht. Er hatte Olli dabei beraten, seinen Gewinn zu investieren, nun würde das Geld ein Leben lang – und darüber hinaus – reichen.

Angie und Olli gaben sofort ihre Berufe auf und reisten auf Kreuzfahrtschiffen um die Welt.

Irgendwann hatten sie sich alles angesehen, was sie interessierte, sie reisten nicht mehr viel, überwinterten aber in ihrer Eigentumswohnung in Málaga. Den Sommer verbrachten sie zu Hause. Von Mai bis Oktober wohnten sie in seinem Elternhaus. Inzwischen gab es dort einen Wintergarten, einen repräsentativen Anbau, in dem sich das hundert Quadratmeter große Wohnzimmer befand, ein mit allen Schikanen ausgebautes Dachgeschoss und einen imposanten überdachten Swimmingpool mit Gegenstromanlage. Auch der Beatkeller war im Laufe der Zeit immer wieder renoviert und erweitert worden, nur die Diskokugel drehte sich noch an der Decke und wurde von der alten Lichtorgel angestrahlt. Diese Kugel könnte Geschichten erzählen ... Das Gartenhäuschen, in dem Ronny und ich seinerzeit unsere Unschuld verloren hatten, gab es leider nicht mehr.

Angie und Olli waren schon vor dem Gewinn ungewöhnlich gesellig gewesen; es verging kein Wochenende, an dem sie nicht mit Freunden, Kollegen, Nachbarn oder der Familie irgendwas feierten. Angies Spezialität: Sie erfand triftige Partygründe. Ostern, Pfingsten, Weihnachten, Silvester, Geburtstage, Hochzeitstage, Mutter- und Vatertag waren feststehende Anlässe, aber das waren ja nur wenige Wochenenden von zweiundfünfzig. »Das Leben ist kurz, man muss die Feste feiern, wie sie fallen, und wenn es keine Feste gibt, erfindet man eben welche«, meinte sie. Und so hatten wir zum Beispiel eine Fliesenparty nach einer Badrenovierung gefeiert, es gab Rasenfeten, Zaun-, Hecken- und Rosenbeetfeiern, ein Garagenrichtfest, Poolpartys und etliche andere Gelegenheiten, an die ich mich gar nicht mehr im Einzelnen erinnern kann.

An diesem Samstag im Mai vor unserer Mottoparty überraschte Angie uns mit nagelneuen vollen Lippen und frisch tätowierten Augenbrauen. Sie war klein und trotz ihrer dreiundsechzig Jahre zierlich geblieben, was ich ihrer Kettenraucherei zuschrieb. Sie trug immer noch Kleidergröße sechsunddreißig, die sie aber nur so lange jugendlich wirken ließ, bis man die faltige, sonnenverbrannte Haut bemerkte. Ihre Jeans waren hauteng und betonten ihr Popöchen, sie trug Sandalen mit Glitzersteinen und ein Trägertop unter einer Jeansweste, deren Rücken mit einem Totenkopf aus funkelnden Pailletten bestickt war. Ihr blondes Haar hatte sie am Hinterkopf zu einer Banane gedreht, die sie mit einer glitzernden Spange festhielt.

Olli war auch relativ klein, aber er hatte sich in den letzten Jahren verdoppelt. Sein Gesicht war so feist, dass ich mir schon mal vorgestellt hatte, ihn mit einer Nadel in die Wange zu piksen, um zu sehen, ob die Luft rausging.

Die beiden standen am Gartentor, als wir um die Ecke kamen. Olli trug neuerdings Zopf, der bei seiner Stirnglatze und dem verbliebenen grauen Resthaar wie ein ausgefranster Pinsel aussah.

»Hey, ihr kommt zu Fuß, prima, dann müsst ihr nicht fahren, und wir können ein paar leckere Aperölchen zischen!«, rief Angie uns winkend entgegen.

Ich verzichtete auf den Hinweis, dass zwischen unseren Häusern keine achthundert Meter lagen und ich eine so kurze Strecke unter keinen Umständen mit dem Auto fahren würde. Holländers besaßen zwei Jeeps und gingen niemals zu Fuß, nicht mal den kürzesten Weg. Aber darüber wollten wir heute nicht diskutieren, heute wollten wir über alte Zeiten reden und die beiden zu unserer Mottoparty einladen.

Das war übrigens auch eine Spezialität von Angie: die alten Zeiten. Es dauerte nie lange, bis einer ihrer Sätze mit den Worten begann: »Weißt du noch, als ...?«

Meistens nervte mich das, weil ich die Vergangenheit zur Genüge kannte und sie nicht immer wieder durchkauen wollte. Vielleicht hatte ich mich deswegen ein wenig von ihr distanziert? Früher, damals, kennst du noch ... ich wollte nach vorn leben und nicht rückwärtsgewandt.

Nun hatten wir uns lange nicht gesehen, die beiden waren noch nicht lange aus Andalusien zurück. Ich wusste wie bei jedem Besuch, was auf mich zukam, und war gewappnet. Zuerst zeigten sie uns wieder ihre aktuellen Neuanschaffungen. Auch das gehörte zum Ritual jedes Treffens: Die Besichtigung der letzten Käufe und ausführliche Informationen darüber, was sie gekostet hatten. Dieses Mal gab es eine chromglänzende, computergesteuerte Küchenmaschine mit Kochfunktion, integrierter Waage und umfangreichem Zubehör für tausendneunhundert Euro, einen Saugroboter, der auch wischen konnte, für einsfünf, die komplette neueste Marc-Cain-Kollektion, bei der Angie nicht hatte widerstehen können, und eine Hydro-Überwassermassageliege mit Turboeffekt, die sie für schlappe zwölftausend Piepen ergattert hatten und für die sie extra einen Kellerraum umbauen lassen mussten.

Nachdem wir alles ausgiebig bestaunt und bewundert hatten, stießen wir mit »Aperölchen« an.

Die beiden berichteten von ihrem Leben in Málaga, von Freunden, die sie unter den zahlreichen deutschen Wintergästen gefunden hatten, von Lokalen, in denen sie Stammgäste waren, und von ausgelassenen Feiern am Strand.

Unsere Einladung zu übergeben, geriet quasi zur Nebensache, denn ein solches Jubiläum setzte bei Angie sofort die Erinnerungsspirale in Gang. Dafür hätte es nicht einmal des Fotos bedurft, das auch die beiden von uns bekamen.

»Wie schlank du da noch warst, Olli!«, rief Angie aus und schaute ihn über den Rand ihrer mit Strass besetzten Lesebrille an. »Da hat sich aber ordentlich was getan, mein Lieber. Fällt mir sonst gar nicht so auf, wenn man sich jeden Tag sieht. Sind es dreißig Kilo? Oder eher vierzig? Wenn du deinen Piephahn in diesem Leben noch mal sehen willst, ohne dafür deinen Schmerbauch hochzuklappen, musst du aber dringend abnehmen!«

Ich schnappte nach Luft, diese Bemerkung war mir hochnotpeinlich.

»Sag mir, wie«, war Ollis lapidare Antwort.

»Na, du könntest weniger essen, zum Beispiel.«

Er schüttelte den Kopf. »Ich muss vernünftig essen, sonst werde ich krank.«

An mich gewandt sagte Angie, während sie mit dem Daumen über ihre Schulter hinweg auf Olli zeigte: »Die Betonung liegt auf *vernünftig* essen. Unter *vernünftig* versteht er Fleisch und Soße, dazu will er immer Kartoffeln, Reis oder Nudeln und Gemüse. Aber er isst nichts Grünes. Keinen Salat, keine Erbsen, Bohnen, Gurken, Spinat, Grünkohl. Deswegen bin ich früher beim Kochen oft verzweifelt. In Spanien koche ich nicht, aber wir gehen jeden Mittag in ein deutsches Restaurant, weil Olli unbedingt seine Hausmannskost will.«

Ronny und ich wechselten einen verstohlenen Blick, er nickte mir fast unmerklich zu. Bevor Angie weitersprach, wussten wir genau, welche Anekdote jetzt kam.

Und richtig, sie legte sofort los: »Dass Olli früher immer und zu allem Ketchup nahm, das hat mich manches Mal ausflippen lassen. Der aß sogar Reibekuchen, Hühnerfrikassee und Rouladen mit Ketchup.« Darüber war Angie irgendwann so erbost gewesen, dass sie ihm sogar Milchreis mit Ketchup serviert hatte. Sie erzählte uns die altbekannte Geschichte mit den gleichen Worten wie etliche Male zuvor, Olli rollte dazu genervt mit den Augen. Davon ließ Angie sich aber nicht aufhalten: »Du bist eine kulinarische Wildsau, hab ich zu ihm gesagt, aber er kannte das von zu Hause ja nicht anders. Die aßen Nutella mit dem Löffel und Rosinenbrot mit Leberwurst. Und wenn er als

Kind mal blass um die Nase war, gab meine Schwiegermutter ihm Melissengeist auf einem Stück Würfelzucker. Kein Wunder, dass er keine Esskultur hat.«

Geduldig hörte ich zu, beobachtete dabei heimlich Ronny, der den Kopf in den Nacken gelegt hatte und den Verlauf eines Kondensstreifens am blauen Himmel verfolgte. Wie gut mein Mann aussah, trotz der fast sechzig Jahre! Schick war er, trug zur Jeans ein weißes Hemd und weiße Sneakers, seine Haut war geschmeidig und gepflegt, die Hände waren tipptopp maniküert.

»Aber«, Angie nahm einen großen Schluck aus ihrem Glas, bevor sie die nächsten Worte abfeuerte, »Olli hat sowieso nicht besonders viel Sinn für Kultur, wie wir ja alle wissen ...«

Er stand auf. »Erzähl du man. Ich gehe in der Zeit mal für kleine Jungs.«

Olli wusste nämlich auch, welche Story jetzt kam, und sie ließ ihn nicht gut dastehen.

Wir hatten früher gelegentlich versucht, ihn zu kulturellen Veranstaltungen mitzunehmen, ins Kino zum Beispiel. Das lehnte er kategorisch ab. Seine Begründung: »Was bitte soll ich im Kino? Wir haben zu Hause den größten und modernsten Fernseher, den man für Geld kaufen kann, da hab ich Tag und Nacht Kino. Und abends mit Beleuchtung.«

Olli wollte auch nicht ins Theater gehen. »Wenn diese Leute da auf der Bühne rumhampeln und irgendein gereimtes Zeug von Anno Tobak quasseln, ist das für mich keine Unterhaltung.«

Einmal waren wir zu viert in einer Ausstellung gewesen, in der sich junge Künstler präsentiert hatten.

Bald schaute niemand mehr auf die Exponate, sondern alle Besucher starrten Olli an. Er stand vor einer Holzplatte, auf die man orangefarbene Straßenbesen ohne Stiele genagelt und weiß angesprüht hatte. *Sauberwelt* hieß das Kunstwerk. »Wenn das Kunst ist, bin ich Künstler, das kann ich auch!«, rief er.

Sofort waren alle Leute still.

Olli zeigte an die Decke, auf eine Rauminstallation aus Tuch und Farbe. »Guckt euch diesen Tinnef an. Da haben sie alte Laken mit Farbe bekleckert und an die Decke gehängt.«

Er zog eine Aufmerksamkeit auf uns, die mir ausgesprochen unangenehm war.

In Köln im Museum Ludwig waren wir auch. Da gab es ein knallblaues Bild. Olli hatte es von Weitem gesehen, steuerte direkt darauf zu und rief: »Angie, guck dir das an, da ist ja überhaupt nichts drauf auf dem Bild. Was soll das denn sein? Das ist bloß blau! Blau wie ein Müllsack. Da hat einer einfach 'ne Platte blau angepinselt, und dann ist das Kunst? Und es ist wertvoll, weil irgendwer diesen Mist für wertvoll erklärt hat. Die verarschen uns doch, wo wir dabeistehen, oder was?«

Angie wurde sofort puterrot, schaute sich gewissenhaft das Bild daneben an und tat so, als würde sie Olli nicht kennen. Okay, ich fand nur Blau als Bild auch nicht so beeindruckend und hab gedacht, dass es nicht allzu schwer sein kann, eine Fläche blau anzumalen, aber das sagt man ja einfach nicht laut.

Ronny hatte von Kunst immer schon ein bisschen mehr Ahnung und begann geduldig zu erklären: »Olli, der Künstler dieses berühmten Bildes heißt Yves Klein, und er hielt

Blau für die reinste Farbe. Er war immer auf der Suche nach dem perfekten Blauton, er hat mit einem Pariser Chemiker sogar ein patentiertes Blau entwickelt, das International-Klein-Blue. IKB. Es ist ein sattes dunkles Ultramarin, das Yves Klein für monochrom blaue Bilder verwendete wie dieses hier: Da steht IKB 73. Diese Pigmente ...«

Olli lauschte ihm mit offenem Mund. Angie dachte bestimmt, Ronny könne ihren Mann mit seinem Wissen überzeugen, aber ich ahnte da schon, dass da noch was nachkommen würde.

Ronny war total in seinem Element: »Diese nahezu hypnotisierende Masse an Blau soll die Betrachter mit Blau sozusagen durchtränken, soll ihre Gefühle ansprechen, verstehst du, nicht ihren Verstand.«

Olli schaute auf das Bild, dann auf Ronny. Dann wieder auf das Bild. Stumm.

»Yves Klein war ein französischer Maler«, dozierte Ronny weiter, »Bildhauer und Performancekünstler ...«

»Performancekünstler, ach so!«, rief Olli. »Das sind diese Strategen, die live auf 'ner Leinwand rumsauen und dabei in Trance fallen, jetzt weiß ich Bescheid. Kann ich auch, Ronny, das kann ich auch. Weißte, ich hab im Keller 'ne große Rigipsplatte, die stelle ich einfach bei uns in den Vorgarten, und dann mach ich mich bei Vollmond um Mitternacht nackig und tanze um diese Platte rum, und dabei saufe ich Absinth und tauche 'nen alten Schlüpper von unser Omma in blaue Farbe. Dann klatsche ich die Buxe immer von links nach rechts und wieder von links nach rechts auf die Rigipsplatte und schreie: ›Das ist ein Happening, Olli Holländer macht ein astreines Happening, Olli Holländer ist nämlich jetzt ein Performancekünstler!‹

Danach niese und furze ich feucht auf die blaue Fläche und rufe *Hossa*, und dann werde ich berühmt, und meine Klamotten kommen auch in so 'n Museum?«

Ich wurde vor Lachen fast ohnmächtig, und Ronny murmelte mit erstickter Stimme: »Kannst du ja mal versuchen!«

»Nein!«, rief Angie panisch und verließ das Museum im Laufschritt.

Ich unterdrückte bei dieser Erinnerung ein Lachen, damit Angie mich nicht fragte, was los sei, denn dann hätten wir die ganze Szene hier und heute noch mal durchgekaut.

Es gab exquisites Fingerfood vom teuersten Cateringunternehmen der Gegend. Es hätte problemlos für zehn Leute gereicht. Auch das war typisch für Angie: Sie tischte immer dermaßen viel auf, dass man ein schlechtes Gewissen hatte, weil so viel übrig blieb. Und meistens nötigte sie einen, am nächsten Tag zum Resteessen wiederzukommen.

Irgendwann hingen wir pappsatt in den Gartensesseln.

Ronny erhob sich. »Ich muss ein paar Schritte gehen, ich hab zu viel gegessen.«

»Ich komme mit«, sagte Olli. Die beiden schlenderten über den Rasen, der so groß wie ein Fußballplatz war, weil Olli die angrenzenden Grundstücke aufgekauft hatte. Nicht, weil er den Riesengarten so toll fand, der kostete im Unterhalt »richtiges Geld«, wie er oft betonte, sondern damit ihm niemand ein Haus vor die Nase setzen konnte.

Angie und ich blieben auf der Terrasse und schauten den Männern hinterher. Der lange schlanke Ronny und der kleine dicke Olli mit seinem Zöpfchen waren ein ungleiches Paar.

»Das Neueste weißt du noch gar nicht«, begann Angie.

Ich schaute sie fragend an.

»Wir waren diesen Winter nicht die ganze Zeit in unserer Wohnung, wir waren mit einem Wohnmobil an der spanischen Küste unterwegs. Olli will sich unbedingt eins kaufen, aber ich hab keine Lust auf Campingplätze, und auf ein Leben in einer Zwölf-Quadratmeter-Zelle schon gar nicht. Thea, weißt du eigentlich, wie eine Toilette in so einem Fahrzeug funktioniert? Jemand muss sie ausleeren, wenn sie voll ist ... Nee, das ist nichts für mich.« Sie schüttelte sich. »Aber du kennst ja Olli. Der hätte die hundertzwanzigtausend direkt auf den Tisch gelegt, einfach, weil er sich das in den Kopf gesetzt hat. Mit Mühe und Not habe ich ihn davon überzeugt, dass wir erst mal so ein Teil mieten, um zu sehen, wie uns eine solche Reise gefällt.«

»Das klingt vernünftig.«

»Es war schrecklich!«, rief sie. »Das Mietding war mir viel zu klein, damit ging's schon mal los. Aber das ist es nicht allein, das ganze Drumherum ist scheußlich. Wir waren zum Beispiel in einem öden Ort, den Namen hab ich vergessen, und standen auf einer Klippe, einer hohen, gefährlichen, windigen, steilen Klippe. Außer Wasser gab es dort nichts zu sehen, gar nichts. Thea! Ich hab die ganze Nacht kein Auge zugemacht, weil ich solche Angst hatte, dass wir samt Wohnmobil von der Klippe ins Meer stürzen.«

Ich stellte mir vor, wie es sein könnte, auf einer Klippe am Meer zu sein, mit einem Blick bis zum Horizont. Nur der Himmel, der Wind, die Wellen, die Möwen und ich. Herrlich.

»Wir haben eine App auf dem Smartphone, mit der man Plätze buchen kann«, erklärte Angie. »Und in der App stand, es sei ein großartiger Campingplatz. Ich hätte beim Preis sofort stutzen müssen: Du kannst nicht für achtzehn Euro die Nacht luxuriös übernachten. Bis zum Klohäuschen war es eine halbe Weltreise! Wenn man jede Nacht mehrmals rausmuss und im Dunkeln bis zu einem Klosett tapert, auf dem vorher schon fünfzig andere waren, nein! Luxus ist was anderes! Ich will so was nicht.«

Meine Vision von Idylle in rauer Natur und Stille auf einer Klippe zerfiel.

Das sei längst nicht alles gewesen, erzählte Angie. Sie hätten gerade ihren Klapptisch und die Stühle vor dem Wagen aufgestellt und eine Flasche Wein geöffnet, als ein Campingbus auf den freien Platz neben ihnen gefahren sei. »Da stieg ein Typ aus, so einen willst du nirgends als Nachbarn haben! Richtig gefährlich sah der aus, er war bestimmt zwei Meter groß, hatte Oberarme dick wie meine Oberschenkel. Tätowiert, blanke Glatze, drei Nacken, großer Bauch unter kleiner Lederweste, verstehst du? Ich vermute, er war Türsteher in einer Diskothek oder irgendwas mit Security. Jedenfalls, das Erste, was der macht, Thea, du glaubst es nicht: Er stellt einen Zaun auf! Ja, einen Zaun. Kniehoch. Zäunt seinen Campingbus komplett ein. Wie ein riesiger Laufstall sah es aus.« Angie fasste sich an die Stirn, als könnte sie kaum glauben, was sie auf der spanischen Klippe erlebt hatte. Sie drückte ihre Zigarette aus und zündete eine neue an, bevor sie weitererzählte. »Und dann holt der Typ zwei Hunde aus dem Bus. Möpse. Einen schwarzen und einen weißen. Dick und Doof. Wer nennt denn seine Hunde Dick und Doof? So was Albernes. Kannst du dir das vorstellen?«

Der Mann hatte Angie und Olli mit Handzeichen gegrüßt, bevor er seine Gartenmöbel aufbaute und dann mit einem Netz voller Schmutzwäsche Richtung Waschhaus verschwand. Die Hunde waren im Laufstall geblieben.

»Ich bin dann rein und hab ferngesehen, aber Olli hat noch ewig draußen gesessen.«

Ronny und Olli tauchten wieder in meinem Blickfeld auf. Drinnen klingelte ein Telefon. Angie schaute auf ihre Uhr. »Gleich fünf, das wird Alex sein, in San Francisco ist es morgens, da muss ich rangehen!«

Sie lief ins Haus, um mit ihrem Sohn zu telefonieren, der für eine IT-Firma in den USA arbeitete.

»Was ich euch noch gar nicht erzählt habe«, begann Olli und fläzte sich in den Gartenstuhl, »ich werde demnächst ein Wohnmobil kaufen, schickes Ding, hab fast alles in trockenen Tüchern.« Er wies mit dem Kopf Richtung Haus. »Meine Holde meinte, wir müssten erst eine Probetour machen, um zu sehen, ob uns eine solche Art zu reisen liegt. Klar, haben wir gemacht, man weiß ja: happy wife, happy life!« Er lachte und haute mit der Hand auf sein Knie. Dann erzählte er uns von einem wunderschönen Ort an der spanischen Küste, von einem großartigen Stellplatz auf einer beeindruckenden Klippe. »Erste Reihe, achtzehn Euro! Das müsst ihr euch vorstellen: Da sitzt du vor deinem Wohnmobil, und zu deinen Füßen rauscht das Meer. Die Wellen, der Wind, grandios. Du trinkst einen richtig guten Wein, guckst bis zum Horizont, und du weißt, wenn du jetzt immer geradeaus fahren würdest, wärst du irgendwann in Neuseeland.«

Ich ließ mir nicht anmerken, dass Angie mir die gleiche Geschichte vor wenigen Minuten auf ihre Art erzählt hatte.

»Nebenan auf dem Platz hat ein total netter Typ gestanden, ein großer, durchtrainierter Mann«, erzählte Olli weiter, »er hatte zwei putzige Hunde, einen schwarzen und einen weißen, ganz liebe Tiere. Als er sie gerufen hat, Dick, Doof, Leckerli, wusste ich, dass er auch Deutscher war und Humor hatte.«

Es stellte sich heraus, dass der Mann Nils hieß und ein Dortmunder Zahnarzt war, mit dem Olli dann drei Flaschen Wein geleert hatte. Seine »Holde« sei im Wohnmobil vor der Glotze eingepennt, und so hatte er mit Nils und Dick und Doof einen gemütlichen Männerabend mit herrlicher Aussicht und grandiosem Sonnenuntergang Richtung Neuseeland verbracht. »Das hat mich dann endgültig überzeugt. Nirgends kommt man so schnell mit Leuten ins Gespräch wie beim Campen. Also ich will nichts anderes mehr machen.« Er schaute grinsend hinüber zum Haus. »Müsst ihr aber bei ihr noch nicht erwähnen. Es reicht, wenn sie das Ding sieht, sobald es auf den Hof gefahren wird.«

Zu Hause setzten Ronny und ich uns in die Küche.

»Wär das was für dich, ein Wohnmobil?«, fragte ich.

»Nein! Nie im Leben! Du glaubst doch nicht im Ernst, dass ich Toilettentanks leeren möchte, Gemeinschaftsduschen benutze und mich mit Männern verbrüdere, deren Hunde Dick und Doof heißen!«

Ich musste lachen.

»Möchtest du so einen Urlaub machen?«, fragte Ronny mit besorgt klingender Stimme.

»Nein. Auch wenn ich mir dieses Gefühl, auf einer Klippe gegenüber von Neuseeland zu sein, überwältigend vorstelle.«

»Warum denn das?«

Ich zuckte mit den Achseln. »Nur so.«

Ronny wusste nicht, dass ich mir an langen Wochenenden während des Lockdowns im Internet unzählige Reportagen über Neuseeland angesehen hatte. Und dass ich mir, nur mal zum Spaß, eine komplette Reiseroute zusammengestellt hatte. Sieben Wochen. Allein. Beginnen würde ich in Canterbury, vor der imposanten Kulisse der Südalpen. Dort würde ich auf einem Ferienbauernhof übernachten und nach ein paar Tagen weiterreisen an den türkisfarbenen Lake Tekapo. Ich hatte gelesen, dass man in klaren Nächten vom Mount John Observatorium aus die Sterne am anderen Ende der Welt sehen konnte. Der Catlins River Walk wäre mein nächstes Ziel, und ich wollte unbedingt Jacks Blowhole erleben, wenn die Wellen bei Flut durch den Tunnel rollten und mit unfassbarer Wucht wieder heraussprühten. Die einhundertachtzig Millionen Jahre alten versteinerten Bäume an der Curio Bay wollte ich sehen und mindestens drei Nächte im Fiordland Nationalpark verbringen. Einmal wollte ich im unberührten Regenwald wandern, wo die Wasserfälle mit unvorstellbarer Wucht über Klippen und Kaskaden in die schwarzen Fjorde stürzen. Und auf dem Wanaka Kajak fahren, die Gletscher an der Westküste besuchen und über die Hängebrücken zum jahrtausendealten Regenwald wandern. Im Pazifik mit Delfinen schwimmen, Wellington City erkunden und am Rande der rauchenden Krater im Tongariro Nationalpark stehen.

Fünfundzwanzigtausend Euro kostete so eine Reise. Weder hatte ich so viel Geld, noch bekam ich sieben Wochen Urlaub. Neuseeland würde für immer ein Traum bleiben. Deswegen wollte ich ihn mit niemandem teilen, auch nicht mit Ronny.

Ich erzählte ihm, dass Angie mir die Begegnung mit Nils und Dick und Doof vorher ganz anders geschildert hatte.

»Was ist das für eine Beziehung geworden, Thea? Wohin haben die beiden sich im Laufe der Zeit entwickelt? Ich habe das Gefühl, dass sie nie als Paar allein sind. Irgendwie sorgen sie dafür, dass immer jemand dabei ist.«

»Da könnte was dran sein. In jedem Fall nehmen sie die gleichen Erlebnisse völlig unterschiedlich wahr.« Ich schaute auf die Uhr. »Halb elf, es wird Zeit, ins Bett zu gehen.«

Als wir nebeneinanderlagen und ich auf die vertrauten Geräusche lauschte, fiel mir Ronnys Satz von neulich wieder ein. *Ich gehe Zähne putzen, soll ich deine gleich mitnehmen?*

Wohin hatten wir uns in den letzten Jahren entwickelt? Ein turtelndes Liebespaar waren wir schon lange nicht mehr. Aber, so tröstete ich mich, wir waren ein gutes Team, immer noch. Das war auch schön.

Oder?

8

Der letzte Gast, den wir persönlich zu unserer Motto-party einladen wollten, war Ralf Emmerich.

Ronny hatte mit ihm als Jugendlicher Billard gespielt, dabei hatten sie sich angefreundet. Ronny machte später seine Karriere in der Sparkasse, Ralf wurde ein hohes Tier bei der Post. 1986 waren wir Brautführer bei ihm und seiner Anneke gewesen, ich erinnerte mich gerne an diese Hochzeit. Anneke stammte aus Bielefeld, und gemeinsam mit ihren beiden Schwestern hatten wir eine zünftige Feier mit Bräuchen aus ihrer ostwestfälischen Heimat organisiert. Stellenweise waren das allerdings komische Bräuche gewesen. Dass man einen Pfennig in den Brautschuh legte, damit er für Geldsegen sorgte, fand ich ja noch harmlos. Mit einer rostigen Säge einen Baumstamm durchsägen, mit stumpfer Schere ein Herz in ein Bettlaken schneiden, Reis, Rosenblätter und Konfetti werfen – alles schön und gut. Aber dass man ein Brautpaar auf Stühle klettern und sie aus einem Nachttopf, dessen Rand mit Senf beschmiert ist, Bier trinken lässt, in dem Mettwürste schwimmen, war für mich optisch an der Grenze des Erträglichen.

Ralf und Anneke hatten einen Sohn, Kai-Uwe, der im Alter von zwanzig Jahren an Leukämie starb. Davon hatten sich die beiden nie erholt. Und als Anneke die Folgen eines Fahrradunfalls nicht überlebte, blieb Ralf allein zurück. Er lief fast Amok. Seine Art, mit dem Verlust umzugehen, war für viele unverständlich: Er verabredete sich mit etlichen Frauen. Es schien, als wollte er Anneke ersetzen, aber es gelang ihm nicht. Keine blieb länger, aber Ralf gewöhnte sich an die Abwechslung in seinem Schlafzimmer. Er hatte nie gelernt, allein zu sein, geschweige denn im Alltag zurechtzukommen. Er konnte nicht einkaufen, nicht kochen, waschen, bügeln.

Als sein Ruhestand begann, verkaufte er sein Haus und mietete sich in einer komfortablen Seniorenresidenz ein.

Dort besuchten wir ihn.

»Hier sieht es aus wie im Luxushotel!«, bemerkte ich erstaunt, als wir das feudale Foyer betraten. Wegen meiner Erinnerungen an das Heim, in dem meine demente Mutter zuletzt betreut worden war, hatte ich strickende Greisinnen und orientierungslose Menschen in pastellfarbenen Bettjäckchen und den Geruch nach Windeln und Suppe erwartet. Die »Residenz Schloss Rheinblick« war etwas ganz anderes. Hier gab es glänzende Marmorböden, prächtige Kronleuchter, Sitzgruppen aus hellem Leder, üppige Blumenarrangements und leise Musik.

Wir meldeten uns an der Rezeption.

»Herr Emmerich erwartet Sie in der Bibliothek.« Der Portier erklärte uns den Weg in den Westflügel.

Ich erkannte Ralf nicht sofort. Als ich ihn zuletzt gesehen hatte, bestand seine Frisur aus einem spärlichen Haarkranz, jetzt empfing er uns mit vollem grau meliertem Haupthaar. Er erhob sich geschmeidig aus einem klobigen Ledersessel, steckte seine Brille in die Brusttasche seines hellblauen Hemdes und kam smart lächelnd auf uns zu. »Thea, meine Liebe, ich sehe dir an, dass dich mein Anblick verwirrt.« Er tippte an seinen Kopf. »Seitdem ich meinen Fiffi habe, klappt es mit den Damen wieder besser! Gib es zu, du hast mich nicht erkannt, weil ich aussehe wie ein junger Hüpfer?« Ich mochte seine offene Art, allerdings nur, wenn sie nicht allzu offen wurde.

Wir umarmten uns lachend, dabei hielt er mich wieder ein paar Sekunden zu lange fest. »In einer halben Stunde könnten wir in mein Appartement gehen, die Putzfee ist gerade drin. Was darf ich euch anbieten? Kaffee, Tee, Wasser?« Er schaute auf die antike Standuhr neben der Tür. »Alkohol servieren sie leider erst ab siebzehn Uhr und nur in der Weinstube.«

»Sie servieren ... und es gibt eine Weinstube ...«, wiederholte Ronny und ließ den Blick durch den Raum schweifen. Regale vom Boden bis zur Decke, angefüllt mit Büchern, Sitzecken mit Leselampen und kleinen Tischen, ein Kamin, Ölgemälde.

Ralf bemerkte unser Staunen. »Nett, oder? Ich sag immer: Hogwarts für Senioren. Nur dass leider keiner die Wehwehchen wegzaubern kann. Nehmt Platz.«

Ronny und ich setzten uns, Ralf ging zu einer Gegensprechanlage und drückte auf einen Knopf.

»Emmerich, für meine Gäste und mich in der Bibliothek bitte Kaffee mit Milch und Zucker und Kekse. Danke.«

Ich konnte mich an Ralfs Frisur nicht sattsehen. Nur bei genauem Hinschauen erkannte man an den abstehenden Haaren im Nacken, dass er eine Perücke trug. Auch die Zähne schienen nagelneu zu sein, ebenmäßig, gerade und eine Idee zu weiß für einen Mann Ende sechzig.

Als hätte Ronny meine Gedanken gehört, sagte er: »Eigentlich hab ich gedacht, dass du viel zu jung für so eine Einrichtung bist. Seniorenresidenz klingt ... ich weiß nicht ... nach Alter und Endzeit, aber hier ist es schick, und du wirkst fit!«

Ralf grinste. »Ich bin ja auch fit. Wir haben ein Fitnessstudio und ein Schwimmbad, und ich benutze beides.«

Ich fragte mich, ob er den »Fiffi« zum Schwimmen abnahm.

»Zur Physiotherapie gehe ich natürlich auch, die Maus ist eine ganz schnuckelige, da macht mir die Bauch-, Beine- und Po-Gymnastik richtig Spaß. Ich geh immer in Shorts hin und bitte sie um Hilfestellung, dann spüre ich ihre kühlen Hände auf meiner Haut.« Er verdrehte genüsslich die Augen.

Ich brauchte einen Moment, bis ich verstand, dass er von seiner Physiotherapeutin sprach.

Er fuhr fort: »Ich kann euch sagen, warum ich hier bin! Erstens, weil die Küche hervorragend ist, der Koch war früher im Bayrischen Hof. Zweitens: Die Appartements in der Premiumklasse sind top, bei Bedarf kann ich ärztliche Versorgung dazubuchen, und drittens kann sich das Freizeitangebot wirklich sehen lassen.«

Ralf zwinkerte Ronny verschwörerisch zu. »Ich bin aber auch hier, weil es in meinem Alter keinen anderen Ort gibt, an dem ich mit so vielen alleinstehenden Damen unter einem Dach leben kann, ohne eine von ihnen im Alltag finanzieren zu müssen!«

Ralf würde sich nie ändern. Erotische Themen und süffisante Hinweise darauf waren schon immer sein Steckenpferd gewesen. Als Anneke noch lebte, hatte er sie damit vor versammelter Mannschaft oft in Verlegenheit gebracht.

In Bezug auf Sexualität hatte er nie ein Gefühl für Distanz gehabt, und wie die nächste Frage bewies, hatte er sich diese Direktheit auch nicht abgewöhnt. Grinsend machte er eine auffordernde Kopfbewegung. »Ihr zwei habt doch hoffentlich noch ein reges Liebesleben?« Ich bemerkte einen Tropfen Speichel in seinem Mundwinkel.

Ronny reagierte souverän. »Liebesleben ist genau das richtige Stichwort. Wir möchten dich nämlich zu unserem vierzigsten Hochzeitstag und sechzigsten Geburtstag einladen. Wie du weißt, fällt beides auf einen Tag, und wir möchten, wie früher, an Silvester reinfeiern. Und zwar mit einer schicken Mottoparty.«

Ralf klatschte in die Hände. »Ich bin begeistert! Welches Motto?«

»*Comme au Cinema*, wie im Kino.«

»Oh, wunderbar, dann kann ich als James Bond kommen und endlich mal wieder meinen Smoking anziehen. Und die Damen werden elegante Kleider mit tiefen Ausschnitten und hohe Schuhe tragen?«

»Das schreiben wir niemandem vor, es geht um das Motto, nicht um diese Details«, sagte Ronny.

»Weißt du schon, was du anziehst?«, fragte Ralf mit einem Blick auf meine Jeans.

»Ja, aber ich verrate nix.« Darüber hatte ich in Wahrheit noch keine Sekunde nachgedacht.

Ralf freute sich sichtlich über die Einladung. Auch für ihn hatte ich ein Foto von damals mitgebracht. Als er es anschaute, strich er zart mit den Fingern über Annekes Gesicht. »Mein Engelchen ...«, murmelte er. Dann straffte er sich. »Wer kommt von den alten Strategen, kenne ich da überhaupt noch jemanden?«

»Ellen und Steffen Lang«, begann ich.

Er zog eine Grimasse. »Die freche Wuchtbrumme und ihr nickender Pantoffelheld, okay ... die hab ich seit Jahren nicht gesehen. Was ist aus ihnen geworden?«

»Sie ziehen demnächst in einen Tiny-House-Park«, sagte ich, was Ralf nur mit einem verwunderten Kopfschütteln kommentierte.

»Kommen die Hoffmanns? Gernot hab ich mal zufällig in Berlin getroffen, er ist immer noch der große Macher, oder?«

»Lilli und Gernot leben getrennt, deswegen haben sie abgesagt.« Mehr sagte ich dazu nicht; es ging Ralf nichts an, dass Gernot seiner Sekretärin ein Kind gemacht hatte und jetzt Taxi fuhr.

Er wirkte gleichgültig, als wollte er sagen, das sei ihm egal, sie sei eh nicht sein Typ.

»Bea«, sagte ich und fügte, als ich Ralfs interessiertes Lächeln sah, rasch hinzu, »kommt mit ihrem neuen Freund.«

Sein Grinsen erstarb.

»Und natürlich Angie und Olli Holländer.«

»Ach, die Neureichen, die finde ich anstrengend, aber sie kann ja ganz unterhaltsam sein, wenn sie einen getrunken hat.«

»Und meine Freundin Marita kommt natürlich«, ergänzte ich.

»Marita? Die rote Zora, das wilde Geschoss?« Er fuhr sich mit der Zunge über die trockenen Lippen.

»Die roten Haare sind längst Geschichte, sie ist mit Mitte sechzig kurz vor der Rente und lebt in einer Senioren-WG, vier Frauen und ein Mann«, antwortete ich.

Ralfs Augen leuchteten. »Sodom und Gomorrha, da möchte ich gerne mal Mäuschen spielen!«, entfuhr es ihm.

»Du Schwerenöter!«, sagte Ronny. »Soviel ich weiß, ist der Mann vom anderen Ufer, aber die Damen haben wohl bisher nichts unversucht gelassen, um ihn umzupolen.«

»Grundgütiger, und wie versuchen sie das?«

Darauf antwortete Ronny nicht, er winkte lachend ab.

In Gedanken wünschte ich Ralf, dass er noch mal eine willige Dame kennenlernen würde. Sein lüsternes Getue war gewiss nichts anderes als Einsamkeit.

»So«, sagte Ronny, als wir wieder zu Hause waren. »Jetzt wissen die alten Freunde Bescheid, und wir können die Details der Party planen.«

»*Alte* Freunde trifft es«, sagte ich. »Hast du auch manchmal gedacht: Meine Güte, ist der – oder die – alt geworden?«

Ronny streckte seine langen Beine aus und verschränkte die Arme hinter dem Kopf. »Das habe ich sogar bei einigen gedacht, die wir länger nicht gesehen haben. Aber wahrscheinlich geht es ihnen mit uns genauso.«

Wahrscheinlich. Obwohl Ronny blendend aussah und auf mich überhaupt nicht alt wirkte. Eher reif, zeitlos und souverän. Seine Eitelkeit und sein sportlicher Ehrgeiz machten sich bezahlt. Er strahlte eine Vitalität aus, die ich bei keinem unserer männlichen Freunde empfunden hatte.

Ich schaute auf meine Hände, die langsam runzlig wurden. Neuerdings bekam ich Sommersprossen auf den Handrücken. Marita hatte mich ausgelacht, als ich sie ihr zeigte. »Liebelein, das sind keine Sommersprossen, das sind Altersflecken!«, hatte sie gesagt.

»Woran denkst du?«, fragte Ronny.

»An die Altersflecken auf meinen Händen ...«

Er grinste. »Wenn das alles ist, geht's doch, oder?« Er stand auf und wuschelte mir durch die Haare. »Einige graue Strähnen, neue Zähne, ein paar kuschelige Kilos und Flecken auf den Händen – Hauptsache, wir sind gesund, und der Geist ist fit. Der gesunde Geist im gesunden Körper ist jetzt auch mein Stichwort. Ich werde 'ne Runde laufen. Was hast du heute noch vor?«

»Was schon? Unkraut ziehen, die Einfahrt fegen, Haushalt, dann mache ich zwei Schüsseln Salat für Katharina, die grillen morgen mit ihren Freunden, sie hat mich drum gebeten. Und ich muss noch einkaufen ...«

Ronny hob abwehrend die Hände. »Ich hab schon verstanden, dass du einen ausgefüllten Tag hast.«

Und weg war er.

Das war ein komischer Satz gewesen. Was hatte er damit gemeint? Dass ich mich zu viel um Haushalt und Garten kümmerte? Oder um die Kinder? Das Unkraut verschwand nicht von allein, und alles andere musste nun mal gemacht werden. Wenn ich es nicht tat, würde es liegen bleiben. Wahrscheinlich hatte seine Bemerkung gar nichts bedeutet, und ich war mal wieder zu empfindlich. Ich machte mich an die Arbeit.

9

Es war ein Freitagabend im August, ich hatte die Wäsche im Garten von der Leine genommen und faltete sie auf dem Terrassentisch zusammen, als ich Jettes Auto hörte.

Zwei Türen klappten, also war Ilse dabei.

»Bin im Garten!« rief ich.

Da stürmte die Kleine auch schon um die Ecke. Sie fiel mir um den Hals und drückte mich ganz fest. »Omi, kann ich bis Sonntag bei dir schlafen? Mama hat ein wichtiges Date, wir haben meine Sachen mitgebracht. Wir können mit Lego spielen, ich hab die Kiste dabei!«

»Eigentlich wollte ich heute Abend mit Marita ...«, begann ich, in diesem Moment tauchte Jette auf. Ärgerlich rief sie: »Ilse, I told you not to tell anything! It's a secret.«

»But mum, grandma is your mother, and you shouldn't keep secrets from your mum!«

»Sprich Deutsch mit mir, bitte!«, forderte ich Ilse auf, obwohl ich alles verstanden hatte.

»Was machst du da?«, fragte die Kleine.

»Wäsche falten, mein Schatz.«

»Aber warum hier?«

»Weil ich sie draußen auf der Leine getrocknet habe.«

»Hast du keinen tumble dryer?«

Ich strich das letzte T-Shirt glatt. »So kostet es keinen Strom, verbraucht also keine Energie.«

»Aber dann ist alles so verknittert, dass du es bügeln musst, und das verbraucht dann doch wieder Strom«, erwiderte meine Tochter. Jette hatte schon als Kind dauernd widersprochen, meistens aus Prinzip und nicht nur, wenn sie eine eigene Meinung hatte.

Ich beharrte auf meinem Wissen. »Das kommt darauf an, wie stark man die Wäsche geschleudert hat. Je nasser man sie aufhängt, desto glatter ist sie, wenn sie trocken ist. Bügeln kostet nicht so viel wie eine Trocknerladung! Und Wind und Sonne sind umsonst.«

Jette lächelte, sagte »Okay, okay!«, umarmte mich und gab mir einen Kuss auf die Wange. »Mamilein«, begann sie, da wusste ich schon Bescheid. So nannte sie mich nur, wenn sie etwas von mir wollte.

»Jaja, Ilse hat es doch eben schon verraten, du hast ein wichtiges Date. Und das dauert über Nacht? Bis Sonntag?«

»Es dauert nur lange, wenn er mich gut unterhält. Wenn er mich langweilt oder nervt, breche ich noch vor der Übernachtung ab.«

Ich schüttelte den Kopf. So würde das nie was mit einem Ehemann! Man musste bereit sein, Kompromisse zu machen. Ich machte doch auch jeden Tag Kompromisse.

Meine Tochter hatte seit jeher eine merkwürdige Art, mit Männern umzugehen. Niemals würde sie auf die Idee kommen, einem Kerl gefallen zu wollen, im Gegenteil, sie erwartete von ihm, dass er sich jede erdenkliche Mühe gab, um ihr zu gefallen. Natürlich musste er zuerst ihren optischen Ansprüchen genügen. »Ansprechende Optik ist die Eintrittskarte für mein Schlafzimmer!«, sagte sie immer.

So genau wollte ich das gar nicht wissen.

Kleinere Männer, die sie überragte, Männer ohne Haare oder mit Übergewicht kamen für Jette nicht infrage. Jemand, der keinen Job hatte, auch nicht. Er sollte finanziell auf ihrem Niveau sein, mehr ging natürlich immer.

Ich brauchte sie gar nicht zu fragen, mit wem und wo sie sich traf. Sie würde mich mit diesem Blick anschauen, den sie wahrscheinlich auch bei den Männern anwandte, um sie einzuschüchtern.

»Natürlich kann Ilse hierbleiben, es ist ja Wochenende. Aber heute Abend bekomme ich Besuch, Marita hat sich angemeldet. Sie kann es kaum erwarten, von unseren Besuchen bei den alten Freunden zu hören, schließlich kennt sie noch jeden Einzelnen.«

»Mama, hast du eigentlich nie Lust, mal junge Leute kennenzulernen?«

»Ich habe drei Töchter, zwei Schwiegersöhne und fünf Enkel, das sind junge Leute genug. Außerdem sind in der Sparkasse auch einige Kolleginnen und Kollegen unter vierzig.«

Jette trug die Lego-Kiste und Ilses Reisetasche in die Diele. »Wo ist Papa überhaupt?«,

»Im Programmkino ist französische Woche, sie zeigen jeden Abend zwei Kultfilme.«

Heute brachten sie »Der eiskalte Engel« mit Alain Delon und »Außer Atem« mit Jean Paul Belmondo. Beide waren für Ronny absolute Stilikonen.

»In der Beziehung seid ihr allerdings modern«, sagte Jette.

»Was meinst du?«

»Ihr habt total unterschiedliche Interessen und respektiert das. Papa mag Kino und Mode, du triffst dich am Wochenende lieber mit deiner Freundin. Ihr lasst euch eure Freiheiten, das finde ich richtig gut.«

»Klar. Sonst könntest du Ilse ja auch nicht hierlassen und sorglos deinen Interessen nachgehen!«, sagte ich und zog liebevoll an ihrem Ohrläppchen. »Pass auf dich auf. Und lass nie dein Getränk unbeaufsichtigt rumstehen, nicht dass er dir K.o.-Tropfen ...«

»Mama, bitte, ich bin fünfunddreißig und keine fünfzehn!«

»Aber du bist meine jüngste Tochter. Wenn du mal sechzig bist, werde ich immer noch denken, dass ich auf dich aufpassen muss.«

Jette umarmte ihre Ilse, lief winkend zu ihrem Auto, stieg ein, warf uns eine Kusshand zu und brauste davon.

Ilse schaute mich nachdenklich an. »Omi?«

»Ja?«

»Wenn ich erwachsen bin und ein Kind habe, dann ist meine Mama eine Oma wie du, oder?«

»Ja.«

Sie überlegte. »Schade. Dann kannst du mein Kind gar nicht kennenlernen, weil ... dann bist du ja schon lange tot.«

Ups. Das saß. Rasch rechnete ich nach.

Wenn Jette sechzig war, würde ich fünfundachtzig sein. Heutzutage wurden viele Menschen älter als achtzig. Es war nicht mehr so wie in meiner Jugend, in der das Durchschnittsalter bei Anfang siebzig gelegen hatte. Kürzlich hatte ich gelesen, dass ich als knapp sechzigjährige Frau noch eine statistische Lebenserwartung von fünfundzwanzig Jahren hatte.

Das war gar nicht mehr so lange. Wenn ich fünfundzwanzig Jahre zurückdachte, da war ich Mitte dreißig gewesen, hatte drei kleine Kinder, einen Mann und dieses Haus zu versorgen ... und mein Alltag war dem heutigen nicht unähnlich gewesen. Nur, dass ich jetzt nur noch halbe Tage in der Sparkasse arbeitete, meine Kinder nicht mehr im Haus wohnten, sich aber vermehrt hatten und immer noch recht betreuungsintensiv waren.

Das würde wahrscheinlich immer so weitergehen. Würde ich in zwanzig Jahren Ilses Kinder betreuen? Meine Urenkel aufwachsen sehen? Würde ich immer noch Wäsche falten, Unkraut zupfen, Salate zubereiten und Ronny für seine Fitness bewundern? Die Vorstellung war irgendwie gruselig.

Ich wandte mich wieder Ilse zu. »Das wollen wir nicht hoffen, dass ich dann tot bin. Ich werde mich jedenfalls bemühen, uralt zu werden.«

Ilses Blick verriet, dass sie etwas in der Art dachte wie: *Wieso, du bist doch schon uralt!*

Aber das sagte sie Gott sei Dank nicht.

»Abmarsch, wir machen Abendessen, nachher bekomme ich Besuch. Wenn du gegessen hast und gewaschen bist, darfst du Disney Plus gucken.«

Wir gingen in die Küche und entschieden uns für Rührei mit frischer Paprika und Vollkornbrot.

Ich nahm die Eier aus dem Pappkarton und legte ihn in den Korb, in dem ich den Papiermüll sammelte.

»Hey, Oma! Nicht verschwenden, wiederverwenden! Damit kann man basteln«, rügte meine Enkelin.

Ich gab ihr einen Schmatzer auf die Wange. Was für ein tolles Mädchen.

Als ich Kind war, hieß das Getränk »Kalte Ente«. Ich hatte das Rezept meiner Mutter leicht abgewandelt. Natürlich nahm ich Biozitronen, die ich in feine Scheiben schnitt, und anstatt mit ungesundem Haushaltszucker bestreute ich sie mit Kokosblütenzucker. Später goss ich sie mit trockenem Weißwein auf. Kurz bevor Marita kam, gab ich Eiswürfel hinein und eine Flasche gekühlten Prosecco (meine Mutter hatte Kellergeister oder Asti Spumante benutzt). Ich schüttete die selbst gemachten Kartoffelchips auf den großen Tonteller, stellte geeiste Gläser bereit und gab in jedes Glas zwei Blätter frische Minze.

Marita umarmte mich und begann sofort zu plappern. »Thea, was ich dir gleich erzählen werde, das glaubst du nicht!« Sie lief durch die Diele, durchquerte das Wohnzimmer, begrüßte dort Ilse, trat auf die Terrasse, ließ sich in den Sessel fallen und streifte ihre Ballerinas von den Füßen. Das tat sie immer: Ob Sommer oder Winter, Marita zog sich, sobald sie saß, die Schuhe aus.

»Du kannst dir nicht vorstellen, was ich erlebt habe! Ich hab dir extra am Telefon nix gesagt, das muss ich dir persönlich erzählen, dabei will ich dein Gesicht sehen! Weil ...« Sie machte eine dramatische Pause. »Ich hatte nämlich ein Date.«

»Wow!«, sagte ich mit angemessener Betonung und füllte die Gläser mittels einer Kelle mit Zitronenbowle.

Marita nahm das altertümliche Glas mit dem Henkel. »Ach, das Bowleservice von deiner Mutter, das hast du immer noch! Bleikristall ist echt was für die Ewigkeit.«

Wir stießen an, sie trank einen großen Schluck. »Keine Kalte Ente ist so lecker wie deine. Jedenfalls ...« Sie stellte das Glas ab und lehnte sich wieder zurück. »Wie gesagt, ich hatte ein Date.«

Ich wusste, dass ich nun eine Weile kaum reden musste. Marita war für ihre ausführlichen Beschreibungen bekannt und ließ sich nicht gern unterbrechen.

»Eigentlich hätte ich die Einladung nicht annehmen sollen. In der WG meinten Tanja und Conny, ich hätte ewig darauf spekuliert, dass Volker mich einlädt, das stimmt auch, aber als er es dann wirklich getan hat, war mir ein bisschen mulmig.«

Der Name kam mir bekannt vor, hatte sie schon mal von ihm erzählt?

»Das ist der Typ aus deinem Büro, oder?«

»Ja, genau, Personalabteilung, gleicher Flur!«

»Und wieso war dir mulmig?«

»Nun, Thea, da bist du mit deiner Dauerehe außen vor, du hast Ronny, und das wird immer so bleiben, aber ich als Geschiedene hab ganz andere Probleme. Wenn ein Mann in seinem Alter eine Frau in meinem Alter zum Essen einlädt, ist das unsittliche Angebot vorprogrammiert. Man hat nicht mehr so viel Zeit, um sich neu zu orientieren, also hat man auch keine Zeit mehr zu verlieren.«

»Aha.«

»Volker ist ein sehr interessanter Typ. Nicht schön, aber schön sind sie in dem Alter alle nicht mehr. Männer werden schnell schäbig, kriegen lange Ohrläppchen, ihnen wachsen Haare aus den Nasenlöchern, sie haben O-Beine und hängende Hintern. Das muss man mögen. Aber Sakkos wirken Wunder, und ein Seidenschal kann einen schlabberigen Männerhals dezent kaschieren. Ist doch bei uns Frauen auch so: Je älter die Ware ist, desto besser muss die Verpackung sein.«

Ich schmunzelte die ganze Zeit.

Volker habe noch einen ganz guten Hintern und sei der »Typ Klubsakko«, sagte Marita. »Dunkles Sakko mit Wappen und Goldknöpfen, weißer Rolli drunter und dazu Jeans. Klingt nach Heino, sieht aber gut aus. Außerdem hat er volles Haar. In seinem Alter polieren die meisten schon ihre Kahlköpfe. Denk mal an Randolf!«

Randolf war ihr Ex. Seine Art, sich von Marita zu trennen, war beispiellos gewesen. Wochenlang hatte er jeden Morgen das Haus verlassen und mehrere Hosen, Hemden und Jacken übereinander angezogen. Bis der Schrank leer gewesen war. Da kam er nicht mehr nach Hause.

Marita hatte recht; Randolf hatte schon früh schütteres Haar gehabt. Er hatte die Haare vom Hinterkopf nach vorn gekämmt und ordentlich Haarspray draufgesprüht. Bei jedem Windstoß war die Frisur in einem Stück hochgeklappt.

Ich hörte ihr wieder zu.

»Wir haben schon oft am Fotokopierer geschäkert, und in der Kantine saß er seit Wochen an meinem Tisch. Clever fand ich, dass er neulich den versalzenen Bratfisch zum Anlass genommen hat, mich einzuladen. Er wüsste, wo es richtig guten Fisch gibt. ›Ich würde Sie gern in Didis Restaurant einladen‹, hat er gesagt.«

»Ihr siezt euch und redet euch mit Vornamen an?«

»Ja, wie die Amis, ich mag das. Jedenfalls: Didis Restaurant! Tanja und Conny waren ganz neidisch. Stinkvornehm, haben sie gesagt. Ich hab mich gefragt, woher

Volker das teure Lokal kennt, so viel verdient er bei uns nicht.« Sie lächelte und fuhr fort: »Er ist ein anderes Kaliber als Randolf. Der hätte heute keine Chance mehr bei mir. Aber Volker.« Sie nahm ihr Glas, trank es aus, ich füllte nach. »Ich war total nervös vor dem Date, hatte schwarze Wäsche, halterlose Strümpfe und den Satinunterrock an. Das ist glamourös, und man sieht im Fall der Fälle meinen Bauch nicht. Der ist nicht mehr so toll, das muss man als Mann auch mögen, so einen alten Frauenbauch. Ich hatte mir sogar die Achseln rasiert ...« Sie machte eine kurze Pause, als wollte sie entscheiden, ob sie den nächsten Satz sagen sollte, und leider sagte sie ihn: »Untenrum hab ich so gelassen, da ist Natur in Ordnung, oder was meinst du?«

Ich kriegte keinen Piep raus. Solche Gespräche hatten mir noch nie gelegen, und ich wollte die Bilder nicht sehen, die sich in meiner Fantasie aufbauten.

Aber Marita hatte anderthalb Glas Bowle intus und machte gnadenlos weiter: »Dann dachte ich auf einmal: Wie lange hat eigentlich keiner mehr meine Mumu gesehen. Weißt du noch, wie deine aussieht? Ich hab meinen Taschenspiegel ...«

Jetzt war es aber genug!

»Ich muss mal schnell verschwinden«, rief ich, sprang auf und lief ins Bad. Dort ließ ich mir Zeit, wohl wissend, dass Marita sich in meiner Abwesenheit um die Kalte Ente kümmern würde.

Und richtig, als ich zurückkam, war ihr Glas frisch aufgefüllt.

»Wo war ich eben stehen geblieben?«, fragte sie.

»Erzähl mir vom Restaurant!«

»Ja, genau. Also Manieren hat Volker. Begleitete mich zum Tisch, schob mir den Stuhl unter den Hintern, alles tippitoppi. Da gab es keine Speisekarte. Der Chef kam an den Tisch und fragte, was wir nicht essen möchten. Ich esse alles außer Blutwurst und Innereien. Lange Rede, gar kein Sinn«, sie kicherte, »es gab, hör zu: Variation vom Bonito mit Tatar, Carpaccio, im Noriblatt gebacken. Ich dachte, was zum Teufel ist das, hab mir aber nix anmerken lassen.« Marita verstellte ihre Stimme. »Volker so: ›... dass man in wenig Masse sehr viel Geschmack vereinen kann.‹« In normalem Tonfall erklärte sie: »Als Vorspeise gab es klare Brühe mit sechs Erbsen und einer Muschel. Es hieß: Süppchen von jungen Erbsen mit gebratener Jakobsmuschel.« Dann äffte sie Volker wieder nach: »›Hier zeigt sich, dass der Küchenmeister auf schlichte Weise und mit einfachen Produkten eine Variation auf den Teller zaubert, die geschmacklich wie optisch überzeugt.‹«

Ich musste laut lachen.

»Dann kam der Zwischengang: Graupenrisotto an Grünkohl und gebratener Hummer. Volker sagte: ›Perfekt gegarter Hummer auf geschmacklich wunderbar angerichtetem Risotto lassen meine Vorfreude auf den Hauptgang weiter aufblühen.‹

Glaub mir, ich hab ihn angeguckt, als käme er vom Mars. Was redete er denn für ein wirres Zeug?

Die ganze Zeit hab ich mich gefragt, was der eingenommen hat, ehrlich, so eine Labertasche!«

Ich konnte vor Lachen nur noch nicken.

»Pass auf, sag ich nach dem Hauptgang: ›Morgen liegt das ganze Zeug verdaut im Klosett, ich hab grob überschlagen, vierhundert Euro sind dann im Kanal.‹«

»Das hast du gesagt?«, japste ich. Es war fast zu viel für mich. Ich bekam vom Lachen Seitenstiche, aber Marita forderte mich auf, ruhig zu sein, der Hammer komme erst noch.

»Sagt Volker: ›Das ist das Stichwort, meine liebe Marita: Kunstwerk.‹ Ich denke: Stichwort wofür? Macht er mir jetzt ein Angebot wegen nachher, du weißt schon, zu dir oder zu mir … Er prostet mir zu. Ich proste ihm zu. Thea, erinnerst du dich, Randolf sagte beim Prosten immer: ›Und immer schön inne Augen gucken, sonst hat man sieben Jahre schlechten Sex!‹ Da hab ich bei ihm scheinbar tausendmal falsch geguckt. Das nur am Rande. Sagt Volker also: ›Marita, Sie kennen mich aus der Firma, Sie haben sicher ein ganz bestimmtes Bild von mir.‹« Marita zog die Augenbrauen hoch, ihre Stimme klang jetzt schnodderig: »Jawoll. Das konnte man wohl sagen. Auf meinem Bild hatte der in diesem Moment nix an und eine breite, behaarte Brust. Ich hätte den Wein nicht so schnell trinken dürfen, mir war richtig frivol zumute. Sag ich: ›Klar, ich habe ein Bild von Ihnen.‹ Sagt er: ›Meine liebe Marita, nein, das haben Sie nicht. Ich meinte das ganz und gar doppeldeutig.‹ Oho, ich wurde ganz wuschig, dachte, Mensch, der geht aber ran … Doppeldeutig? Sagt er: ›Bildlich meine ich das nämlich. Sie haben nämlich keins meiner Bilder. Ich würde gern ausstellen.‹ Ich denke, ach, er malt. Nein, so ein Bild habe ich nicht von ihm. Wie witzig! ›Worauf ich hinauswill, liebe Marita …‹ Das kann ich mir denken, Schätzelein, worauf du hinauswillst, dachte ich und hörte ihn sagen: ›Sie haben diese bezaubernde Nichte. Tamara, sie hat doch eine renommierte Galerie in Bonn. Meinen Sie, Sie könnten mich ihr mal vorstellen?‹«

Jetzt setzte Marita sich. Nahm ihr Glas, trank.

»Am liebsten wäre ich ihm mit dem nackten Hintern ins Gesicht gesprungen! So ein abgebrühter Hund. Na, denke ich, der investiert ja was. Und ich mach so einen Aufstand. Rasiere mich sogar unter den Armen. Der wollte gar nichts von mir. Gut, dass ich bis jetzt so kühl getan hatte. Dieser Armleuchter! Ich hatte mich schon mit ihm im Bett gesehen. Dann hab ich gedacht: Das wird jetzt teuer für dich, mein lieber Freund, richtig teuer. Ich hab eiskalt mitgespielt. Hab so getan, als würde ich alles dransetzen, um ihn mit Tamara zusammenzubringen. Dann hab ich Nachtisch bestellt: molekulare Dessertvariation mit Himbeer-Oliven-Sorbet, Schokoladennudeln, Thymianluft. Kein Scherz, Thymianluft! Nitros von Maracuja, was auch immer Nitros ist, an Kokosnuss und Nougat für neunundvierzigfünfzig. Und gerne einen doppelten Espresso zum Abschluss. Ja, auch einen doppelten Calvados. Ich hab's krachen lassen! Thea, sechshundert Tacken hat das Menü am Ende gekostet. Ich würde wirklich sehen, was ich tun könnte, hab ich zum Abschied noch mal gesagt. Fragt er, was ich jetzt noch so vorhätte, sag ich: ›Ich gehe essen.‹ Er guckt wie ein Auto. Sag ich: ›Ich hab Lust auf Fantasie vom Schwein an indischer Sauce.‹ Sagt er: ›Oh. Das klingt gut, das kenne ich nicht.‹ Sag ich: ›Nee? Echt nicht? Zu Deutsch: Currywurst!‹«

Wahrscheinlich verging eine halbe Stunde, bis ich wieder reden konnte, so lange dauerte mein Lachanfall.

»So, jetzt bist du aber dran. Wie war eure Greisentour?«, fragte Marita und ließ sich das Bowleglas wieder von mir füllen.

»Greise? Sei nicht respektlos, die meisten sind nur wenig älter als du und ich!«

»Aber sie sehen Jahrzehnte älter aus, stimmt's?«

Kokett fuhr sie mit den Fingern durch ihre stachelige Kurzhaarfrisur. Seitdem sie in der WG wohnte, färbte sie ihre Haare nicht mehr, selbstbewusst stellte sie ihr Naturgrau zur Schau. Marita ging aber nie ohne knalligen Lippenstift aus dem Haus und trug große, auffällige Ohrringe aus Bast, bunten Holzperlen oder Federn. Ich konnte mich nicht erinnern, wann sie mal ein Outfit ohne Animalprint getragen hatte. Sie mixte Tigermuster mit Gepunktetem, Zebrastreifen mit Blümchen und Giraffenlook mit Karos. Das war nicht mein Geschmack, aber zu ihr passte es.

Ausführlich berichtete ich ihr von den Begegnungen mit unseren Freunden.

»Wie unterschiedlich die Lebenswege sich entwickelt haben«, sinnierte sie mit einem langen Blick in ihre Kalte Ente.

Sie hatte recht. Tiny House, zu zweit im Eigenheim, getrennt lebend im eigenen Haus, Mietwohnung, Wohnmobil und Winterdomizil, Seniorenresidenz, Wohngemeinschaft – schon allein die Wohnverhältnisse waren total verschiedene Welten. Und die persönlichen Umstände erst recht: Ralf war verwitwet, Marita geschieden, Bea verliebt, Lilli und Gernot lebten getrennt, Ellen und Steffen machten sich was vor, und Angie und Olli schienen zu zweit sehr einsam zu sein.

Und ich? Also wir?

Ronny und ich waren so aneinander gewöhnt, dass ich mir kein anderes Leben vorstellen konnte. Warum auch? Bald würden wir mit all diesen Freundinnen und Freunden, mit der Familie, den Nachbarn und Kollegen unseren Hochzeitstag feiern.

Und dann?

Dieser Gedanke kam mir neuerdings immer häufiger, und er wühlte mich jedes Mal auf. Wollte ich mein Leben wirklich bis zu meinem letzten Tag so weiterleben? Statistische fünfundzwanzig Jahre lang, vielleicht ein bisschen mehr, wenn ich Glück hatte? Ich schalt mich selbst, dass ich demütig und dankbar sein müsse, so gut, wie es mir gehe.

Aber irgendetwas tief in meinem Innern fühlte sich weder dankbar noch demütig an, sondern neugierig und voller Sehnsucht. Aber wonach sehnte ich mich denn? Mir fehlte doch gar nichts?

Marita verabschiedete sich gegen zehn, die Bowle hatte sie müde gemacht. »Ich werde doch langsam alt, ich vertrag überhaupt nix mehr«, stellte sie fest, »früher war eben mehr Lametta ...« Dabei lallte sie ein wenig.

10

Ich schaute nach Ilse. Sie war auf dem Sofa eingeschlafen. Vorsichtig trug ich sie hinüber ins frühere Kinderzimmer ihrer Mutter. Das Mädchen schlief so tief, dass es nichts bemerkte. Einen Moment blieb ich auf der Bettkante sitzen und betrachtete das hübsche Gesicht mit der dunklen Haut und den wunderschön geschwungenen schwarzen Brauen. Insgeheim war sie mein Liebling, mit den Enkelsöhnen hatte ich nie so viel anfangen können. Ich war eben eine Mädchenmama und nun auch eine Mädchenoma. Ilse war ein Sahnehäubchen in meinem Leben, ich liebte sie sehr. Aber schon in wenigen Jahren würde ich nicht mehr so wichtig für sie sein. Und dann? Wer würde mich noch brauchen?

Ich ging zurück auf die Terrasse, um aufzuräumen. Mein bevorstehender Sechzigster war ein ziemlich emotionaler Termin, schlimmer als jeder runde Geburtstag vorher. Anders konnte ich mir meine melancholische Stimmung nicht erklären.

Ich musste der Realität ins Auge sehen: Das letzte Drittel begann, da gab es kein Vertun.

Als Ronny gegen elf nach Hause kam, war er guter Dinge, startete eine Playlist mit französischen Liedern, nahm sich ein Glas Rotwein und setzte sich in den Sessel neben der offenen Terrassentür. Von den Texten der Musik verstand ich wenig, aber die Melodien waren schön. Jetzt lief Juliette Greco, Ronny besaß einige Langspielplatten von ihr. Während des Lockdowns hatte er seine komplette Musiksammlung digitalisiert. Er suchte sich die Titel nun mit dem Smartphone aus, startete und stoppte die Musik damit und regelte die Lautstärke.

Wir hatten uns in dieser ruhigen Zeit beide ausgiebig um Dinge gekümmert, die uns wichtig waren. Ronny hatte noch mehr Sport getrieben als sowieso schon und abends CDs und Kassetten auf seinen Computer überspielt. Ich hatte etliche neue Rezepte ausprobiert, im Garten ein paar Hochbeete angelegt und meine Neuseeland-Traumreise entworfen.

Ich setzte mich zu ihm. »Wie war es im Kino?«

»Große Klasse. Belmondo ist großartig, und Delon erst. So ein smarter Typ ...«

»Der ist inzwischen auch Mitte achtzig und alles andere als smart«, sagte ich. »Den findest du immer noch gut? Hm. Meine Mutter nannte ihn immer *Ellen Dellen*.« Ich lachte, als ich daran zurückdachte. »Alain Delon war nie mein Fall, ich fand den immer lackaffig. Mir gefallen eher diese Naturburschen wie Reinhold Messmer.«

Erst, als ich die Worte ausgesprochen hatte, merkte ich, dass ich laut gedacht hatte.

Ronny neigte den Kopf und schwenkte den Rotwein in seinem Glas. Dabei spitzte er die Lippen und kniff die Augen zusammen. Plötzlich wurde mir wieder klar, wie attraktiv er war, wie elegant. Er trug eine leichte schwarze Hose, ein weißes Leinenhemd mit hochgekrempelten Ärmeln, dessen oberste Knöpfe er offen gelassen hatte. Seine Füße steckten barfuß in schwarzen Slippern aus weichem Wild-leder. Das Haar war eine Idee zu lang, eine Strähne fiel ihm dauernd in die Stirn, entweder hielt er sie fest, indem er seine Lesebrille in die Haare steckte, oder er strich sie mit der Hand zurück. Seine Hände waren schön. Schlank, mit langen Fingern und manikürten Nägeln. Früher hatte ich mich gern in seinen Arm gekuschelt und an den dunklen Härchen gezupft, die unterhalb des kleinen Fingers aus dem Handrücken wuchsen und in dichter Armbehaarung endeten. Lange her.

Er trug seine teure Uhr, die er zum Fünfzigsten von den Kindern bekommen hatte, und am kleinen Finger den silbernen Ring seines Großvaters. Eleganter und franzö-sischer konnte ein Mann kaum aussehen, fand ich.

Ronny lächelte, aber er wirkte traurig. »Naturburschen magst du, okay. Warum hast du dann mich geheiratet? Ich war zu keiner Zeit ein Naturbursche.«

Obwohl es ein warmer Sommerabend war, begann ich zu frösteln. »Wie meinst du das?«

Er lächelte wieder, kurz, dann schaute er mir ins Gesicht. »Vor ein paar Jahren hättest du auf die Frage, warum du mich geheiratet hast, ohne nachzudenken gesagt: Weil ich dich liebe.«

»Ja, sicher, ich lieb dich ja auch, aber ...«

Was wurde denn das für ein Gespräch?

»Aber?«, fragte er nach.

»Natürlich liebe ich dich, aber, wie soll ich sagen, heute anders als vor vierzig Jahren.«

Er nickte. »Kannst du mir *anders* erklären?«

Es dauerte ein paar Sekunden, bis ich antworten konnte. »Als wir zusammenkamen, waren wir halbe Kinder, und ich war total in dich verknallt. Du warst vernünftiger und ruhiger als die anderen Jungs und sahst klasse aus. Ich hab geliebt, dass du in mich verliebt warst, obwohl alle Mädchen, ohne Ausnahme, für dich schwärmten. Dann wurde ich schwanger, wir haben geheiratet, Franziska kam, Katharina wurde geboren, dann Jette, und auf einmal waren wir dreißig. Ich denke oft, das kann doch nicht schon so lange her sein. Du bist immer noch attraktiv, du gehörst zu den wenigen Männern, die auf tolle Weise altern. Nicht wie der notgeile Ralf mit dem Toupet, wie Steffen mit dem müden Großvater-Getue oder wie Protz-Olli.«

Ronny nickte die ganze Zeit, als wollte er jedes Wort, das ich mir abrang, unterstreichen.

»Ja, also, wie soll ich sagen, ich hab dich immer geliebt, du bist schließlich mein Mann, aber natürlich habe ich keine Schmetterlinge mehr im Bauch wie früher. Heute ist das ein ruhiges, warmes Gefühl, verstehst du?«

Warum fiel mir denn jedes Wort so schrecklich schwer?

»Ja, das verstehe ich.«

Aus dem Lautsprecher im Wohnzimmer klang »Je ne regrette rien« von Edith Piaf.

Ronny lachte auf. »Du weißt, was sie da singt, oder?«

»Ja, dafür reicht mein Französisch, sie bereut nichts.«

Ronny nahm einen Schluck Wein, behielt ihn lange im Mund, bevor er ihn runterschluckte. »Bereust du etwas in deinem Leben?«

Jetzt war es aber genug. Ich drückte den Rücken durch und gab meiner Stimme einen festen Klang. »Ich finde, dass du heute merkwürdige Fragen stellst. Möchtest du mir etwas sagen? Ist deine Sekretärin schwanger? Willst du in ein Tiny House ziehen oder in einen Wohnwagen?«

Er grinste. »Nein, überhaupt nicht. Ich war nie ein Fremdgänger und will auch keiner werden. Geh mir weg mit Wohnmobilen und Holzhütten auf Rädern, das ist nichts für mich. Du kennst meine Sekretärin, sie geht nächstes Jahr in Rente, die ist garantiert nicht schwanger und schon gar nicht von mir.« Er stand auf. »Es ist zwar spät, aber trinkst du noch ein Glas Wein mit mir?«

Ich holte unsere Strickjacken, es war nach elf und kühl geworden. Wir setzten uns auf die Terrasse. Im Haus war es dunkel, vor uns auf dem Tisch flackerte ein Teelicht. Wir hatten kleine Scheinwerfer unter einigen Büschen angebracht, der Garten war nachts wunderschön beleuchtet.

Eine Weile saßen wir stumm da, nippten am Wein und lauschten dem Gezirpe der Grillen.

Schließlich fing ich an. »Du hast doch was auf dem Herzen. Sag's frei raus.«

Ronny drehte seinen Gartensessel ein bisschen herum und schaute mich an. Seine Knie berührten meine. »Die letzten Wochen und die Begegnungen mit all den Leuten haben mir heftig zugesetzt«, begann er. Seine Stimme war warm und liebevoll. Ich kannte ihn lange genug und konnte an den Nuancen seines Tonfalls erkennen, wie es ihm ging. Er war nachdenklich.

Ich spürte keine Angst vor dem, was er sagen wollte.

»Unsere Freunde ... bis auf Bea ... Es fühlt sich für mich an, als wären sie alle irgendwie gefangen. Als würden sie feststecken in ihren Gewohnheiten und Abläufen.«

»Ja, stimmt. Außer Bea und Marita wirken sie, als würden sie nach einem Drehbuch leben, das sie nicht selbst umschreiben können.«

Ronny griff nach meiner Hand. »Ach, mein Schatz, für diese Lebensklugheit liebe ich dich! Genau so hab ich das auch empfunden. Ellen und Steffen haben immerhin beschlossen, etwas zu ändern, sich zu verkleinern und neu zu sortieren, aber nur halbherzig. Was soll es bringen, wenn sie ihre Klamotten heimlich einlagert, um sie nach seinem Tod wieder rauszuholen. Na, stell dir vor, sie stirbt ungeplant zuerst ... Oder Lilli und Gernot – dieses kalte, leere Haus, das ist doch kein Leben, für beide nicht. Angie und Olli trinken zu viel, sie können nicht miteinander allein sein. Wenn sie demnächst wochenlang in einem Wohnmobil aufeinanderhocken ...«

Ich fiel ihm ins Wort. »Es sind meine Gedanken, die du aussprichst.«

Ronny strich mit dem Finger über meine Wange. »Ich weiß. Und ich weiß auch, dass du mich gleich nicht falsch verstehen wirst.«

Jetzt bekam ich doch Herzflattern.

Er sah es mir an und beruhigte mich sofort. »Keine Angst. Sei aber bitte ganz ehrlich, ohne Scheu, ja?«

»Okay.«

»Thea, wenn du auf niemanden Rücksicht nehmen müsstest, nicht auf mich, nicht auf die Kinder, auf deinen Vater, das Haus, die Arbeit, aufs Geld, die Familie, Nachbarn, wenn du von allen Zwängen frei wärst – was würdest du gerne tun?«

Ich musste nicht lange überlegen, die Worte sprudelten nur so aus mir heraus. »Oh, das ist leicht. Ich würde nach Neuseeland fliegen, nur mit einem Rucksack, und monatelang durchs Land abwechselnd wandern, radeln und es mit dem Auto erkunden. Leider kann man von Europa aus nicht nach Neuseeland, ohne einen riesigen CO_2-Fußabdruck zu hinterlassen. Es geht nur per Kreuzfahrt oder Flugzeug, und beide schlagen klimatechnisch ganz schön rein. Aber wenn ... würde ich alles gewissenhaft planen. Und dann, dann würde ich mit Delfinen schwimmen und Wale anschauen, ich würde auf türkisfarbenen Seen im Kajak paddeln und mit den Maori tanzen, und ich würde atmen, atmen, atmen!«

Ronny sah mich ernst an. »Das ist wunderschöner, großer Traum! Du hast ihn schon lange, oder?«

»Nicht so konkret. Aber es stimmt schon, ich wünsche mir oft ein ruhigeres Leben mit viel weniger Menschen und viel mehr Natur. Ich möchte am liebsten den ganzen Tag draußen sein, in der Sonne, im Wind, im Regen, im Schnee. Ich möchte mich bewegen und mich spüren und nicht im Souterrain der Sparkasse vor dem Computer halbe Tage Kredite bearbeiten.« Plötzlich begann ich zu weinen.

Ronny zog mich auf seinen Schoß. Ich legte meinen Kopf an seine Schulter und weinte in seine Strickjacke, die nach ihm, seinem Parfüm und nach Weichspüler roch. Er strich mir die ganze Zeit über Haar und Rücken.

»Schau mich mal an«, sagte er.

Ich hob den Kopf und sah, dass er auch weinte.

»Ronny! Was ist denn?«

»Ach, Thea, ich möchte, dass du glücklich bist.«

»Aber ... ich bin doch nicht unglücklich ...«

Er legte den Zeigefinger auf meine Lippen. »Ich weiß. Aber glücklich bist du auch nicht.« Er lauschte Richtung Wohnzimmer. Charles Aznavour sang »C'est fini«. Ronny seufzte. »Ausgerechnet das Lied. Nicht zu fassen.« Er wandte sich mir wieder zu. »Wir werden sechzig. Das ist ein Meilenstein. Die Zukunft ist plötzlich so kurz, das verunsichert mich bis ins Mark. Soll alles immer so bleiben? Jeder Tag, jedes Ritual, jeder Ablauf? Natürlich kann einer von uns morgen einen Schlaganfall bekommen oder verunglücken, dann hat sich das mit Abläufen und Ritualen. Aber wenn wir davon ausgehen, dass wir gesund bleiben und noch ein paar Jahre vor uns haben ... Unser Leben ist gut so, wie es ist. Natürlich. Es wäre unverschämt und undankbar, sich über irgendwas zu beschweren. Aber ... ist es perfekt? Darf ich mir ein perfektes Leben wünschen, gibt es das überhaupt? Thea, ich habe auch einen Traum. Ich will raus aus dem verbiesterten Deutschland, weg vom geschmacklosen Einheitsleben ohne echte Lebensfreude. Hätten wir die Kinder nicht so früh bekommen, hätte ich vielleicht Kunst studiert und später eine Galerie eröffnet. Das Beethovenfest in Bonn, die französische Woche im Programmkino, das sind die Termine, denen ich Jahr um Jahr entgegenfiebere. Das kann doch nicht alles gewesen sein?«

Ich nahm seine Hände in meine und drückte sie fest. Er fühlte das Gleiche wie ich, hatte die gleichen Zweifel, die gleichen Ängste. Aber er hatte andere Träume, das wusste ich.

Und richtig, Ronny sagte: »In Paris möchte ich leben. Ich möchte an einem belebten Boulevard in einem der alten Stadthäuser wohnen mit Blick über die Dächer der Stadt. Die Wohnung muss nicht groß sein, zwei Zimmer, eine Kochnische, ein Bad reichen mir. Ich möchte in den Straßencafés sitzen und Menschen beobachten, ich möchte ins Museum, ins Konzert, ins Theater, ich will diese wunderbare Sprache können und an der Seine flanieren, ich will französische Lebensart leben. Ich ertrage das alles hier nicht mehr. Jeder Tag, jede Woche, jeder Monat und jedes Jahr ist getaktet. Durchgeplant von der Wiege bis zur Bahre.«

In mir stieg Panik hoch. Frankreich? Wir waren mal in Paris gewesen. Furchtbar! Ich mochte nichts an dieser Stadt, weder die arrogante Sprache noch das blasierte Getue und erst recht nicht den stinkenden Käse. Was sollte mich denn bitte daran faszinieren, in Cafés zu sitzen und fremden Menschen hinterherzugaffen?

»Aber, Ronny«, stammelte ich, »nie ... im Leben könnte ich in ... in ... einer kleinen Wohnung in einer so riesigen Stadt leben, mit dem verrückten Verkehr und dem komischen Essen und der Sprache, die ich nicht verstehe. Weißt du noch, als wir dort waren, ich fand es schrecklich, ganz schrecklich ...«

»Ich weiß«, sagte er. »Das musst du ja nicht, dort leben. Mich bringen auch keine zehn Pferde nach Neuseeland, ich könnte nicht mal so lange im Flugzeug sitzen, ohne an Panikattacken zu sterben. Außerdem würde ich nie im Leben wandern wollen und all die Dinge tun, die dir wichtig sind.«

Ich schniefte. »Warum reden wir jetzt darüber, Ronny? Was ist los? So ähnliche Gespräche hatten wir schon oft, aber heute ist es anders.«

»Ja. Wir sind vorher nie zu einem Ergebnis gekommen. Eigentlich möchten wir doch etwas anderes mit dem Rest unseres Lebens anfangen als das, was wir tagtäglich tun. Eigentlich ist es eine Horrorvision für uns beide, heute zu wissen, was wir Ostern in zwanzig Jahren machen, nämlich das Gleiche wie Ostern vor drei und Ostern vor dreißig Jahren.«

Unter Tränen schmunzelte ich. »Stimmt. Hefezopf backen, Eier färben, Nester bauen. Erst haben wir selber als Kinder Eier gesucht, dann mit unseren Mädchen, dann mit den Enkeln, und in zwanzig Jahren suchen wir mit den Urenkeln.«

»Genau das meine ich. Und das tun wir im selben Ort, in derselben Straße, im selben Garten. Wir haben die Bagage groß, die Mädels haben ihr Leben im Griff, unser Haus ist bezahlt, wir haben keinen Cent Schulden. Warum lassen wir uns hier einsperren und leben nach einer Schablone, die wir uns selbst geschnitzt haben?« Was er sagte, klang verzweifelt und brutal, aber ich wusste genau, was er fühlte.

Ich umarmte ihn und hielt ihn fest. »Ach, Ronny! Gestern Abend dachte ich: Schon wieder ein Tag vorbei. Und dann fiel mir auf: Es ist noch viel schlimmer. Wenn ich nur noch fünfundzwanzig Jahre vor mir habe, dann ist es schon wieder ein Tag weniger.«

Wir redeten stundenlang und weinten und redeten und weinten wieder.

Wir lagen uns in den Armen, als wir begriffen, dass es nur einen Weg für uns geben konnte. Und dieser Weg war kein gemeinsamer mehr.

11

Es war November geworden.

Fast alle, die wir zu unserer Mottoparty eingeladen hatten, sagten zu. Ich ließ Ronny bei den Vorbereitungen freie Hand, er hatte den besseren Geschmack und schönere Ideen. So verpackte er zum Beispiel die schriftlichen Einladungen in Filmdosen, die darin liegenden Karten sahen aus wie Filmklappen. Vom Bürgersteig bis zur Tür des Saales würde ein roter Teppich ausgerollt werden, rechts und links waren Absperrungen aus roten Seilen an blanken Messingständern geplant. Unsere Schwiegersöhne und die Enkel wurden als »Presseleute« engagiert, um mit ihren Handys für Blitzlichtgewitter zu sorgen – wie im Kino. *Comme au Cinema*. Im Eingangsbereich sollten die Gäste lebensgroßen Pappfiguren ihre Gesichter leihen – entweder Marilyn Monroe mit fliegendem Plisseerock oder James Bond mit Smoking und Martini. Es würde ein opulentes Büfett geben, der Saal mit Filmplakaten dekoriert werden, die Tischkarten sollten von Oscar-Figuren gehalten werden, und sogar die Musik würde stilecht sein. Ronny hatte eine Band gefunden, die in Gatsby-Kostümen auftrat und über ein Repertoire aus passenden Liedern verfügte.

Ich war mit allem einverstanden.

Ronny wollte im Smoking feiern, er würde großartig aussehen. Ich hatte mir bei Ebay ein rotes Abendkleid mit Pailletten und Fransen bestellt, das meine Schwachstellen (Bauch, Beine, Po) durch den raffinierten Schnitt kaschierte. Ich trug oft und gern Secondhandklamotten, weil ich den Recyclinggedanken dahinter unterstützte. Für einen einzigen Anlass ein Kleid zu kaufen, das ich danach nie wieder tragen würde, war absolute Verschwendung und kam für mich nicht infrage. Mein Kleid sah neu aus, und es saß wie maßgeschneidert.

Ich ließ mir die Haare abschneiden. Mit einem Foto von Judy Dench marschierte ich zum Friseur und sagte zu Florian, der mir seit Jahren die Haare schnitt: »Genauso schneiden, bitte!«

»Oh, so kurz?« Er wirkte schockiert.

»Ja.«

»Hm ...« Florian zupfte an meinen Haaren, nahm eine Strähne zwischen zwei Finger und hielt sie hoch. »Den Ansatz färben wir aber, oder?«

»Nein, danke.«

»Aber ... die sind ziemlich grau!«

»Ja, das bleiben sie auch. Ich werde sechzig, da dürfen die aussehen, wie sie wollen. Außerdem ist diese Chemie auf dem Kopf krebserregend.«

»Nehmen Sie's mir nicht übel, Frau Schmidt, ich sag's nur, wie es ist. Sie werden älter aussehen, es sei denn, Sie pimpen sich mit Ohrringen und Make-up richtig schön auf.«

Ich lachte. »Alles gut, Florian. Vielleicht zeigen Sie mir vor der Party, wie ich mich perfekt schminke, mit künstlichen Wimpern, dramatischen Augen und roten Lippen?«

An unserem großen Abend wollte ich optisch alles geben, ich wollte einmal so aussehen, wie mich niemand kannte. Nicht, um andere zu beeindrucken, sondern weil ich Lust dazu hatte.

Florian versprach's und schnitt meine Haare so kurz, wie ich sie noch nie getragen hatte. Ich fand mich flott und die Frisur praktisch und angemessen für das, was ich vorhatte.

Ronny sah ich sofort an, dass er sich mit diesem Look nicht anfreunden konnte. Aber: Es gehörte zu unserem Plan, nichts mehr zu tun, um anderen zu gefallen. Dass er sich die Haare etwas länger wachsen und einen Vollbart stehen ließ, musste nicht mir gefallen, sondern ihm.

Seit dieser Augustnacht auf der Terrasse sprachen wir täglich über den Schritt, den wir mit Beginn des neuen Lebensjahres gehen wollten. Wir trafen all unsere Vorbereitungen im Geheimen, nur, wo es sich nicht vermeiden ließ, dass jemand eingeweiht werden musste, deuteten wir unser Vorhaben an und verpflichteten die Beteiligten zum Schweigen. Niemand in der Familie und im Freundeskreis ahnte, was wir vorhatten.

Ronny und ich waren glücklich mit unserem ungewöhnlichen Plan. Plötzlich lag das Leben wieder hell, bunt und spannend vor uns. Ich fühlte mich jung, voller Energie, und so ging es ihm auch. »Wir tun das Richtige, Thea, ich weiß es!«

Ja, ich war mir genauso sicher wie er. Der Plan war richtig, und er war ganz und gar wunderbar. Es war unser gemeinsames Ziel, ihn zu verwirklichen, und dass wir einander dennoch mit einer unsterblichen Liebe verbunden waren, war das Größte. Wir bereiteten alles akribisch vor, abends arbeiteten wir an unserer Rede, und dann probten wir sie jeden Tag.

Nebenher gingen wir zur Arbeit, ich kümmerte mich um Kinder, Enkel, Opa Günni, Freunde, Job, Haushalt, Garten und Nachbarn, ich kochte und backte und machte und tat.

Wie immer.

Aber mit der Aussicht darauf, was nach der Mottoparty geschehen würde, war jetzt jeder Tag ein Abenteuer.

12

Wir achteten darauf, bis Weihnachten zu Hause möglichst wenig zu verändern, damit vor der Party niemandem etwas auffiel.

Jette hatte inzwischen einen festen Freund. Ihr Date vom Sommer hatte sich als Treffer herausgestellt.

Gustavo war ein attraktiver Brasilianer, der als Anästhesist in der Uniklinik arbeitete. Seine Schicht- und Wochenenddienste beeinflussten rasch unsere Freizeit, denn wenn Gustavo am Wochenende frei hatte, war Ilse bei uns und ich genoss es, mit ihr das Wohnzimmer vorweihnachtlich zu schmücken und die Tanne vor dem Haus mit bemalten Tonscherben zu dekorieren.

Ilse klatschte in die Hände. »Ich hole Opa, damit er guckt!«, rief sie.

»Der Baum sieht toll aus!«, lobte Ronny.

»Das waren kaputte Blumentöpfe, die haben wir mit dem Hammer geschlagen und dann selber angemalt, und dann haben wir alte Wolle genommen, damit wir sie aufhängen können«, erklärte Ilse und fügte mit wichtiger Miene hinzu: »Nicht verschwenden, wiederverwenden, das ist die Devise, Opa!«

Sie rannte vor uns her ins Haus. So ein süßer, cleverer Wirbelwind.

Leise sagte ich: »Das ist das letzte Mal, dass wir die Adventszeit so mit ihr zelebrieren können …«

»Noch hast du die Wahl zwischen *immer weiter so wie immer* und unserem Plan!« Ronny legte den Arm um meine Schultern. »Rückzieher?«

»Nein. Wir machen das. Aber, ich gebe zu, jetzt empfinde ich jede Stunde mit Ilse anders.«

Wir backten wie immer gemeinsam Kekse und hörten dabei Weihnachtslieder von Rolf Zuckowski. Jedes Lied konnte ich auswendig mitsingen, meine Güte, wie oft hatte diese Kassette bei uns in der Weihnachtszeit gedudelt.

Samstagabend kuschelten wir uns aufs Sofa, tranken Kakao, aßen Marzipankartoffeln und selbst gebackene Spekulatius und schauten »Kevin allein zu Haus.« Oh mein Gott, wie sehr hatte sich die Welt inzwischen verändert! Ich hatte den Film seinerzeit mit Franziska und Katharina im Kino gesehen, Jette war noch zu klein gewesen. Später wurde es Familientradition, einmal in der Adventszeit gemeinsam Kevin zu gucken. Wir hatten den Film früher als Videokassette besessen, heute streamten wir. Auch Videorekorder gehörten inzwischen einer vergangenen Zeit an.

Ilse saß im Schneidersitz auf der Couch, ihre dunklen Locken fielen ihr in die Stirn, sie pustete sie immer wieder nach oben. Sie war so ein hübsches Kind, hatte die dunkle Haut und die schwarzen Haare ihres kenianischen Vaters, aber ihre Augen waren von auffallend hellem Braun.

Sie verfolgte die Handlung aufmerksam und stellte berechtigte Fragen. »Omi, was ist ein Wecker? Warum sind die Fernseher bei denen so klein? Warum hängt da ein altes Telefon an der Wand?« Jedes Mal stoppte ich den Film und erklärte ihr die Welt von 1990.

Als sie verständnislos fragte: »Warum rufen die Eltern ihn nicht einfach an? Warum facetimed Kevin nicht mit seiner Mama?«, schaute ich sie fast fassungslos an. Ja.

Die Welt war eine andere geworden.

Natürlich feierten wir Weihnachten mit der Familie bei uns, wir hatten nun mal den meisten Platz. Allerdings waren die Schweden nicht dabei, sie kamen erst am 30. Dezember für das große Fest und wollten bis zum vierten Januar bleiben. So lange brauchten wir die Kinderzimmer noch als Gästezimmer. Die erste Januarwoche war also der letzte Termin, um in die konkrete Phase unseres Plans einzutreten.

Bis dahin gingen Ronny und ich immer wieder alles durch, feilten unermüdlich an jedem Detail. Jedes Wort musste sitzen, jede Erklärung sollte eindeutig sein, alles sollte perfekt klappen, bevor für uns etwas Neues begann.

Und dann war der große Tag da.

Der wunderbare Florian kam vormittags zu uns nach Hause, klebte mir lange, dichte Wimpern an und schminkte meine Augenringe weg. Er cremte, strichelte und puderte fast eine Stunde in meinem Gesicht herum. Ich durfte mich nicht anschauen, bevor er mit seinem Werk zufrieden war.

»Das wird ja eine komplette Restaurierung«, murmelte ich, während er sich an meinen Augenbrauen zu schaffen machte.

Florian gab die perfekte Antwort: »Unsinn, ich kann ja nicht zaubern, ich kann nur optimieren, was sowieso schon da ist!«

Nach einer Stunde betrachtete ich mich im Spiegel. Wow. Meine kurzen Haare hatten Volumen und Kontur, es war eine richtige Frisur, aber sie wirkte dennoch lässig. Meine dunkel schattierten Augen sahen dramatisch aus, die Brauen waren perfekt nachgezeichnet und rahmten den Blick ein, meine Lippen wirkten voll, mein Teint war schimmernd und ebenmäßig.

»Das bin ich?«, entfuhr es mir.

»Es ist eine Seite von Ihnen!«, sagte Florian.

Ich ging ganz nah an den Spiegel heran. »Okay, das ist toll. Aber welche Frau hat jeden Tag eine Stunde oder länger Zeit und das Geschick, um sich so ein Gesicht zu malen?«

Er schmunzelte. »Meine Liebe, das ist ein Glamour-Make-up und nichts für die Waschküche. Und es gibt Profis, die das können.«

Ronny und ich waren am späten Nachmittag des Silvestertages im Saal. Unsere Abendgarderobe hatten wir mitgenommen, um uns dort umzuziehen. Wir kontrollierten Deko, Tischordnung, Blumen, Kerzen, besprachen die Abläufe noch einmal mit Küche und Kellern und baten dann um zwei Gläser Champagner. Damit setzten wir uns auf die Stufen neben der Bühne.

»Alles wird gut, Thea, wir rocken das!«

Wir stießen an. Tranken einen Schluck.

»Hast du Angst?«

Die Antwort fiel mir leicht. »Nein. Die Angst vor der Entscheidung fand ich viel schlimmer als die Entscheidung selbst. Und du?«

»Dieses Gefühl, mit Spannung und Aufregung etwas zu wagen, diese Neugier auf alles, was jetzt kommen kann, die kannte ich nicht mehr. Und das Gefühl überdeckt bei mir jeden Anflug von Angst.«

Wir schwiegen und tranken den Champagner; es war eine intime Stille, wie man sie nur mit einem Menschen verbringen kann, den man sehr lange und sehr gut kennt.

Dann wurde es Zeit, sich umzuziehen. Wir staunten, wie glamourös wir aussahen. Mein Outfit ließ Ronnys Augen leuchten: Bewundernd registrierte er das rote Kleid, den opulenten Modeschmuck, das Paillettenstirnband, die Federboa. Und, als hätte er es geahnt: Sein seidenes rotes Einstecktuch passte farblich zu meinem Kleid. Der Smoking saß wie maßgeschneidert, das Hemd hatte ich ihm gestern aus der Wäscherei geholt, dort bügelten sie die plissierte Hemdbrust nun mal besser als ich. Die Schleife hatte er selbst gebunden, ich sah es daran, dass sie ein bisschen schief saß. Ronny trug die Manschettenknöpfe, die ich ihm zur Silberhochzeit geschenkt hatte, und ich wusste, dass er in den blanken Lackschuhen seidene Kniestrümpfe anhatte. Um dieses klassische Outfit später in ein Humphrey-Bogart-Kostüm zu verwandeln, hatte er einen hellen Trenchcoat und einen schwarzen Bogart-Hut dabei.

»Du siehst wirklich aus wie ein Filmstar aus den Fünfzigern!«, sagte ich.

»Und ich dachte gerade: Nicht zu fassen, dass ich seit vierzig Jahren mit einer Frau verheiratet bin, die mit wenigen Mitteln aussieht wie Fanny Ardant!«

Na ja. Das war maßlos übertrieben. Außerdem war Fanny Ardant nicht grauhaarig.

Die Familie kam zuerst an. Opa Günni tauchte mit schwarzrandiger Brille, weißer Haarpracht und dominanten falschen Schneidezähnen als Karikatur von Willi Millowitsch auf. Auf mein Kompliment antwortete er: »Eijentlisch wollt isch als Tarzan kommen, oben ohne, Jette hat jesacht, isch soll et lassen.«

Unsere Töchter hatten sich als Jacob Sisters verkleidet und trugen toupierte Perücken mit neckischen rosa Satinschleifen über'm Pony und pinkfarbene Plüschpudel unter den Armen.

Ilse kam als entzückende Pippi Langstrumpf. Unser Schwiegersohn Niko hatte die perfekte Figur für seinen Rocky-Balboa-Dress mit Satinumhang, unsere Enkelsöhne hatten sich für das Outfit der Blues Brothers entschieden und lugten lässig über die Ränder ihrer schwarzen Sonnenbrillen. Jens, unser schwedischer Schwiegersohn, verkörperte Captain Jack Sparrow, Ronja und Damian kamen als Superman und Superwoman.

Wir überließen die Familie nach den Umarmungen und dem Austausch ehrlicher Komplimente sich selbst und gingen ins Foyer, um die ersten Gäste zu begrüßen.

Wie schön sie alle aussahen! Bei manchen Kostümen erging es mir wie früher beim Karneval, und ich versuchte, zwischen Wirklichkeit, Kostüm und Wunsch eine Verbindung herzustellen.

Ellen war wieder ohne Rollstuhl unterwegs, ich umarmte sie begeistert, als sie und Steffen als Laurel und Hardy auftauchten. Herrlich, sie konnte sich selbst auf die Schippe nehmen. Jedenfalls manchmal.

Ralf war der eleganteste James Bond, den es je gegeben hatte, und wahrscheinlich auch der älteste. Der Fiffi saß tipptopp auf seinem Schädel, die frische Nelke steckte im Knopfloch und das Einstecktuch akkurat in der Brusttasche.

Angie und Olli hatten für ihre Kostüme keine Kosten gescheut: Sie trug als Queen ein glamouröses Abendkleid mit

Schleppe und ein Juwelendiadem in der Betonfrisur, Olli präsentierte als kleiner, übergewichtiger Prinz Philipp eine mächtige Ordensammlung am Jackett. Marita erkannte ich zuerst nicht. Sie war heute als Elvis Presley in einem weißen Overall mit umgehängter Plastikgitarre gekommen und begrüßte uns mit amerikanischem Akzent und rollendem R.

Meine Schwiegereltern hatten übrigens abgesagt. Millie und Rod – eigentlich hießen sie Mildred und Roderich – lebten seit einer Ewigkeit auf Ibiza. Sie waren Mitte achtzig und wollten nun doch nicht mehr reisen. Das machte mir nichts aus, mit Millies Hippiegetue hatte ich noch nie etwas anfangen können. Beim letzten Familienfest war sie im bodenlangen weißen Ibizafummel aufgetreten, hatte auf dem Kopf einen Blütenkranz zu ihren schulterlangen grauen Zöpfen getragen, ihren Rollator einfach mit auf die Tanzfläche genommen und getanzt! Rod, ebenfalls langhaarig und braun gebrannt, kannte ich nur in weißen Hosen und weißen Leinenhemden mit hochgekrempelten Ärmeln, die er fast bis zum Bauchnabel offen ließ. Graue Brustwolle auf schrumpeliger brauner Lederhaut musste man mögen. Ich mochte sie nicht. Rod hatte einen Gehstock, der ihn ebenfalls nicht am Tanzen hinderte. Aber jedes Mal, wenn ich meine Schwiegereltern getroffen hatte, war mir klar, woher Ronny sein Faible für Klamotten hatte.

Nach einer Stunde war unsere Mottoparty in vollem Gange und die Stimmung großartig. Um zehn Uhr gab Ronny der Band das vereinbarte Zeichen, sie spielten einen Tusch.

»Liebe Gäste«, sagte der Sänger, »bevor wir ins neue Jahr und in den runden Geburtstag unserer Gastgeber hineinfeiern, feiern wir auch den Hochzeitstag von Thea und Ronny. Heute vor vierzig Jahren haben sie ihre Ehe mit einem langsamen Walzer begonnen. Bitte, liebe Thea, lieber Ronny, kommt auf die Tanzfläche, und, verehrte Gäste, Sie kommen bitte nach der ersten Strophe dazu. Und dann tanzen Sie alle zusammen mit Thea und Ronny ihren Hochzeitstanz.«

»Für mich soll's rote Rosen regnen« erklang.

Ich ließ mich von Ronny führen. Ja, uns waren sämtliche Wunder begegnet. Wir hatten drei gesunde Kinder, fünf Enkel und eine Liebe, die vieles überstanden hatte. Die Welt hatte sich umgestaltet, aber natürlich hatte sie ihre Sorgen nicht immer für sich behalten.

»Es waren so viele schöne Jahre mit uns!«, flüsterte Ronny in mein Ohr.

»O ja!« Ich zog seinen Kopf ein wenig zu mir herunter. »Und es wird immer besser!«

Als das Lied zu Ende war, klatschten alle.

Um zwanzig nach elf gingen Ronny und ich auf die Bühne. Der Sänger gab uns die Mikrofone. Ronnys Hand zitterte, als er seins an die Lippen hielt. Er musste sich räuspern, bevor er anfangen konnte zu sprechen.

Im Saal war es jetzt mucksmäuschenstill, alle schauten gespannt zu uns herauf.

»Ihr Lieben« begann Ronny, »in einer guten halben Stunde werden Thea und ich sechzig Jahre alt sein. Früher hätten wir in diesem Alter als Greise gegolten, aber wir hatten großes Glück und sind noch sehr rüstig.« Er wartete das Gelächter ab. »Wir haben beschlossen: Die kommenden Jahre sollen, mit noch ein bisschen Glück, die besten unseres Lebens sein. Nun hat Schopenhauer gesagt, neun Zehntel des Glücks würden allein auf Gesundheit beruhen.« Er wandte sich mir zu. »Dieses Glück haben Thea und ich, und wir sind sehr dankbar, dass wir beide gesund sind. Denn das ist die Voraussetzung für alles, was nun kommen soll.«

Jetzt begann mein Teil. »Wenn neun Zehntel des Glücks auf Gesundheit beruhen, bleibt noch ein Zehntel, das wir selbst bestimmen können.« Wie komisch meine Stimme über das Mikrofon klang. »Ich habe mal gelesen: Glücklich zu sein, bedeutet nicht, das Beste von allem zu haben, sondern das Beste aus allem zu machen. Und genau das haben Ronny und ich uns vorgenommen: Wir wollen aus dem letzten Drittel unseres Lebens das Beste machen.«

Die Gäste nickten und klatschten, und ich spürte mich mutiger werden.

Ronny fuhr fort: »Thea und ich haben alles erreicht. Unsere Töchter sind erwachsen, sie sind wunderbare, selbstständige Frauen, die, um es salopp zu sagen, in die Welt passen. Katharina, Franziska, Jette: danke für alles. Wir lieben euch.«

Gerührter Applaus.

»Wir haben viel gearbeitet, wir sind mit unserer Arbeit nicht gerade reich geworden, aber es ging uns gut. Es geht uns immer noch gut. Wir haben ein schönes Haus, es ist inzwischen allerdings zu groß für uns beide geworden. Man kann sich immer nur in einem Raum aufhalten.«

Ich übernahm. »Wir haben eine volle Speisekammer, aber mehr als zwei Brötchen kann man zum Frühstück nicht essen.«

Zustimmendes Gemurmel.

»Wir haben eine wunderbare Ehe geführt, vierzig Jahre lang, ja, natürlich auch mit Tiefen, eben in guten und in schlechten Zeiten. Ronny und ich haben unsere Ziele erreicht und unsere Pflichten erfüllt.« Ich machte eine kleine Pause. »Und wir haben beide noch Träume.«

In meinem Hals wurde es jetzt eng. Ich schaute Ronny an, er nickte mir aufmunternd zu.

»Wir haben noch Träume«, wiederholte ich. »Aber es sind nicht die gleichen Träume.«

Erstaunen in allen Gesichtern.

Ronny hielt sein Mikro dicht vor den Mund. »Thea träumt seit etlichen Jahren davon, nach Neuseeland zu reisen.«

Nicken im Publikum.

Seine Stimme wurde lauter. »Und sie wird es tun! Sie wird allein durch Neuseeland reisen. Ich kann euch sagen, diese Frau ist mutig, sie hat Eier, wie man neudeutsch sagen würde, sie traut sich was.« Er fasste meine Hand, wir hielten einander fest, er schaute mich an und sagte: »Thea, ich liebe dich auch dafür!«

Applaus für unsere Liebe.

Ich sagte: »In den letzten Monaten wurde uns klar: Wenn wir etwas erreichen wollen, das wir noch nie geschafft haben, müssen wir etwas tun, was wir noch nie getan haben.«

Verwunderung.

Ronny fuhr fort: »Es heißt, man hätte zwei Leben. Und das zweite würde genau dann beginnen, wenn man verstanden hat, dass man nur eines hat.«

Beifall, zustimmendes Nicken.

»Ronny poliert sein Französisch auf. Warum? Weil auch er einen Traum hat. Ihr wisst, er liebt alles Französische. Musik, Filme, Mode, Lebensart – er findet das alles toll.« Ich hielt mich jetzt mit beiden Händen am Mikro fest und erzählte von der lauen Sommernacht im August, als wir auf der Terrasse gesessen hatten. »Ronny fragte mich, was ich tun würde, wenn ich von allen Zwängen frei wäre und auf nichts und niemanden Rücksicht nehmen müsste.«

Ronny erklärte: »Wie aus der Pistole geschossen sagte sie: ›Ich ginge nach Neuseeland.‹ Und die Art, wie sie mir dann ihren Traum schilderte, die hat mir gezeigt, dass sie eine große Sehnsucht nach Natur, Ruhe und Alleinsein hat.«

»Ronny musste auch nicht lange überlegen. Er sagte: ›Ich möchte in Paris leben.‹« Ich schaute ihn liebevoll an. »Er gehört dorthin, er muss die Kultur einatmen, die Lebensart zu seiner machen, er muss dort glücklich sein dürfen.«

Ronny legte seinen Arm um meine Schultern. Er holte tief Luft. Ich auch. Jetzt kam es.

»Thea und ich haben seit über vierzig Jahren eine große Liebe. Sie ist anders als früher, reif ist sie jetzt, ruhig, innig und vielleicht sogar ein bisschen selbstlos. Jeder möchte nämlich den anderen glücklich sehen. Und deswegen ...« Die Stimme versagte ihm, er atmete schwer. »Wir werden einen neuen Lebensabschnitt beginnen. Wir werden immer füreinander da sein, auch wenn der halbe Erdball zwischen uns liegen wird.« Er holte noch einmal tief Luft, bevor er sagte: »Thea und ich werden uns trennen.«

Stille.

Nur der Schlag meines Herzens dröhnte durch den Saal. Die Stille blieb.

Ronny und ich schauten uns an. An dieser Stelle hatten wir mit begeistertem Applaus gerechnet. Für unseren Mut, unsere unkonventionelle Einstellung, für unsere Pläne, für unsere durchdachte Zukunft.

Aber es klatschte niemand.

Sie standen alle da, als wären sie versteinert.

Jette war die Erste, die reagierte. Sie warf den Plüsch-pudel auf den Boden, riss sich die blonde Perücke vom Kopf und rief, während sie aus dem Saal rannte: »Ihr habt sie doch nicht alle!«

13

Es hatte in unserer langen gemeinsamen Geschichte keinen einzigen Jahreswechsel gegeben, der so am Plan vorbei in die Hose gegangen war wie dieser.

Nachdem Jette ihren filmreifen Abgang hingelegt und Ronny sich verlegen für die Aufmerksamkeit des Publikums bedankt hatte, standen wir sekundenlang ratlos auf der Bühne. Unsere Gäste standen genauso ratlos davor.

Der DJ, der sich ab jetzt mit der Band abwechseln sollte, hielt sich an den Plan und spielte »Ein Hoch auf uns, auf dieses Leben ...«

Niemand tanzte, er drehte das Lied lauter. Alle schauten sich mit verlegenen Gesichtern und hängenden Armen an, daraufhin fühlte sich der Sänger der Band aufgefordert, wie ein Hampelmann springen und rufen zu müssen: »Und jetzt alle!«

Nee. Niemand tanzte.

Ronny und ich verließen die Bühne, man bildete eine Gasse und ließ uns durch.

Hand in Hand passierten wir die verbliebenen beiden Jacob Sisters, die uns erschüttert anschauten, schoben uns an Ellen alias Oliver Hardy vorbei, die uns immerhin einen nach oben gereckten Daumen zeigte. Ich registrierte eine fassungslose Angie als Queen und einen feixenden Ralf

als James Bond, und ich sah meinen Vater als Willi Millowitsch, der seine Zweitzähne in der Hand hielt und dessen
Zweitfrisur komplett verrutscht war.

Wir hatten mit Jubel und Zuspruch gerechnet, hatten
das liebevolle Ende unserer Ehe und den mutigen Neu-
beginn feiern wollen. Mit einem Spießrutenlauf durch ein
Spalier ärgerlicher, verdatterter und sprachloser Menschen
hatten wir nicht gerechnet.

Noch zwanzig Minuten bis Neujahr, und Ronny und ich
standen hilflos im Vorraum vor den Klotüren.

»Vielleicht hätten wir doch zuerst mit den Kindern sprechen sollen?«

Ronny schüttelte den Kopf. »Wir sind erwachsen, und
die Kinder sind es auch. Wir akzeptieren, was sie tun, haben
sie zu jeder Zeit vorbehaltlos unterstützt. Nun treffen wir
beide eine Entscheidung, die uns betrifft, und müssen uns,
ja, was müssen wir? Uns rechtfertigen?«

Die Toilettentür öffnete sich, und Jette kam heraus. Offenbar hatte sie jedes Wort gehört. »Nein, Papa, ihr müsst
euch nicht rechtfertigen. Es ist doch ein ganz normaler
Vorgang, dass Eltern sich bei einer Feier auf die Bühne
stellen und der Welt Händchen haltend und freudestrahlend verkünden, dass sie sich so sehr lieb haben und sich
deswegen trennen.« Ihre Stimme klang hysterisch. Diesen
Zustand kannte ich bei meiner Jüngsten gut; zahlreiche
ihrer Herzschmerztränen und andere Kümmernisse hatten
mich gelehrt, dass sie gern irgendetwas vorschob, um ihre
Wut rauszulassen, dass aber der wahre Grund ein anderer
war.

Ich griff nach ihrer Hand, sie wollte sie wegziehen, ich
hielt sie fest. »Jette, hör damit auf.«

Trotzig warf sie den Kopf in den Nacken. »Was erwartest du? Wie soll ich das denn finden? Meine Eltern lassen sich scheiden, Himmel noch mal, das ist doch scheiße, wie soll ich damit umgehen, und warum passiert das auf einmal, aus heiterem Himmel, ohne Vorwarnung? Wer von euch hatte zuerst was Neues? Du, Papa?«

»Es gibt keinen Grund, aggressiv zu werden, Jette, natürlich erklären wir dir das, außerdem lassen wir uns nicht ...«, begann Ronny.

Wir wurden unterbrochen, weil die Saaltür aufging. Gäste hasteten zu ihren Mänteln, beachteten uns nicht oder lächelten uns unsicher an. Jette trat zur Seite, drüben lief jetzt, wie vereinbart, »The final Countdown«. Die Kellner trugen, wie bestellt, Tabletts mit gefüllten Sektgläsern vor die Tür. Draußen detonierten irgendwo einzelne Böller.

Sieben Minuten vor zwölf.

Das Foyer füllte sich zusehend, die Leute versammelten sich schwatzend draußen, hielten Sektgläser in der Hand.

Ilse stand vor mir und streckte mir die Arme entgegen. Ich nahm sie hoch.

»Omi, habt ihr euch nicht mehr lieb?«

»Doch mein Schatz, Opa und ich haben nur nicht immer Lust, zur gleichen Zeit das Gleiche zu tun.«

»Als Mama und mein Erzeuger sich nicht mehr lieb hatten, haben sie sich doll gestritten, und dann durfte er mit mir nichts zu tun haben ...«

»Opa und ich streiten uns nicht, und du musst keine Angst haben: Du bist unser Augenstern, und wir lieben dich für immer!«

»Bis ans Ende der Welt und wieder zurück?«

»Bis zum Mond und zu den Sternen und wieder zurück!«

Die Musik verstummte. Zwanzig, neunzehn.

Der Countdown begann. Ronny übernahm Ilse, ich holte unsere Mäntel, wir gingen hinaus.

Fünf, vier drei, zwei, eins.

Frohes neues Jahr!

Jubel, Böller und Feuerwerk am sternenklaren Nachthimmel, Glockengeläut aus der nahen Kirche. Aus dem Saal erklang Abba, auch wie bestellt, »Happy New Year«.

Herzlichen Glückwunsch zum Geburtstag, alles Gute, frohes Neues.

Umarmungen, Händeschütteln, Wangenküsse.

Alle tanzten.

Katharina, Franziska und Jette waren auf einmal bei uns, Gott sei Dank. Sie fassten sich an den Händen, plötzlich waren auch die Schwiegersöhne und Enkelkinder da, bildeten eine Kette, umringten uns und sangen »Happy Birthday«.

Ich lehnte an Ronnys Schulter und war ergriffen und traurig, glücklich und gespannt, neugierig und erleichtert.

Ich fühlte mich lebendig.

Die Mottoparty ging bis früh um drei. Unsere Gäste hatten sich nach dem Schockmoment offenbar zum Feiern entschlossen. Immerhin war Silvester, es war spät, es konnte sowieso niemand mehr woandershin. Dennoch wurden wir zwischendurch immer wieder gebeten, zu erklären, was bei uns los sei.

»Wir sind einander für immer verbunden, aber unsere Zukunft gestalten wir nach eigenen Wünschen – getrennt!«, war Ronnys Kurzform, die ich fast wörtlich übernahm.

Etliche Reaktionen verwirrten mich, ich hatte das Gefühl, als würde man uns die Endgültigkeit unserer Entscheidung nicht abnehmen.

In den frühen Morgenstunden fielen Ronny und ich erschöpft ins Bett. Den letzten Satz, der über meine Lippen kam, bevor ich einschlief, konnte ich nur murmeln: »Wenn du Zähne putzen gehst, musst du meine nicht mitnehmen ...«

Um sieben riss mich der Wecker brutal aus dem Tiefschlaf. Die Augen hatte ich noch nicht geöffnet, da begann mein Gedankenkarussell schon rasen.

Jetzt sind wir getrennt. Wir haben es gestern laut ausgesprochen, alle haben es gehört. Wir werden es wirklich tun. Ronny und ich fühlen das Gleiche. Niemand hat uns verstanden, jeder schien geschockt zu sein. Warum? Es ist doch unser Leben, unsere Entscheidung, und wir müssen mit den Konsequenzen klarkommen. Haben wir wirklich mit allgemeinem Verständnis gerechnet? Ja, haben wir. Das war wohl ziemlich naiv. Ich fliege nach Neuseeland. Ronny geht nach Paris. Wir werden das Haus ausräumen. Das müssen wir den Kindern erklären, sie wissen noch nicht, was wir vorhaben. Ach herrje! Die Kinder! Der Brunch! Ich muss den Tisch decken, die Suppe aufkochen, die Salate aus dem Keller holen und Brötchen backen! Ich sprang aus dem Bett und machte mich an meine Arbeit. Zum letzten Mal. Nächstes Jahr würde ich den Staffelstab abgegeben haben, dann würden die Mädchen solche Feste ausrichten müssen.

Um halb zwölf war die Bude voll. Alle wünschten einander zwar noch mal ein frohes Neues, aber ich spürte sofort, dass es unter der freundlichen Fassade brodelte.

Und richtig, wir waren kaum mit dem Essen fertig, da erhob sich Franziska und schlug mit dem Löffel an ihr Glas. »Mama, Papa ... als Katha, Jette und ich euch gefragt haben, ob wir euch zum sechzigsten Geburtstag einen besonderen Wunsch erfüllen dürfen, dachten wir an eine Kreuzfahrt oder ein tolles Schmuckstück oder irgendetwas, das sich normale Eltern wünschen. Ihr habt euch Geld von uns gewünscht. Okay. Wir haben nicht im Traum daran gedacht, dass ihr die Kohle für eure Scheidung benutzen wollt. Wenn wir das gewusst hätten ...«

»Nein, wir lassen uns ...«, rief ich dazwischen, aber Franziska ließ mich nicht zu Wort kommen.

»Bis gestern war unsere Töchterwelt in allerbester Ordnung. Ich dachte bisher, die beste Ehe ist die meiner Eltern. Wenn es bei uns mal kriselt, guck ich einfach, wie Mama und Papa das regeln würden.« Sie hob beide Hände zu einer hilflosen Geste und zog ein verzweifeltes Gesicht. »Aber seit gestern ist alles anders.«

Jetzt wollte Ronny antworten, aber Katharina stand auf und führte die Rede ihrer älteren Schwester weiter. »Wir respektieren eure Entscheidung, ihr seid alt genug, um zu wissen, was ihr tut. Aber wir möchten euch auch verstehen. Vielleicht habt ihr nicht daran gedacht, aber: Das geht nicht nur euch etwas an. Wir sind eine Familie, wir gehören zusammen, wir verlassen uns aufeinander. Und jetzt wollt ihr euch einfach ausklinken? Ohne Krise, ohne Streit, ohne Rosenkrieg? Da muss was vorgefallen sein, und wir haben es nicht gewusst. Eine Scheidung ist doch kein Ringelpietz! Und dann diese verrückten Ideen, Mama, wie lange willst du in Neuseeland durch die Pampa wandern? Weißt du eigentlich, wie gefährlich das ist? Als Frau, ganz allein, in einer fremden Kultur ...«

Ach, Kind, was *redest du denn da?,* dachte ich. *Du lebst doch auch in Schweden in einer fremden Kultur, wieso sagst ausgerechnet du so was?*

»... auf einem anderen Kontinent, am anderen Ende der Welt. Mama, du bist nicht mehr die Jüngste! Hast du mal darüber nachgedacht, was du machst, wenn du krank wirst? Und Papa, was soll das überhaupt heißen, du gehst nach Paris?«

Mit jedem Satz wurde ihr Ton verzweifelter. Sie schluckte und bat Jette mit einer Kopfbewegung weiterzureden.

»Ganz genau«, begann unsere Jüngste und stand auch auf, »da gibt es noch viele offene Fragen. Wo soll sich die Familie treffen, wenn ihr nicht da seid? Kriegen wir einen Schlüssel fürs Haus? Sollen wir den Garten in Ordnung halten und hier Hausmeisterinnen spielen? Ich bin berufstätig und habe ein Kind, sorry, das geht leider nicht. Und was ist mit Ilse? Wer passt auf Ilse auf, wenn ich was vorhabe?«

Katharina rief: »Du denkst wieder mal nur an dich! Arbeite ich etwa nicht? Und ich habe zwei Kinder, die ich nicht dauernd bei Mama parke.«

»Nee, aber das Mama-Taxi nimmst du auch in Anspruch. Wer kutschiert denn deine Jungs zum Fußball, zum Tennis, zur Musikschule und zu Freunden? Du doch nicht, das machen Mama und Papa!«

»Hey, hört auf, wir wollen nicht streiten«, versuchte Franziska zu beschwichtigen.

Ich sah, dass sich auf Jettes Wangen rote Flecken bildeten, sie ignorierte ihre Schwester und wurde laut: »Franzi, du bist ja auch fein raus! Du sitzt in deiner schicken Wohnung in Stockholm-Södermalm und bist zigtausend Kilometer weit weg. Aber wir, wir müssen hier mit den Folgen leben, wenn sie sich trennen, wir und unsere Kinder!«

Was denn für Folgen, außer dass ihr euren Alltag ohne mich organisieren müsst?, dachte ich, sagte aber nichts.

Jetzt meldete sich auch Opa Günni zu Wort, aber er blieb wenigstens dabei sitzen. »Liebelein, Thea, isch will ma so saren, dat hättste mit mir vorher beschpreschen müssen. Wer soll misch denn untere Erde bringen, wenn isch doot jehe? Dat steht in meine Verfüjung, dat du misch pflejen sollst, wenn et mal nit mehr jeht!«

»Mach dir deswegen keinen Kopf, ich hab an alles gedacht«, sagte ich, dabei beobachtete ich Ilse. Sie hatte eine Locke lang gezogen und kaute auf der Spitze, dabei rutschte sie auf dem Stuhl herum. Ihre Blicke flogen zwischen ihrer Mutter und ihren Tanten hin und her, die sich jetzt heftig zankten.

Als Ronny mit der Hand auf den Tisch schlug und »Ruhe!« rief, fuhr Ilse zusammen und begann zu weinen.

Sofort nahm ich sie auf den Schoß.

Ronny wetterte los: »So, jetzt macht aber mal halblang! Katharina, Franziska, Jette, ihr setzt euch sofort hin. Es gibt überhaupt keinen Grund für dieses Theater, es gibt nur Grund zur Freude. Das ist nämlich so: Ich glaube es selbst kaum, aber Mama und ich, *wir* haben heute Geburtstag. *Wir* sind heute sechzig geworden. *Wir* führen seit über vierzig Jahren fast täglich das gleiche Leben. Keiner hat gesagt, dass es ein schlechtes Leben ist, im Gegenteil! Es waren wunderbare Jahre, die für uns oft anstrengend waren, weil wir so früh Eltern geworden sind. Mit Mitte zwanzig drei kleine Kinder zu haben, war für eure Mutter und mich auch nicht immer einfach. Zu der Zeit gab es nämlich keine Kita für Einjährige, in der man euch von acht bis fünf hätte unterbringen können. Es gab den Kindergarten für Kinder ab vier – aber nur, wenn sie sauber waren. Und dann waren sie von acht bis zwölf Uhr untergebracht, und keine Minute länger. Wenn Theas Mutter damals nicht aufgehört hätte zu arbeiten, um euch mittags versorgen zu können, hätte Mama nicht so früh wieder halbe Tage arbeiten können, und dann wäre dieses Haus heute noch nicht bezahlt. Das hatten wir nämlich auch an der Backe, ein Haus, das bezahlt werden musste. Ihr konntet schon immer Vollzeit arbeiten, obwohl ihr Kinder habt, aber diese Möglichkeit hatten wir nicht. Von den finanziellen Verhältnissen mal ganz zu schweigen. Damals gab es fünfzig Mark Kindergeld fürs erste und siebzig fürs zweite Kind, ausgezahlt wurde es alle zwei Monate. Heutzutage kriegt ihr jeden Monat zweihundertfünfzig Euro – für ein Kind. Damit will ich mich nicht beklagen, ich will damit nur sagen, dass unser Leben phasenweise ziemlich anstrengend war. Wir konnten nur sehr selten tun, was wir wollten, sondern fast immer nur das, was wir mussten.«

Jette wollte ihn unterbrechen, aber Ronny herrschte sie an: »Jetzt rede ich! Und erst, wenn ich sage, dass ich fertig bin, seid ihr dran!«

Er sprach etwas leiser weiter. »Eure Mutter und ich waren an einem Punkt, an dem wir uns klarmachen mussten, ob es für uns immer so weitergehen soll oder ob wir noch mal neu starten können. Das ist der große Vorteil, wenn man so früh Kinder bekommt: Man ist nicht zu alt, um den Lebensabend zu genießen, wenn sie erwachsen sind. Und nur das haben wir vor. Wir wollen den Rest unseres Lebens genießen. Mit dem, was *wir* uns wünschen, was *uns* am Herzen liegt. Wir haben uns nämlich in all den Jahren entwickelt, aber nicht in dieselbe Richtung. Das ist nicht schlimm, das ist normal. Eure Mutter und ich sind uns einig, dass wir nicht bis zu unserem jüngsten Tag so weitermachen möchten. Und weil wir Respekt voreinander haben, können wir uns in aller Freundschaft trennen. Das ist etwas Großes, etwas Besonderes, das solltet ihr respektieren. Und ihr solltet froh sein, dass es mit uns so läuft und nicht anders!«

Es war still, nur aus dem Radio in der Küche dudelte Musik.

»Bist du jetzt fertig?«, fragte Jette, die vor Ungeduld einen puterroten Kopf hatte.

»Nein, Jette, bin ich nicht! Wir haben nicht im Traum daran gedacht, dass man uns dermaßen falsch verstehen könnte, es war uns auch nicht klar, dass ihr bei aller Kritik zuerst an euch denkt. Da haben wir offensichtlich in der Erziehung was falsch gemacht.« Jetzt musste Ronny Luft holen, er trank einen Schluck Saft.

Alle begannen wie auf ein Kommando durcheinanderzureden.

Er erhob die Stimme wieder. »Ich. Bin. Noch. Nicht. Fertig.«

Sofort verstummte das Gesabbel.

Unsere Schwiegersöhne Jens und Niko und Jettes Freund Gustavo saßen da wie die Ölgötzen, sie rührten sich nicht und sagten keinen Piep. Sogar Opa Günni hielt sich jetzt zurück. Er hatte wohl verstanden, dass hier erst etwas mit unseren Töchtern geklärt werden musste, bevor er seinen Senf dazugeben konnte.

Im Stillen dachte ich, dass Ronny so ein Machtwort ruhig früher mal hätte sprechen können. Damals, als die Mädchen gleichzeitig ihre präpubertären, akut pubertären und postpubertären Phasen gehabt und mich mit ihren Zickereien, Heulereien und Launen oft zur Weißglut gebracht hatten, hatte er sich dem femininen Fegefeuer diplomatisch durch Abwesenheit entzogen. Aber egal, jetzt ließ er endlich mal alles raus. Besser spät als nie.

Er beugte sich über den Tisch und sagte im Tonfall eines Pferdeflüsterers: »Ein Wort, das ich von meinen Töchtern besonders häufig gehört habe, ist Selbstverwirklichung. Ob es um eure Berufswahl, Familienplanung oder was auch immer ging, immer haben Mama und ich euch vorbehaltlos unterstützt. Oder? Franziska?« Er schaute unsere Älteste an.

»Ja, Papa, aber ...«

»Nix aber! Als du uns eröffnet hast, dass ihr nach Schweden auswandert ...«

»Wir sind nicht ausgewandert, wir leben immer noch in Europa, wir sind nur umgezogen!«

Unbeirrt fuhr Ronny fort: »Als ihr ausgewandert seid, haben Mama und ich euch deswegen kritisiert? Haben wir?«

Franziska schüttelte den Kopf.

Ronny wandte sich an die Nächste. »Und du, Jette, haben wir was gesagt, als du Humangeografie studieren wolltest? Haben wir dich kritisiert, als du auf Religionswissenschaften umgesattelt hast, als du kurz danach das Studium geschmissen und angefangen hast, Berufe mit

Titeln auszuüben, von denen wir bis heute nicht wissen, was sie bedeuten?« Er schaute Katharina an. »Katha, haben wir je beurteilt, dass du jahrelang mit Niko die Rollen getauscht hast, weil du mehr verdient hast als er ... Ach, Kinder, ich will das nicht aufzählen und aufrechnen, darum geht's auch gar nicht.« Er sah die drei der Reihe nach an. »Wir lieben euch. Daran ändert sich nichts, wenn Mama und ich mal an uns denken.« Er lehnte sich zurück und wischte sich mit der Hand über die Stirn. »So, *jetzt* bin ich fertig.«

Nach dieser ungewöhnlichen Ansprache fragte Opa Günni in geradezu schüchternem Tonfall, wie lange ich wegbleiben wolle und wer sich in der Zeit um ihn kümmern werde. »Isch bin en alter Mann, un isch kann nit mehr so ...«

»Mach dir keine Sorgen, Papa.« Mit einem Blick auf Katha und ihre Jungs sagte ich: »Du hast deine Enkelin, einen Schwiegersohn und zwei kräftige Jungs um die Ecke. Das Telefon geht in zwei Richtungen, du musst nur dort anrufen, ich bin sicher, dass sie dich nicht hängen lassen.«

Katharina musste nicken, wie sollte sie sonst reagieren.

»Aber ... wat is mit meinem Essen?«, fragte er.

Bisher hatte ich für ihn gekocht und das Essen hingebracht.

»Ich hab Essen auf Rädern abonniert, die bringen es täglich um zwölf.«

»Un wenn isch na'm Doktor muss?«

Auch daran hatte ich gedacht; mein Vater konnte seit Langem nicht mehr Auto fahren. »Wir haben eine Flatrate bei Taxi Timmerberg für dich eingerichtet. Die buchen jeden Monat eine vereinbarte Summe ab, dafür kannst du im

Umkreis von zehn Kilometern so oft fahren, wie du musst. Und ich habe eine Putzhilfe engagiert, du lernst sie morgen kennen.«

Mein Vater schaute mich leidend an. »Und wenn isch doot jehe, is et einzije Kind am andern Ende der Welt.«

»Keine Sorge, Opa Günni, du bist zäh und hältst durch, bis sie wiederkommt!«, sagte Katharina. Sie klang versöhnlich. »Wann soll das eigentlich sein, Mama, dass du wiederkommst?«

»Ich fliege am 12. Februar, mein Visum gilt zwölf Monate, aber ich darf mich nur drei Monate ununterbrochen im Land aufhalten. Dann reise ich weiter nach Australien und auf die Fidschi-Inseln, anschließend vielleicht zurück nach Neuseeland. Ich weiß es noch nicht.«

»Aha, ein Visum ist auch schon da«, sagte Jette höhnisch und verschränkte die Arme vor der Brust.

»Ja, die Einreiseformalitäten haben ziemlich lange gedauert, so was bricht man nicht übers Knie.«

Jette schlug sich mit der Hand an die Stirn. »Alles hinter unserem Rücken, ich fasse es einfach nicht. Und du, Papa, was ist das für eine Schnapsidee mit Paris? Hast du überhaupt noch so viel Urlaub?« Sie stutzte. »Moment mal. Mama? Ein Jahr Neuseeland? Was ist mit euren Jobs?«

Jetzt mussten wir weiter Farbe bekennen.

»Ich habe gekündigt. Papa konnte ein Blockmodell aushandeln und geht in Altersteilzeit. Ab Mitte Februar wird er ein halbes Jahr in Paris leben.«

Ronny warf ein: »Ich habe schon eine Traumwohnung zur Zwischenmiete gefunden!«

»In Paris? Du hast in Paris bezahlbaren Wohnraum gefunden?«, fragte Niko ungläubig.

»Na ja, bezahlbar ist relativ, sie ist ziemlich teuer. Aber wenn es mir in dem Viertel gefällt, suche ich mir vor Ort was Günstigeres.«

»Trotzdem, es ist fast zu schön, um wahr zu sein, dass du so schnell was Passendes gefunden und auch bekommen hast«, fand Niko.

»Ja, ich hab riesiges Glück gehabt. Der Besitzer muss überraschend für sechs Monate ins Ausland und vermietet das Apartment zum Sonderpreis. Dritte Etage, mit Aufzug, möbliert und mit allem ausgestattet, was ich brauche. Und weil ich die Miete im Voraus bezahlt habe, gab es zwanzig Prozent Rabatt!« Ronny zog sein Unterlid mit dem Zeigefinger herunter. »Bin ja nicht von gestern.«

Katharina wirkte verwirrt. »Ihr habt alles so akribisch vorbereitet, wir haben nichts geahnt.«

Nachdenklich sagte Franziska: »Dass wir keine Ahnung hatten, zeigt vielleicht, dass Papa mit seiner Moralpredigt recht hatte? Hast du dich mal gefragt, was sie tun, wenn sie nicht arbeiten oder sich für die Familie den Hintern aufreißen?«

Jettes Stimme klang metallisch. »So, Mama, noch mal langsam und im Detail für strunzdumme Töchter. Du verschwindest nach Neuseeland und weiß der Geier, wohin noch, und bleibst vielleicht ein ganzes Jahr weg. Wie du das mit deiner viel beschworenen persönlichen Klimarettung vereinbaren willst, erschließt sich mir absolut nicht. Was ist mit dem ökologischen Fußabdruck, über den du ständig predigst? Und, Papa, ein halbes Jahr Paris, eine der teuersten Städte der Welt ... Sag mal, habt ihr im Lotto gewonnen?«

Auf den Fußabdruck ging ich nicht ein, das war mein wunder Punkt, den ich selbst noch mit meinen Grundsätzen auskämpfen musste. Jetzt kam der schwierigste Teil unserer Beichte.

»Wir haben nicht im Lotto gewonnen. Aber zwei Lebensversicherungen sind fällig. Die gleichen meinen fehlenden Verdienst für eine Weile aus. Und wir werden im Haus was verändern. Übermorgen kommen Leute vom Sozialkaufhaus und räumen die Kinderzimmer aus. Wenn ihr von den Möbeln noch welche haben wollt, nehmt euch, was ihr braucht.«

Meine Töchter rissen synchron die Münder auf. Katharina rief: »Mama!«

Jette schnaubte.

Franziska fing an zu heulen. »Ihr könnt doch nicht einfach mein Zimmer verkaufen ...«

Ich unterbrach sie. »Franzi, mach mal halblang! Du bist vor fast zwanzig Jahren ausgezogen, Katha ist seit sechzehn Jahren weg und Jette seit zwölf. Ihr hattet wirklich Zeit genug, um Möbel, an denen ihr hängt, abzuholen. Jetzt werden sie gespendet. Basta.«

»Basta? Und dann? Was passiert mit den leeren Zimmern?« Jettes Stimme hatte immer noch diesen aggressiven Unterton.

Ich erklärte, dass Ronny und ich bereits einige Möbel verkauft hatten. Außerdem hatten wir alle Geräte aus dem Fitnesskeller verscherbelt, und die Fahrräder, Roller und Dreiräder, die noch im Schuppen gestanden hatten. Doppeltes Werkzeug, Bücher, Schallplatten und ein Großteil unseres Geschirrs waren auch weg. Auch unsere Garderobe hatten wir auf ein Drittel reduziert.

»Wir richten uns oben jeder ein Zimmer ein, das kleine Duschbad reicht für uns.«

»Also lasst ihr euch doch nicht scheiden?« Es war das erste Mal, dass Schwiegersohn Jens etwas gesagt hatte.

»Tja, hättet ihr mal richtig zugehört! Von Scheidung war nie die Rede, mit keinem Wort haben wir das gesagt! Eine Scheidung wäre nämlich ungünstig für unsere Rente«, sagte Ronny. »Die Zimmer sind eine Art Rückversicherung, falls wir aus irgendeinem Grund eher zurückkommen wollen oder müssen.«

Jette sagte: »Papa, wenn du in Altersteilzeit arbeitest, wirst du aber noch ein paar Mal zurückkommen müssen, oder bin ich schon wieder zu blöd, um was zu kapieren?«

Ich ahnte, dass Ronny nach der sanftesten Formulierung suchte. »Wir haben Folgendes vor: Das Erdgeschoss ist in sich abgeschlossen. Es bietet sich förmlich an ... Wir haben ... das Haus ... und den Garten ... und die Garage natürlich auch ... vermietet. Weil ... mein Auto wird auch verkauft. In Paris brauche ich keins.«

Wäre eine Stecknadel gefallen, man hätte sie hören können.

Ronny stotterte weiter: »Die Mieter ... Das ist eine nette junge Familie mit einem Kind, das zweite ist unterwegs, ihr werdet euch bestimmt gut mit ihnen verstehen. Ja ... also, und sie haben ... sie haben Vorkaufsrecht.«

Blankes Entsetzen spiegelte sich in den Gesichtern meiner Töchter.

Jette fand zuerst ihre Sprache wieder. Leise, aber betont akzentuiert sagte sie: »Ich habe das richtig verstanden? Ihr wollt unser Elternhaus verhökern, um in der Weltgeschichte herumzureisen? Und alles, was unsere Kindheit ausgemacht hat, wird deswegen gnadenlos verscherbelt?«

Jetzt hatte ich aber die Nase voll. »Dieses Haus haben dein Vater und ich gebaut und bezahlt«, sagte ich laut. »Ich bin als Braut hier eingezogen und will ganz bestimmt nicht erst als Leiche wieder ausziehen. Wenn das Haus alles ist, was deine Kindheit ausgemacht hat, na, vielen Dank! Sonst nichts, Jette?« Ich haute wütend mit der Hand auf den Tisch. »Seit über zehn Jahren wohnen wir zu zweit hier, wir heizen, putzen, reparieren, kurz: Wir unterhalten den ganzen Kasten, von dem wir im Alltag nur zehn Prozent nutzen. Du lebst doch nicht auf der Straße, du verdienst gut, du hast eine schöne Wohnung in Köln, was soll denn so ein Spruch? Oder geht es dir etwa um dein Erbe?«

Das saß. Sie verschränkte die Arme und starrte auf den Tisch. »Ein Erbe wird ja wohl nicht mehr da sein, wenn ihr das Haus verkauft.«

»Jette, bitte!«, mahnte ich so sanft, wie es mir trotz meiner aufgebrachten Stimmung möglich war. »Du erreichst mit deinem Verhalten, dass ich mich fühle wie eine Verräterin, die ihre eigenen Kinder um die Zukunft bringen will. Lass uns doch erst mal sehen, wie sich das Jahr für Papa und mich entwickelt, und dann schauen wir weiter.«

Jettes Gesicht wirkte wie eine bleiche Maske. Sie stand auf. »Ilse, please put on your shoes and coat, we have to go. Gustavo, kommst du?«

Die Kleine gehorchte und trottete mit gesenktem Kopf in die Diele.

Gustavo erhob sich und schaute verunsichert in die Runde.

Jette griff nach ihrer Handtasche. »Und was ist *nach* diesem Jahr, Mama? Ihr verkauft das Haus, verprasst eure Lebensversicherungen und dann?«

Es reichte mir. Ich fühlte mich ganz und gar nicht mehr so lebendig wie in der Silvesternacht, im Gegenteil, ich fühlte mich, als hätte mich jemand durch den Fleischwolf gedreht. Mit diesem Echo konnte ich nicht umgehen.

Ich stand auf und ging ins Schlafzimmer, um zu weinen.

14

Mein Vater war rasch versöhnt, als er die dralle Putzhilfe kennenlernte: »Dat is ja en janz patentet Mädschen, nä, escht, die passt in de Welt«, beurteilte er die sechzigjährige Urzula. Er war also versorgt. Essen auf Rädern war für ihn okay, Frühstück und Abendessen konnte er im Supermarkt um die Ecke selbst einkaufen, wenn nicht, sollte er Katharina am Telefon seine Wünsche durchgeben. Die Flatrate gefiel ihm gut, er benahm sich wie Graf Koks, wenn er sich die Wagentür aufhalten ließ und mit hochwichtigem Gesicht in die Taxe stieg.

Unsere Freunde reagierten unterschiedlich. Nach der Mottoparty riefen sie nach und nach an, um sich für das Fest zu bedanken – und natürlich, um zu erfahren, ob wir das ernst gemeint hatten und wirklich durchziehen würden. Ja, wir hatten es ernst gemeint, und ja, wir würden es durchziehen. Immer wieder erklärte ich, dass ich am 12. Februar abends um Viertel vor neun in Frankfurt abfliegen und am nächsten Morgen um Viertel nach sechs in Dubai ankommen würde. Von da aus sollte es nach viereinhalb Stunden Aufenthalt weitergehen nach Melbourne, wo ich in den Flieger nach Christchurch umsteigen musste. Dort würde ich am 14. Februar nachmittags landen.

»Was für ein Höllenritt!«, sagte Marita. »Hast du dir das gut überlegt? Ich meine, du bist in den letzten Jahren fast nie selbst Auto gefahren, weil du immer mit deinem Rad durch die Gegend juckelst, und jetzt willst du im Linksverkehr mit einem fremden Wagen durch die Pampa gondeln?«

»Davor habe ich keine Angst. In Neuseeland rast niemand, dort darf man nirgends schneller als hundert fahren, und es gibt längst nicht so viel Verkehr wie bei uns. Dem sehe ich entspannt entgegen.«

»Und wenn es tief verschneit und glatt ist? Die haben da andere Winter als wir!«

»Wenn ich ankomme, ist Sommer.«

»Apropos Verkehr, hat Ronny das Auto eigentlich schon verkauft?«

»Ja, E-Autos sind begehrt, dafür gab es fast den Neupreis! Jetzt hat er für die letzten Tage, an denen er pendeln muss, einen Leihwagen.«

»Und wenn er in einem halben Jahr wieder hier ist?«

»Dann sucht er sich für die Monate in Bonn eine Wohnung, wenn er nicht pendeln will.«

Marita stieß einen Seufzer aus. »Mensch, Thea, ich hätte dir nie zugetraut, dass du so was wagst!«

»Und ich hab mir nicht mehr zugetraut, so weiterzuleben wie bisher.«

»Dass ihr wirklich getrennt seid, kann ich mir gar nicht vorstellen. Sag mal, hast du schon mal daran gedacht, dir einen neuen Mann zu suchen?«

Den Gedanken fand ich absurd. »Warum sollte ich? Eine dauerhafte Partnerschaft ist im Prinzip immer gleich, man gibt einen Teil von sich auf, am Ende lebt man mit Kompromissen, über die keiner richtig glücklich ist.«

»Ich hatte nie den Eindruck, dass du mit Ronny unglücklich bist. Wenn ich daran denke, was ich damals mit meinem Ex alles mitgemacht habe ... dagegen war eure Beziehung für mich immer ein harmonischer Traum!«

»Harmonie ist nicht alles, Marita.«

»Ich wäre froh, wenn ich überhaupt wieder eine Beziehung hätte. Die Idee mit der Senioren-WG war im Prinzip okay, aber du hast mir mit deiner Entscheidung etwas klargemacht.«

»Ich? Da bin ich gespannt.«

»In die WG zu ziehen, war meiner Einsamkeit geschuldet. Ich habe mir gewünscht, dass wieder jemand da ist, wenn ich nach Hause komme. Aber ... es ist nicht dasselbe. Deswegen date ich wieder. Und halte die Augen offen! Vielleicht ergibt sich noch mal was. Gestern war ich schwimmen, Thea, da ist mir was total Verrücktes passiert!«

Oha, das klang nach einem Erlebnisbericht à la Marita, und richtig, ich musste sie nicht auffordern, davon zu erzählen, sie legte direkt los.

Sie sei ewig nicht mehr im Hallenbad gewesen, beim letzten Mal habe sie noch einen Bikini getragen, so lange sei das her. »Daran ist heute nicht mehr zu denken. Ich hatte mir einen Badeanzug mit gefütterter Bauchpartie besorgt, der sitzt fest wie eine Miederhose, und meine Fettschürze schwabbelt nicht. Die Körbchen sind zweilagig, damit man nicht sieht, wenn mir kalt ist. Nix ist fieser als Nippelalarm in Gegenwart von Männern, die ihn falsch deuten und auf sich beziehen. Mein Badeanzug ist also schwarz und hat in der Mitte eine weiße Partie in Form einer Eieruhr. Das mogelt optisch drei Kilo weg. Bei der Fußpflegerin war ich auch, es gibt nix Ekelhafteres als

Hornhaut an den Hacken, die im Wasser aufweicht. Ich gucke bei anderen immer zuerst auf die Füße, auch früher schon. Wenn ich als junges Ding im Freibad einen Jungen gesehen habe, der mir gefiel, hab ich mir zuerst die Füße beguckt und dann die Front. Wenn einer gelbe Hacken oder dicke Fußnägel hatte, konnte er direkt weiterziehen.«

Während Marita plapperte, fiel mir ein eigenes Erlebnis aus dem Schwimmbad ein. Ich trug damals meinen ersten Bikini. Das Oberteil hatte Körbchen aus Plastik, von innen sahen sie aus wie Kaffeesiebe. Ich war sehr flach, in meiner Klasse galt ich als BMW (Brett mit Warzen). Das gefiel mir nicht, deswegen trug ich diesen Bikini. Größe 75B ohne Inhalt. Eines Tages stand ich in der Schlange vor dem Büdchen, vor mir wartete ein Junge aus der zehnten Klasse. Er sah ein bisschen aus wie David Cassidy. Ich suchte Blickkontakt, als jemand an mir vorbeirannte und mich mit dem Ellenbogen anrempelte. Er traf mich am Busen. Am nicht vorhandenen Busen. Er traf, genau gesagt, das Körbchen. Also das Kaffeesieb. Und er haute mir eine ordentliche Beule in den BH. Als David Cassidy mir auf die Brust starrte und frech grinste, schaute ich an mir runter: Meine linke Brust war komplett nach innen gewölbt. Ich wurde knallrot und bemühte mich um ein Pokerface, als ich den BH mit dem Daumen wieder ausbeulte.

»Bist du noch dran, Thea?«

»Klar, ich höre dir die ganze Zeit aufmerksam zu«, log ich.

»Natürlich hatte ich keine Brille auf, als ich aus der Umkleidekabine kam, ich kann mit Brille nicht schwimmen. Und ohne kann ich nix sehen.«

Ich dachte erneut an unser altes Schwimmbad. Damals gab es nicht eine Kabine in der Damenumkleide, in der kein Guckloch in die Wand gebohrt war, durch das uns die Jungs heimlich beobachteten. Ich hatte später immer einen Strohhalm in der Badetasche, mit dem ich in die Löcher stach. Da hatte so mancher nebenan gejault.

Marita sagte: »Man muss also durch die Duschen ins Schwimmbad. Ich öffne die Milchglastür und sehe erst, als sich jemand umdreht, dass es die Männerdusche ist.« Sie prustete. »Thea! Der Typ schäumt sich gerade die Achseln ein, und dann seh ich ... Thea! Der hatte ... der hatte ... ein Tattoo an ... seinem ... Schniedel!«

»Das konntest du ohne Brille erkennen?«

»Oh ja! Weil er rund um den Piephahn bis zum Bauchnabel einen Elefantenkopf tätowiert hatte, und der Rüssel ... na ja, das war ... sein Pimmel!« Ich rief: »O mein Gott, das Bild werde ich nie wieder los!«

Marita beschrieb den Rüsselträger noch ein bisschen genauer, aber vor Lachen konnte ich ihr kaum zuhören.

»Na ja«, sagte sie schließlich. »Wir wollen mal ehrlich sein, ob mit oder ohne Tattoo, hübsch ist so ein Ding nun mal nicht. Aber was soll's, ist eben ein Penis und kein Sonnenuntergang.«

Ich quiekte vor Vergnügen.

Nachdem wir aufgelegt hatten, dachte ich, dass Marita, ihre Stories und unsere Plaudereien mir in den nächsten Monaten sehr fehlen würden.

»So eine lange Strecke musst du unbedingt erster Klasse fliegen, sonst überlebst du das nicht!«, meinte Angie Holländer bei unserem Abschiedstelefonat.

Die hatte gut reden. Ronny und ich hatten zwar ein hübsches Sümmchen auf der Bank, aber das musste auch lange reichen. Unser Abenteuer würde sich nämlich durchaus auf die Höhe unserer Rente auswirken, ich würde daher gewiss kein Geld für einen Luxusflug vergeuden.

Angie nahm den »Trip«, wie sie mein Abenteuer nannte, gelassen. »Wir whatsappen, okay?«

Ellen hingegen fragte praktische Dinge ab. »Wie habt ihr die Zimmer im Obergeschoss eingerichtet?«

»Leichte, mobile Sachen, die ich unter Umständen später mitnehme: Schlafcouch, Ohrensessel, Couchtisch, Kleiderschrank, Kommode, ein Regal, Lampen und ein Teppich – mehr brauche ich nicht.«

Lachend sagte Ellen: »Wem sagst du das, das ist sogar viel! Wenn wir endlich mal zu Potte kommen würden ... In mein Tiny House passt nicht viel mehr rein, im Gegenteil, ich hab 'ne Küchenzeile, auf die ich nicht verzichten kann.« Sie waren noch immer dabei, ihre Sachen auszusortieren; Ellens heimliches Lager war inzwischen randvoll.

»Eigentlich machen wir gerade das Gleiche wie ihr: Wir minimieren den Besitz und wollen ohne Ballast neu beginnen«, überlegte ich.

»Mit dem Unterschied, dass Steffen und ich nach wie vor abends gemeinsam vor dem Fernseher sitzen, während du dir mutterseelenallein ein fremdes Land angucken willst!«

»Würdest du auch gern so eine Reise machen?«

»Um Gottes willen, das machen meine Gelenke nicht mehr mit. Nein, außerdem brauche ich meine eigene Matratze im eigenen Bett, sonst kann ich nicht schlafen. Mein Rücken bringt mich um, wenn ich in fremden Betten liege. Mit meiner schlimmen Schulter könnte ich nie im Leben ei nen Rucksack schleppen. Ich frage mich, wie du das schaffen willst.« Sie lachte auf. »Bei mir wäre mit den Medikamenten schon das erlaubte Gewicht des Handgepäcks überschritten. Ach, Thea, ich sag immer, die beste Krankheit taugt nix, wenn ich noch so könnte, wie ich wollte, dann würde ich ...«

Mist, jetzt war sie in ihr Lieblingsthema eingestiegen, das würde dauern.

Während Ellen ihre neuesten Beschwerden und aktuellen Diagnosen schilderte und sich darüber aufregte, dass ihre Therapieansätze sich wieder mal total von denen ihrer Ärzte unterschieden, ging ich nebenher zum hundertsten Mal meine Packliste und den Ablauf der Abreise durch.

Die Letzte, mit der ich telefonierte, war Bea.

»Ich liebe deinen Mut, du wirst bestimmt die aufregendste Zeit deines Lebens haben!«

Wie gut es tat, so etwas zu hören!

Ich seufzte. »Ich bin froh, dass du das sagst, die Reaktionen meiner Töchter sind leider anders. Jette redet nicht mehr mit mir, kannst du dir das vorstellen?«

»Gar nicht?«

»Sie bringt mir Ilse ab und zu, aber mehr als ›guten Tag‹ und ›wann soll ich sie abholen‹ kommt nicht. Sie weigert sich, das Haus zu betreten, seit wir im Erdgeschoss alles für die Mieter vorbereitet haben.«

»Und wie geht Ilse damit um?«

»Sie findet es großartig, mit Oma in einem Bett zu schlafen!«

»Ach, ihr seid schon nach oben gezogen?«

»Ja, es klappt prima! Wir hätten längst getrennte Schlafzimmer einrichten sollen, seitdem schlafen wir beide besser.«

»Und es gibt kein böses Wort zwischen Ronny und dir? Keine Bitterkeit, keine Wut?«

»Nein, im Gegenteil. Abgesehen von der Reaktion unserer Kinder, ist alles großartig. Wir freuen uns auf das, was vor uns liegt. Jeden Morgen treffen wir uns in der Küche und sind froh, dass wir ausgeschlafen sind. Wir schnarchen beide, müssen nachts oft raus, deswegen konnte seit Langem keiner mehr durchschlafen.«

Bea erzählte von Frank-Jochen, den sie liebevoll Franjo nannte. Sie war immer noch in ihn verliebt und konnte sich sogar eine gemeinsame Zukunft vorstellen. »Aber wenn, dann will ich das Gegenteil von dem, was du gerade durchziehst! Es ist nicht nur so, dass wir gerne zusammen sind, wir könnten uns die Miete und die Kosten für das Auto teilen. Bald sind wir Rentner und haben weniger Einkommen. Gemeinsam könnten wir den Lebensstandard halten.«

Ich musste spontan an einen Vorfall vor etlichen Jahren denken. Damals hatten Ronny und ich noch zwei Autos. Ich fuhr einen uralten Opel Kadett und Ronny den großen silbernen Ford. Dann kam der Ford für ein paar Tage in die Werkstatt, genau zu der Zeit, als Ronny zu einer Fortbildung nach Hamburg musste. Er war natürlich nicht auf die Idee gekommen, mit der Bahn zu fahren, er nahm den Kadett. Ich musste mit dem Bus zur Arbeit, was mir aber damals schon nichts ausmachte.

An meinem fünften Tag als Busfahrerin wurde ich zum Abteilungsleiter gebeten. Das hatte es noch nie gegeben. Junkermann fragte mich, ob ich ihm nichts zu sagen hätte. Ich wusste nicht, was er meinte. Immer wieder forderte er mich auf, ich könne ihm alles anvertrauen, ich sei schon so lange im Betrieb, dass die Sparkasse mich in solchen Fällen nicht allein lassen werde. In solchen Fällen? Ich überlegte, ob er die privaten Telefongespräche mit meiner Mutter meinte, die sich nicht vermeiden ließen, weil sie mittags auf die Kinder aufpasste. Oder den Kaffee, für den ich manchmal nichts ins Kaffeeschwein geworfen hatte.

»Was denn für Fälle?«, fragte ich schließlich.

Er kritzelte auf seine Schreibtischunterlage, malte Hasen und Spiralen. »Frau Schmidt, Sie wissen, dass ich auch gern mal ein Bierchen trinke. Aber wenn das zur Gewohnheit wird, ich meine, wenn man das öfter tut, es tun *muss*, es also nicht lassen kann, dann ist das eine Krankheit. Die muss man ernst nehmen, und man kann sie behandeln.«

Junkermann hatte ein Alkoholproblem? Okay. Beim Betriebsausflug und auf der Weihnachtsfeier spuckte er ja nicht rein. Wollte er mit mir darüber sprechen? Ausgerechnet! Ich war gerührt.

»Frau Schmidt«, sagte er dann, »ich erwarte jetzt absolute Ehrlichkeit. Wann kriegen Sie Ihren Schein wieder?«

»Meinen Schein?«

Er warf seinen Stift auf den Schreibtisch: »Nun machen Sie es mir nicht so schwer! Man hat Sie gesehen!«

»Gesehen? Mich?«

»Sie müssen mich nicht für dumm verkaufen! Ich weiß aus zuverlässiger Quelle, dass Sie seit geraumer Zeit Bus fahren!«

»Bus fahren.« Ich verstand ihn einfach nicht.

»Man hat sie immer wieder an der Bushaltestelle gesehen, und Sie sind in den Bus jedes Mal eingestiegen. Ihre Kollegin setzte mich pflichtgemäß darüber in Kenntnis, dass Sie mutmaßlich keinen Führerschein mehr haben und deswegen mit dem Bus fahren müssen!«

Meine Kollegin! Das war Isa gewesen. Typisch. Die hatte schon damals nichts Besseres zu tun gehabt, als Leute anzuschwärzen.

Es hatte ihr nicht geschadet, sie war immer noch in der Filiale, genau wie ich.

Inzwischen saßen wir in einem Büro. Aber nun würden wir beide aufhören. Sie war in Gedanken schon halb in Andalusien, und ich hatte keine zehn Tage mehr vor mir, bis es nach Neuseeland ging.

15

Am letzten Tag unseres gemeinsamen Lebens standen die gepackten Koffer in der Diele. Das graue Schmuddelwetter entsprach meiner Stimmung. Ich war traurig. In den vergangenen Wochen hatten Ronny und ich so viel vorbereitet, organisiert und bedacht, dass mir keine Zeit für Gedanken an den Abschied geblieben war.

Am schwersten war mir gestern die Begegnung mit Ilse gefallen. Sie hatte bitterlich geweint, weil ich an ihrem Geburtstag nicht da sein würde, aber ich hatte versprochen, ihr ein Paket mit seltenen und magischen Dingen aus Neuseeland zu schicken, und natürlich konnten wir facetimen

Meine Enkel Matthäus und Cornelius hingegen fanden meine Reise »übelst krass«, was in ihrer Sprache Ausdruck höchster Bewunderung war.

Katharina schenkte mir einen wasserdichten Brustbeutel, in dem ich die wichtigsten Papiere immer am Körper tragen sollte. Ich musste ihr versprechen, mich einmal in der Woche zu melden.

Die Schweden nahmen die neuen Umstände inzwischen gelassen hin: »Dass wir uns ein Jahr nicht sehen, haben wir ja während der Pandemie schon geprobt«, meinte Franziska.

Jette meldete sich nicht. Das war mein größter Kummer, so wollte ich eigentlich nicht in mein neues Leben starten.

Opa Günni war dermaßen vernarrt in seine Haushaltshilfe Urzula, in ihren Akzent und in ihr Dekolleté, dass er die Reise seiner »einzijen« Tochter inzwischen als Auslöser für die »anjenehme Bejeschnung« sah.

Und nun saßen Ronny und ich beim letzten Pfefferminztee in unserer Küche, die übermorgen von Mietern bewohnt sein würde. Den Schlüssel für das Haus hatten sie schon.

Ronny hatte einen Platz im Thalys gebucht, sein Taxi zum Kölner Bahnhof war für halb zwölf bestellt. Er freute sich: »Drei Stunden und fünfzehn Minuten später bin ich schon in Paris!« Zwei Nächte wollte er im Hotel verbringen, bevor er die Schlüssel für das Apartment in der Rue de Rivoli bekommen würde. »Ich werde mich vorher also ganz in Ruhe in der Gegend umschauen können. Ein Frühstückscafé will ich mir suchen, eine Monatskarte für die Métro besorgen, mich für einen Französischkurs vor Ort anmelden und mir mein neues Viertel erlaufen.«

Er war so guter Dinge, dass ich mir meine Traurigkeit nicht anmerken ließ.

Niemand hatte Zeit, mich nach Frankfurt zu fahren. Katharina und Niko mussten am nächsten Tag arbeiten. »Wenn du ab Düsseldorf fliegen würdest, okay, dann könnten wir dich hinbringen, aber Frankfurt, sorry, Mama, das geht leider nicht.«

Ab Düsseldorf wäre der Flug wesentlich teurer gewesen.

Ich hatte so getan, als hätte ich Verständnis, aber in Wahrheit war mir zum Heulen. Immer war ich sofort da gewesen, wenn eins meiner Kinder irgendetwas brauchte, Tag und Nacht, niemals hatte ich ihnen eine Bitte abgeschlagen. Und heute konnte mich nicht mal einer zum Flughafen bringen.

»Bei dir ist alles okay?«, fragte Ronny.

Betont fröhlich zählte ich auf: »Ja, mein Taxi kommt um drei und bringt mich zum Autoverleih, ich habe von da aus zweieinhalb Stunden Fahrt bis zum Flughafen eingeplant, weil ich dort den Leihwagen noch zurückgeben muss. Wenn ich drei Stunden vor Abflug ankomme, müsste das zeitlich in jedem Fall reichen. Ich werde versuchen, im Flieger zu schlafen. Wenn die Nacht vorbei ist, bin ich in Dubai. Da gehe ich in aller Ruhe frühstücken, ich hab über vier Stunden Aufenthalt.«

»Wunderbar. Wenn du in Christchurch landest, ist es in Paris erst drei Uhr morgens. Du hast bestimmt Jetlag, lass uns also beide erst mal ankommen und uns um alle wichtigen Dinge kümmern.« Er schlug vor, am neunzehnten Februar zu telefonieren. »Wenn es in Paris neun Uhr abends ist, ist es bei dir neun Uhr morgens, das kriegen wir hin, oder?«

»Klar.«

Kurz bevor das Taxi kam, standen wir an der Straße.

»Lass es uns schnell und undramatisch machen«, bat ich. Lange würde ich mich nämlich nicht mehr zusammenreißen können.

Ronnys Wagen fuhr pünktlich vor, wir umarmten uns, hielten einander sekundenlang fest, dann schob ich ihn sanft weg. »*Bon voyage!*«, sagte ich.

Ronny half dem Fahrer, das Gepäck im Kofferraum zu verstauen, stieg ein und warf mir durch die Scheibe eine Kusshand zu.

Dann fuhr er weg.

Unser gemeinsames Leben war beendet.

Ich ging rein, setzte mich an den Küchentisch und heulte. Natürlich freute ich mich auch auf Neuseeland – so lange hatte ich davon geträumt!

Wahrscheinlich würden die schönen Gefühle auftauchen, wenn ich den Flug hinter mir hatte. Und wenn Jette mich nicht mehr ignorieren würde.

Um kurz nach vier am Nachmittag hatte ich mein Gepäck im Kofferraum des geliehenen Kleinwagens verstaut. Ich schaute mir die Strecke auf meinem Handy an. Ich war so lange nicht selbst gefahren, dass ich mich nicht auch noch damit auseinandersetzen wollte, wie das Navi in dem fremden Wagen funktionierte.

Aufgrund der aktuellen Verkehrslage würde ich um zwanzig nach sechs am Flughafen ankommen.

Den Weg bis zum Autobahndreieck Heumar kannte ich, dennoch saß ich angespannt hinterm Steuer. Erst als ich auf der A3 Richtung Frankfurt noch hundertsechzig Kilometer vor mir hatte, entspannte ich mich.

Gegen Viertel nach fünf wurde es langsam dunkel und begann zu regnen, mein Albtraumwetter zum Autofahren. Die Entspannung wich höchster Konzentration. Ich wusste genau, warum ich in den vergangenen Jahren kaum hinterm Steuer gesessen hatte: Autofahren war gefährlich, klimaschädlich, teuer und anstrengend.

Ich umklammerte das Lenkrad so fest, dass meine Finger wehtaten, sicherheitshalber fuhr ich mit knappen neunzig Sachen stur rechts. Gott sei Dank hatte ich den großzügigen Zeitpuffer eingebaut; wenn kein Stau kam, würde ich trotz des Schneckentempos pünktlich ankommen. Der Regen wurde heftiger, ich fummelte an allen möglichen Knöpfen herum, um das Gebläse anzuschalten, weil die Frontscheibe beschlug. Inzwischen war es dunkel geworden, und es fiel mir immer schwerer, mich zu konzentrieren.

»Einen der zwei rechten Fahrstreifen benutzen, um Ausfahrt 49 Kelsterbach auf B43 Richtung Kelsterbach Frankfurt Frankfurt Höchst Flughafen Cargo Center Köln Flughafen Frankfurt zu nehmen«, erklärte die Stimme in meinem Handy.

Was, was, was, wohin musste ich?!

Natürlich war es gefährlich, aber ich dachte nicht nach, nahm den Fuß vom Gas, griff mein Handy, das auf dem Beifahrersitz lag, wollte die Ansage noch mal hören und stoppte versehentlich die Navigation. Hektisch schaute ich auf die Straße, dann wieder auf das Handy. Scheiße!

In dem Moment poppte eine WhatsApp von Jette auf: *Gute Reise, Mama. Lieb dich.*

Sofort schossen mir Tränen in die Augen, jetzt sah ich fast gar nichts mehr.

Hinter mir blendete mich jemand mit seiner Lichthupe, ich ließ mich aber nicht beirren und fuhr mit siebzig Sachen weiter.

Jette hatte geschrieben. Endlich. Gott sei Dank, wie sehr hatte mir auf der Seele gelegen, dass wir uns nicht verabschiedet hatten. Sobald ich im Flughafen angekommen war und die Formalitäten erledigt hätte, würde ich sie anrufen.

Ich wischte mir die Tränen weg, dafür musste ich eine Hand vom Lenkrad nehmen.

Links rasten zwei Autos hupend an mir vorbei, scherten wieder vor mir ein, ich erschrak, kam kurz ins Schlingern, hatte den Wagen aber sofort wieder in der Spur. Die Rücklichter der Autos vor mir hinterließen blendende rote Lichtstreifen auf dem nassen Asphalt. Ich versuchte, nicht hinzusehen, und starrte nach rechts, um rechtzeitig erkennen zu können, wann ich abfahren musste.

Jette. Unter Tränen lächelte ich. Meine Kleine.

Der Verkehr vor mir wurde ruhiger. Wann kam denn diese verdammte Abfahrt? Da vorn war ein Schild.

Frankfurt Süd? Wie jetzt? Mist, ich war zu weit gefahren! Es war inzwischen kurz nach sechs. Okay, keine Panik, der Flughafen war ganz in der Nähe, ich musste nur bei der nächsten Gelegenheit umkehren. Am besten würde ich die Autobahn verlassen, anhalten und das Navi wieder starten. Ich nahm die nächste Ausfahrt. Und verlor komplett die Orientierung. Auf einmal befand ich mich auf einer Landstraße, mitten in einem Wald. Ich musste unbedingt rechts ran, ich brauchte das Navi, meine Güte, wo war ich denn nur? Angestrengt schaute ich auf die durchgezogenen Linien am Straßenrand, aber es gab keine Unterbrechung, wo ich hätte halten können. Ich bog rechts ab, fuhr im Niemandsland weiter, nein, das war falsch gewesen. Dann bog ich links ab, der Wald wurde dichter, aber wenigstens ließ der Regen nach. Seit ich die Autobahn verlassen hatte, war mir kein einziges Auto mehr begegnet. Ich fuhr jetzt mit Fernlicht, und dann, endlich, nach einer gefühlten Ewigkeit, entdeckte ich im Kegel des Scheinwerfers vor einer Kurve eine Art Lichtung, einen Schotterplatz, auf dem Baumstämme gestapelt waren. Erleichtert atmete ich auf und fuhr langsam darauf zu.

Ich erblickte die Gestalt nur in der Sekunde, in der sie im Scheinwerferlicht auftauchte, riss das Lenkrad herum, sah den Baumstapel auf mich zukommen. Es gab einen schrecklichen Knall, ich bekam einen brutalen Schlag ins Gesicht. Dann war Stille.

16

»Hallo? Hey! Kannst du mich hören?«
Die Stimme übertönte das Pfeifen in meinen Ohren. Wer war das? Wo war ich? Hinter meinen Schläfen hämmerte ein verheerender Schmerz. Es stank nach Rauch. Die Stimme schwieg, der Ton in meinem Ohr schrillte lauter.

»Scheiße, Scheiße, bitte, sei nicht tot!«

Da war sie wieder, die fremde Stimme.

Eine Hand tastete an meinem Hals, Finger drückten sich in meine Haut.

Ich lag auf dem Rücken. Etwas Warmes lief über mein Gesicht. Ich konnte nicht durch die Nase atmen, öffnete den Mund, röchelte.

Der Druck der Finger wurde stärker. »Ja, ja, ja, komm zu dir, oh, bitte, ich kann deinen Puls fühlen, du lebst, ich weiß, dass du lebst, so sag doch was! Scheiße, Scheiße!«

Meine Güte, wer redete hier so ein wirres Zeug? Vorsichtig öffnete ich die Augen, blinzelte, schloss sie sofort wieder. Oh nein. Das konnte nicht sein. So etwas gab es nicht. Ich wollte schreien, aber kein Ton kam aus meiner Kehle.

Über mir hockte ein Alien mit einem riesigen ovalen Kopf. Oder war es ein Kürbis? Es neigte diesen Kürbiskopf und streckte die Hände nach mir aus.

»O Menno, es tut mir so leid«, sagte das Wesen. Es hatte eine verzweifelt klingende Frauenstimme. »Ich war doch nur pinkeln ...«

Das wurde ja immer verrückter. Ein Alien, das pinkeln musste? War das ein Albtraum? Hatten mich Außerirdische entführt? Waren sie gefährlich?

Unsinn. Es gab keine Aliens. Oder?

Ich hustete, dabei tat mir alles weh. Warum konnte ich meinen Kopf nicht heben, um zu sehen, wo das Ufo stand?

»Was ... ist ... Wer bist du?«, flüsterte ich.

»Ich bin happy!«, sagte das Alien.

Jetzt wurde ich ärgerlich. »Na toll! Ich bin bestimmt nicht happy, ich habe Schmerzen!«

Das Alien griff an seinen Hals und nahm mit einem Handgriff seinen Kopf ab. Beziehungsweise einen Teil seines Kopfes. Dann schob es eine Kapuze nach hinten.

Das Alien war eine Frau. Und sie hielt einen Fahrradhelm in der Hand.

Vor Erleichterung fiel ich in Ohnmacht.

Als ich wieder zu mir kam, war es stockfinster. Die Frau war weg. Ich lag jetzt merkwürdigerweise auf der Seite, konnte mich immer noch nicht rühren und durch die Nase atmen. Vorsichtig bog ich den Kopf nach hinten. Vor mir war nichts als Schwärze. Bis auf ein fernes Rauschen war es still.

Doch dann hörte ich Schritte. Angst schnürte mir die Kehle zu, mein Herz raste. Ich begann zu schlottern. Etwas leuchtete mir brutal ins Gesicht, blendete mich, ich versuchte, den Kopf wegzudrehen, dabei wimmerte ich vor Schmerz.

»Oh, sorry, ich bin aber auch zu blöd!«, sagte die Frauenstimme von vorhin. Das Licht verschwand aus meinem Gesicht.

Und dann fiel mir alles im Bruchteil einer Sekunde wieder ein. Der Holzstapel! Die Gestalt vor dem Auto! Das Alien. Die Frau, die happy war.

Ich hatte einen Unfall gehabt. Keine Entführung, nur ein Unfall. Tot war ich offenbar nicht.

Die Frau hockte sich neben mich, sie trug wild geblümte Boots. Ihre Haare fielen ihr über die Schultern. Ich sah, dass sie eine Warnweste trug.

»Ich habe dich in die Seitenlage gebracht«, sagte sie, »Kannst du so liegen? Die Unfallstelle ist abgesichert, der Krankenwagen ist unterwegs!«

»Krankenwagen?«, krächzte ich mühsam. »Bin ich verletzt?«

»Auf alle Fälle hast du eine dicke Nase, und dein Gesicht ist voller Blut. Siehst ziemlich wüst aus. Versuch mal, ob du deine Zehen und die Finger bewegen kannst.«

Ich konnte. Als ich den Kopf anheben wollte, sagte die Frau: »Nein, bleib bloß ruhig liegen, bis der Krankenwagen kommt, vielleicht hast du innere Verletzungen! So ein Airbag hat einen ordentlichen Wumms, dabei kann schon mal 'ne Rippe draufgehen!«

»Airbag ... Ist das Auto kaputt?«, fragte ich.

Sie drehte sich um und starrte ins Dunkle. »Also heile ist es nicht. So 'ne Knutschkugel hat ja keine Knautschzone.« Sie seufzte. »Es tut mir total leid, das war meine Schuld! Ich war mit dem Rad unterwegs und musste dringend mal, da bin ich hinter den Holzstapel ... Als ich fertig war, kamst du auf mich zu, ich konnte gerade noch zur Seite springen, und du bist vor die Baumstämme gekracht. Du musst einen furchtbaren Schreck gekriegt haben.«

»Bist du auch verletzt?«, fragte ich heiser.

»Nein, bei mir alles okay. Und du hast deine Sinne wieder beisammen, wie mir scheint. Mann, bin ich froh! Wie heißt du?«

»Thea.«

»Gutes Zeichen, dass du nicht übergeben musstest. Das Gehirn hat also nichts abgekriegt. Ich bin Vita.«

»Und ... warum bist du ... in so einer Lage ... happy?«

Sie stutzte, dann warf sie den Kopf zurück und lachte. »H E P P I, Heppi ist mein Spitzname, Abkürzung von Heppner, Vita Heppner.«

Unter Schmerzen versuchte ich zu lächeln.

»Ich bleibe hier, bis der Rettungswagen kommt, und kümmere mich um dein Auto, wenn es abgeschleppt wird.«

Der Gedanke durchfuhr mich wie ein Blitz.

»Das Flugzeug!«, rief ich, drehte mich um und setzte mich hin. Wahrscheinlich war mein Genick gebrochen, der Schmerz im Nacken war fürchterlich. Hinter meinen Schläfen und im Hinterkopf hämmerte es, mir brach kalter Schweiß aus.

Ich stierte in die Dunkelheit, erkannte die Umrisse des Autos, der Kofferraum stand offen. »Wie spät ist es«, wisperte ich. »Das Flugzeug ist weg!«

»Oje, jetzt hat sie doch Wahnvorstellungen!«, murmelte Heppi. Mit beruhigender Stimme sagte sie: »Nein, meine Liebe, du warst mit einem Fiat unterwegs, nicht mit einem Flugzeug! Da drüben steht es. Dein Auto muss abgeschleppt werden, aber mach dir keine Sorgen, ich bleibe hier, bis der Abschleppwagen kommt. Du hast Gepäck im

Auto, ich weiß nicht, ob die das im Krankenwagen mitnehmen dürfen?«

Jetzt begann ich zu weinen. »Es ist nicht mein Auto, es
ist ein Leihwagen! Um Viertel vor neun geht mein Flieger
nach Neuseeland!«

»Ach du Scheiße«, sagte Vita Heppner, die sich Heppi
nannte, und schaute auf die Uhr. »Ich fürchte, das wird
nix.«

17

Von fern hörte ich ein Martinshorn. Meine Zähne klapperten, ich konnte nicht klar denken, nicht in ganzen Sätzen reden, und vor allem konnte ich nicht aufhören zu weinen. Das Flugzeug. Neuseeland. Die Reise. Meine Zukunft. Meine Vergangenheit. Alles war futsch!

Wo sollte ich jetzt hin? Nach Hause? Da war niemand mehr. Ronny war in Paris, und in unserem Haus wohnten Fremde.

Bevor sich die Türen des Rettungswagens schlossen, stand Heppi direkt davor und rief: »Ich bleibe hier, bis die Polizei da war und die Karre abgeschleppt ist. Pass auf deinen Rucksack auf, er liegt hinter deinen Füßen! Ich fahre hinter dem RTW her, und bringe dir die restlichen Klamotten ins Krankenhaus. Alles wird gut!«

Ein Fremder machte sich an meinem Arm zu schaffen und sprach die ganze Zeit mit mir, aber seine Worte erreichten meinen Verstand nicht.

Später wurde ich durch einen kalten Flur geschoben und in einer Ecke abgestellt. Irgendwann fragte ein Mann nach meinem Namen und meiner Versichertenkarte. Ich wollte mich hinsetzen und sie aus der Handtasche holen, aber er drückte mich sanft zurück. »Schön liegen bleiben, darf ich die Karte rausholen? Ist das Ihre Tasche?«

Nach einer langen Zeit, in der ich wie in einem verschwommenen Traum erlebte, dass ich untersucht und geröntgt wurde, verfrachtete man mich in ein Bett, und ich schlief erschöpft ein.

Als ich die Augen aufschlug, lag ich flach auf dem Rücken.

Über mir sah ich eine graue Decke, die dringend gestrichen werden musste und an der quadratische Lampen hinter Gittern angebracht waren.

Ich wollte den Kopf heben, aber es ging nicht. Ich rollte die Augen nach links. Eine grasgrüne Wand, davor ein offenbar leeres Krankenhausbett. Ich war allein im Zimmer. Rechts ein Fenster, draußen dämmerte es, ich schaute in einen blattlosen Baum. Eine schmale Fensterbank, ein Heizkörper. Vorsichtig ertastete ich ein festes Ding an meinem Hals, das mir bis ans Kinn reichte. Wenigstens hatte ich ohne nachzudenken den Arm und die Hand benutzen können.

Auch meine Beine konnte ich unter der Steppdecke bewegen. Ich winkelte sie an, wackelte mit den Zehen. Okay. Nach und nach bewegte ich von den Zehen bis zu den Schultern jeden Muskel, den ich spüren konnte, und testete jedes Gelenk.

Beim Atmen tat die Rippengegend höllisch weh. Der Kopfschmerz war erträglicher geworden, aber nicht verschwunden. Und da war irgendetwas mit meinem Gesicht. Ich berührte meine Nase. Oh, das tat weh! Dann versuchte ich, mich hinzusetzen, gab aber sofort auf, weil mir augenblicklich schwindelig wurde.

Mit geschlossenen Augen sortierte ich meine Gedanken.

Der Unfall. Das Auto. Neuseeland. Verzweiflung. Ich döste weinend ein.

Die Tür wurde geöffnet, jemand kam mit quietschenden Sohlen ins Zimmer, blieb an meinem Bett stehen und nahm meine Hand. »So, Frau Schmidt, wir kontrollieren jetzt Ihren Puls und messen Fieber.«

Ich schlug die Augen auf.

Eine Krankenschwester hielt ein Thermometer vor meine Stirn. »Siebendreißigfünf, prima, wie fühlen Sie sich?«

»Wie zerkochtes Gemüse. Warum kann ich meinen Hals nicht bewegen? Was ist das für ein Ding?«

»Das ist eine Nackenmanschette, die hält ihren Kopf ruhig, bis wir alle Untersuchungsergebnisse haben.«

»Und was ist mit meiner Nase?«

»Da haben Sie Glück gehabt, die ist bloß geprellt, aber nicht gebrochen.«

»Und ... wo bin ich?«

»In der Uniklinik Frankfurt.«

»Wie lange muss ich hierbleiben?«

»Das entscheidet der Doktor, wir fahren jetzt zum MRT.«

Ich war noch nicht lange wieder im Zimmer, als Heppi kam. Sie zog den Besucherstuhl unter dem Tisch hervor und schob ihn nah an mein Bett. Obwohl sie bei Tageslicht ganz anders aussah als gestern am dunklen Waldrand, also kein bisschen wie ein Alien, fand ich ihre Erscheinung durchaus merkwürdig. Sie hatte kinnlange hennarote Haare, aber rot waren sie nur von der Wangenmitte bis in die Spitzen. Vom Mittelscheitel bis zum Ohr waren sie komplett grau. Ihr Gesicht war hager, geradezu markant, mit tiefen Nasolabialfalten. Solange sie den Mund geschlossen hatte, sah sie irgendwie verbittert aus, aber wenn sie lächelte und man ihre schönen Zähne sah, wirkte ihr Gesicht offen und freundlich. Sie hatte leuchtend blaue Augen, aus denen sie mich nun mitfühlend anschaute. Heppi trug von Kopf bis Fuß schwarze Klamotten, nur ihre Bikerstiefel waren geblümt. Ich erinnerte mich daran, dass die mir gestern schon aufgefallen waren. Eine Lesebrille mit rotem Gestell hing an einer lila Schnur um ihren Hals.

»Das ist ja 'ne schöne Scheiße mit deinem Urlaub!«, sagte sie zur Begrüßung.

»Das ist kein Urlaub. Ich wollte ein Jahr wegbleiben. Neuseeland, Australien, Fidschis.«

Heppi machte große Augen. »Ein ganzes Jahr?«

Ich nickte, und sofort durchzuckte mich im Nacken ein so scharfer Schmerz, dass ich aufschrie.

Erschrocken sprang Heppi auf. »Was ist los, soll ich einen Arzt holen?«

»Nein, nicht nötig. Bei den Untersuchungen heute Morgen haben sie gesagt, ich hab ein Schleudertrauma, eine Nasenprellung und eine geprellte Rippe, also nichts, was nicht wieder weggeht.« Ich atmete tief ein und aus, bis der Schmerz nachließ.

Langsam setzte Heppi sich wieder hin. »Thea, es tut mir so leid! Ich hab der Polizei gesagt, dass ich schuld war ... allerdings haben die Bullen sich das Lachen verkniffen, als ich erzählt hab, dass du mich quasi beim Pieseln übergemöllert hast.«

Ich musste lachen, was sich ebenfalls als äußerst schmerzhaft erwies.

Heppi sagte: »Der Fiat ist abgeschleppt, die Autovermietung informiert, da kommen aber einige Formalitäten auf dich zu. Versicherung und so. Aber jetzt musst du erst mal wieder fit werden. Wann kommst du hier raus?«

»Morgen. Wo sind denn meine Sachen?«, fragte ich.

»Bei mir zu Hause. Wenn du entlassen wirst, kannst du nichts schleppen. Ich hab mir überlegt, dass ich dich mit zu mir nehme. Dann können wir den Papierkram gemeinsam machen, und ich fahre dich nach Hause, wo immer das ist.« Sie hob beide Hände und fügte hinzu: »Natürlich nur, wenn du willst! Weiß deine Familie Bescheid? Hast du einen Mann, Kinder oder Freunde, die sich Sorgen um dich machen?«

Ich schluckte. Vorhin wollte ich Ronny anrufen, wen denn sonst, aber mein Handy war nicht in der Handtasche. Natürlich, es hatte auf dem Beifahrersitz gelegen, als ich auf die Lichtung gefahren war, um das Navi neu zu starten.

»Nein, mein Handy muss noch im Auto sein!«

Heppi fummelte ihr Telefon aus der Handtasche und hielt es mir hin. »Kannst meins nehmen!«

Ich fing an zu weinen. »Lass mal. Mein Mann ist in Paris. Wir wollen am neunzehnten telefonieren. Er hat eine Wohnung und will später ganz dort leben. Wir haben uns getrennt. Aber in aller Freundschaft. Deswegen wollte ich endlich nach Neuseeland. Aber das kann ich jetzt ja wohl vergessen. Die Reise war unfassbar teuer, fast ein Jahresgehalt. Flieger weg, alles weg. Wir haben Mieter im Haus, nur oben ist ein Zimmer für mich. Für Notfälle. Aber ich hab auch keinen Job mehr.« Dann konnte ich vor lauter Heulen eine Weile nicht reden.

»Oha«, sagte Heppi schließlich. »Ich müsste lügen, wenn ich sagen würde, dass ich verstanden habe, worum es geht. Aber so viel steht fest: Hätte ich nicht wild gepinkelt, wärst du schon fast in Neuseeland. Meine Einladung steht. Du

168

kannst bei mir bleiben, solange du willst. Soll ich dich morgen hier abholen?«

Unter Tränen hauchte ich: »Ja, danke!«

»Mach dir keinen Kopf. Meine Oma hat immer gesagt: Am Ende wird alles gut, und wenn es nicht gut ist, dann ist es noch nicht das Ende.«

In der Nacht konnte ich nicht schlafen. Was passierte denn da schon wieder in meinem Leben? Noch vor einem Jahr war alles wie immer gewesen: Ein stinknormaler Alltag mit Mann, Familie, Haus, Garten, Beruf und Freunden. Ein Alltag ohne Sorgen, aber auch ohne Höhepunkte. Dann hatten Ronny und ich diese unfassbar kühne Entscheidung getroffen, die uns trotz des heftigen Gegenwindes aus der Familie sofort in ein anderes Leben katapultiert hatte. Etliche Entscheidungen waren auf uns zugekommen, Konsequenzen, Pläne, Ziele und Träume. Und plötzlich hatte die Zukunft wie ein großartiges, prickelndes Abenteuer vor mir gelegen. Mit einer Handy-App hatte ich monatelang mein Englisch auf Vordermann gebracht, in meinen Gedanken war ich längst in Neuseeland in überwältigenden Landschaften unterwegs gewesen, sah mich darin wandern, träumte mich an die Ufer des Pazifiks, auf die Gipfel schneebedeckter Berge und auf schmale Pfade in riesigen Wäldern. Und nun lag ich in diesem blöden Krankenhausbett auf dem Rücken, konnte mich in meiner Schlaflosigkeit nicht mal hin und her wälzen, weil meine Schmerzen mich daran hinderten, und morgen würde ich zu einer Frau ziehen, die ich fast überfahren hätte? War es nicht komplett idiotisch, was ich da vorhatte? Wieder mal? Ich kannte die Frau doch gar nicht. Dennoch vertraute ich ihr. Sie hatte sich rührend um mich gekümmert. Was hatte sie eigentlich davon? Vielleicht war sie einfach nur eine gute Seele und verfolgte mit ihrer Hilfsbereitschaft kein Ziel. Sie würde mich schon nicht um die Ecke bringen. Hatte ich eine andere Wahl, als ihr Angebot anzunehmen?

Klar, man hat immer eine Wahl. Ich konnte nach Hause fahren und zugeben, dass ich durch meine eigene Doofheit den Flieger verpasst hatte. Dass ich zu dämlich gewesen war, die richtige Abfahrt zum Flughafen zu nehmen, und mich dann in einem Wald verirrt hatte. Ich konnte dann mit den Mietern im eigenen Haus wohnen und in der Sparkasse zu Kreuze kriechen, meinen Ausstieg rückgängig machen und mich dem Spott der Kollegen aussetzen. Ich konnte Ronny seine Freude an Paris gehörig verderben, wenn ich ihm von meiner Lage berichtete, und er würde sicher sofort kommen, um mich damit nicht allein zu lassen.

Nein. Ich würde es wagen, Heppis Angebot anzunehmen. Nach Hause konnte ich ja immer noch.

18

Heppi trug wieder Schwarz, dazu Cowboystiefel mit Tigermuster. Sie hatte mir frische Wäsche und neue Klamotten mitgebracht; das Zeug, das ich beim Unfall getragen hatte, war voller Matsch und Blut. Geduldig half sie mir beim Anziehen, mein lädierter Nacken und die geprellte Rippe machten mir ordentlich zu schaffen. Ich keuchte vor Schmerz, als ich mich bücken wollte, um meine Socken anzuziehen.

Heppi ging in die Hocke, zog mir wortlos Socken und Schuhe an und band sie zu. Ich guckte von oben auf ihren Scheitel, die zweifarbigen Haare irritierten mich bei jedem Hinsehen.

Sie bemerkte meinen Blick und erklärte: »Oben grau, unten rot – das ist bei uns in Neu-Isenburg der neueste Schrei!«

Über meinen verdutzten Blick musste sie lachen.

»Spaß beiseite, ich hab vierzig Jahre gefärbt, jetzt lasse ich den ganzen Mist rauswachsen.«

»Gut so! Dieses Chemiezeug kann nicht gesund sein, ich hab mir fest vorgenommen, nie mehr zu färben.«

»Da hast du mir was voraus. Ich hab's bisher gemacht, weil es gewünscht wurde, allerdings mit Henna, das war nicht ganz so schlimm.« Sie grinste. »Aber jetzt brauche ich das nicht mehr.«

Diese Bemerkung verstand ich ebenso wenig wie ihren Gesichtsausdruck.

Heppi fuhr einen silbernen Citroen, ein Auto, das eher zu einem Rentner mit Hut und Wackeldackel gepasst hätte als zu ihr. Sie hielt mir die Tür auf und half mir beim Einsteigen und Anschnallen.

»Wohin fahren wir?«, fragte ich.

»Nach Neu-Isenburg, es ist nicht weit.«

»Was hast du bei dem Unfall in dieser gottverlassenen Gegend gemacht?«, fragte ich.

»Ich bin Rad gefahren. Die Strecken im Stadtwald sind super.«

»Du bist Rad gefahren? Im Dunkeln, bei Regen?«

»Es war gerade erst dunkel geworden, losgefahren bin ich im Hellen. Ich fahre bei jedem Wetter, jeden Tag ein bis zwei Stunden.«

»Warum?«, entfuhr es mir.

»Ausdauertraining für 'ne etwas weitere Strecke.«

Um nicht unhöflich oder aufdringlich zu wirken, fragte ich nicht weiter nach.

Heppi war eine schräge Person, irgendwie passte bei ihr nix zusammen. Die schwarzen Klamotten, die komplett versteckten, ob sie dick oder dünn war, die verrückten bunten Schuhe, die zweifarbigen Haare, das spießige Rentnerauto.

Nach einer knappen halben Stunde parkten wir in der Tiefgarage eines Hochhauses in einer durchaus ländlichen Gegend. Irgendwie hatte ich eine Altbauwohnung mit antiken Türen, Stuck, Büchern und Krimskrams erwartet, aber ein Hochhaus bestimmt nicht.

Wir fuhren mit dem Fahrstuhl in die zwölfte Etage. Der lange Flur mit dem weinrot gemusterten Teppichboden und den vielen roten Türen rechts und links wirkte wie ein Hotelflur.

Während Heppi die Tür mit der Nummer 12–22 aufschloss, schaute ich auf das Klingelschild.

S. Schäfer/H. Heppner.

Stand das H für Heppi? Heppi Heppner? Sie hieß doch Vita? Ich zögerte, als sie die Tür weit öffnete und »Hereinspaziert!« rief.

Sie stutzte, folgte meinem Blick zur Klingel. »Ach so. Das ist die Wohnung von meinem Mann und seiner Perle, komm ruhig rein.«

Mir fiel die Kinnlade runter. Wohnten die hier etwa zu dritt? Ich hatte Heppi nicht nach ihren persönlichen Verhältnissen gefragt. Der Schock, die Schmerzen, diese grässliche Situation und ihr freundliches Verhalten hatten mich so in Anspruch genommen, dass ich ihr blind vertraut hatte.

»Nun komm schon rein, ich fresse dich nicht. Das Schild hab ich drangelassen, damit man nicht sofort weiß, dass ich allein hier wohne. Allerdings ist drinnen noch nicht alles fertig.«

Das wurde ja immer rätselhafter. Ich trat ein. »Wow!«, entfuhr es mir, als ich in ein riesiges Wohnzimmer blickte, dessen Fensterfront eine sensationelle Aussicht auf einen Wald bot.

»Ja, Hammer, oder? Ich kann dir sagen, als ich die Hütte zum ersten Mal betreten habe, bin ich fast in Ohnmacht gefallen. Allerdings habe ich ruckzuck sämtliche Möbel rausgeschmissen, hier ist kein einziges Teil mehr, das er oder sie je angefasst haben.«

Das wurde ja immer verworrener.

Heppi sah mir an, dass ich Schmerzen hatte, und führte mich zu einem überdimensionalen blauen Samtsofa. Davor stand eine Art hölzerner Würfel, goldfarben, der als Tisch diente. Zeitschriften waren darauf gestapelt, Reisemagazine, wenn ich das richtig erkannte, in einer Schale lag ein einzelner grüner Apfel.

Vorsichtig setzte ich mich und ließ es zu, dass Heppi mir ein Kissen hinter den Rücken schob.

»Käffchen?«, fragte sie.

»Gerne.«

Sie ging nach nebenan.

Vom Sofa aus hatte man einen herrlichen Blick über den Wald, der bis zum Horizont reichte. Mir gefiel das moderne Eichenparkett, die Wände waren in einem edlen Grünton gestrichen. Links von mir hing ein überdimensionales Bild. Abstrakte Kunst, damit kannte ich mich nicht aus, aber es gefiel mir. Kräftige Grün- und Blautöne und Akzente in Gold und Rot. Dieselben Farben wiederholten sich im Muster des riesigen Teppichs, der mitten im Raum lag. In einer Ecke stand ein roter Ohrensessel neben einer Anrichte aus Chrom und rotem Metall. Ein Bücherregal in derselben Optik, eine mannshohe Bodenvase ohne Inhalt, diverse Lampen. Das war alles.

Heppi kam mit zwei gefüllten Kaffeepötten zurück und reichte mir einen.

»Tolle Wohnung und klasse eingerichtet«, sagte ich. »Wohnst du schon lange hier?«

Sie schüttelte den Kopf. »Nachdem Holm, also mein Göttergatte, gestorben ist, brauchte ich eine Weile, um überhaupt in diese Räume gehen zu können.« Sie schaute sich um. »Aber jetzt ist es schön. Und es ist alles meins, und bis auf ein paar Kleinigkeiten genauso, wie ich es möchte.«

»Dein Mann ist gestorben«, wiederholte ich. »Das tut mir leid!«

Sie schnaubte. »Dazu besteht kein Anlass. Er ist auf seiner Perle gestorben, drüben, wo jetzt das Gästezimmer ist.«

Wie bitte? Was meinte sie damit?

»Ich kann dir leider nicht folgen!« Verlegen pustete ich in meinen dampfenden Kaffeebecher.

»Mein Mann hatte eine Geliebte, mit der er hier gewohnt hat. Susi Schäfer.«

»Oh. Hast du das gewusst?«

»Dass er 'ne andere hatte? Geahnt, dass er was am Laufen hatte, vielleicht. Er interessierte sich irgendwann nicht mehr für mich. Ich war ihm zu alt. Dabei war er sieben Jahre älter als ich, bei ihm war der Lack auch ab, das kannst du mir glauben. Ich sag nur: Glatze, Plauze, Nasenhaare. Und so ein Gemächt wird mit den Jahren auch nicht hübscher.«

»Meine Freundin würde jetzt sagen: Ist ja auch ein Penis und kein Sonnenuntergang.«

Mit aufgerissenen Augen und offenem Mund starrte Heppi mich an. Dann bekam sie einen solchen Lachanfall, dass sie vom Sessel rutschte, auf dem Fußboden sitzen blieb, lachte und lachte und sich dabei den Bauch hielt. »Na, du hast aber ungeahnte komische Qualitäten«, japste sie.

Ich zuckte mit den Achseln. »Der Satz ist von meiner Freundin Marita, nicht von mir ...«

Sie beruhigte sich nur langsam.

»Um noch mal auf Holm zurückzukommen, weißt du, ich hab den echt geliebt. Dachte ich jedenfalls. Ich kannte kein anderes Leben als das mit ihm. Und ich wollte ihm unbedingt gefallen, darauf war ich regelrecht trainiert. Holm wollte ein Weibchen, also gab ich das Weibchen. Lange rote Locken, hohe Schuhe, enge Kleider mit Ausschnitt, operierte Titten.«

Das Bild eines rothaarigen Vamps, das ich jetzt vor mir sah, passte ganz und gar nicht zu der Frau, die vor mir saß.

Sie bemerkte meinen erstaunten Blick auf ihre unspektakuläre Oberweite, lachte und hob sie mit beiden Händen an. »Die Implantate hab ich rausnehmen lassen. Jetzt kann ich endlich wieder auf dem Bauch schlafen.« Dann schüttelte sie ihr Haar. »Die Extensions sind raus, deswegen sind die Haare im Moment so struppig. Bis meine Naturhaarfarbe nachgewachsen ist, dauert es nicht mehr lange. Wem ich nicht gefalle, der kann wegucken. Ich mach nix mehr: kein Botox in die Stirn, kein Nachtätowieren der Augenbrauen, keine Schminke. Ich trage nur noch bequeme Sachen und gemütliche Schuhe. Weißt du, was ich jetzt mache?«

»Nein?«

Sie lächelte breit. »Jetzt, liebe Thea, werde ich in aller Ruhe alt. Ich bin achtundfünfzig. Als wir geheiratet haben, war ich einundzwanzig. Seitdem habe ich mich so gekleidet, wie Holm es wollte, immer sexy, immer feminin.« Sie grinste. »Wie oft hab ich gedacht: Männer haben enge Kleider und hohe Absätze erfunden, damit die Frauen ihnen nicht weglaufen können. Wenn ich dir meine vergurkten Füße zeige, fällst du um! Ich hab viermal die Woche Sport gemacht und zeit meines Lebens gehungert, um in Form zu bleiben. In den Wechseljahren habe ich sogar angefangen zu rauchen, weil ich dachte, dass ich dann leichter dünn bleibe. Holm zu gefallen und dafür zu sorgen, dass es ihm gut geht, das war mein Lebensinhalt. Kannst du dir das vorstellen?«

Mir fehlten die Worte, ich konnte nur mit dem Kopf schütteln.

Sie sagte: »Irgendwann hab ich gemerkt, dass er 'ne andere haben musste, er hatte mich ewig nicht mehr angerührt. Nicht, dass es mir was ausgemacht hätte, es war zuletzt nur noch Pflicht gewesen, keine Kür. Aber so ist es ja immer: Die Ehefrau merkt es zuletzt. Doch irgendwann hatte ich einen Verdacht, bin ihm nachgefahren, und alles kam raus.«

»Und dann?« In den letzten Monaten hatte ich bereits einige Geschichten über gescheiterte Ehen gehört, aber diese war noch eine Nummer bizarrer als jede zuvor.

»Wir hatten ein Haus in Offenbach, Holm hatte es vor der Hochzeit geerbt, es gehörte also ihm. Er hat es verkauft, ich musste nach der Trennung in eine kleine Wohnung ziehen und hab ganztags im Drogeriemarkt an der Kasse gearbeitet. Vorher war ich dort jahrelang als Aushilfe gewesen. Nebenher wollte ich den Busführerschein machen. Da werden immer Leute gesucht, das ist krisensicher.«

»Du willst Bus fahren?«, fragte ich erstaunt. So einen Berufswunsch hatte ich noch nie von einer Frau gehört.

Sie schmunzelte. »Klar. Wenn ich will, läuft mir dann jeder Mann hinterher!«

Heppis Humor gefiel mir, auch wenn mich das ständige Lachen anstrengte und schmerzte.

Ich schaute mich um. »Aber jetzt ist dein Mann tot, und du lebst in dieser schicken Wohnung.«

»Genau.« Sie trank einen Schluck Kaffee. »Hundertzwanzig Quadratmeter und«, sie zeigte nach draußen, »unverbaubare Fernsicht. Das Schönste: Die Hütte ist komplett bezahlt! Er hat sie gekauft, und ich hab sie geerbt. Schließlich war ich noch die Ehefrau.«

Eine Weile schwiegen wir und schauten hinaus.

»Unsere letzte Begegnung war am Tag vor seinem Tod«, sagte Heppi. »Er und seine Perle wohnten hier schon eine Weile, dann wollte er die Scheidung. Aber das Trennungsjahr war noch lange nicht um. Ich war so verletzt, dass ich ihm unbedingt Schwierigkeiten machen wollte. Zugegeben, da bin ich ganz billig gestrickt. Eines Tages stand er unangemeldet vor meiner Wohnungstür, musterte mich und sagte: ›Wie du aussiehst! Hast du nichts gelernt? Lass dich weiter so gehen, dann findest du keinen mehr, der sich mit dir abgibt.‹«

»Boah, wie gemein!« Das musste ja wirklich ein fieser Kerl gewesen sein! »Wie hast du reagiert?«

»Ich hab gesagt ›Der Blitz soll dich beim Scheißen treffen!‹ und ihm die Tür vor der Nase zugeknallt. Am nächsten Tag war er tot.«

Mein Mund ging auf, ich vergaß sekundenlang, ihn wieder zuzuklappen. »Aber er ist nicht beim ...?«

Wieder lachte sie. »Nee. Viel besser! Er hatte beim Poppen einen Herzinfarkt. Zack, bumm, hinüber. Er ist buchstäblich auf ihr gestorben.«

Die Vorstellung war so absurd und zugleich so makaber, dass ich lachen musste, was mir erneut höllische Schmerzen bescherte.

Wir redeten eine Ewigkeit.

Ich erzählte Heppi von unserer Reise vor der Mottoparty und schilderte die Besuche bei unseren alten Freunden.

Heppi kam aus dem Kopfschütteln gar nicht mehr raus. »Und ich dachte immer, meine Lebensgeschichte wäre schräg, aber deine Freundinnen haben es, verschuldet oder nicht, auch nicht leicht.«

»Ja. Nach diesen Besuchen hatten Ronny und ich erkannt, dass keiner von ihnen glücklich ist, außer Bea mit ihrem neuen Freund. Aber alle anderen machen sich gegenseitig was vor, belügen sich selbst und einander. Das wollten wir nicht. Uns wurde klar, dass wir die letzten Jahre unseres Lebens komplett unterschiedlich erleben wollten.« Bei der Erinnerung an die denkwürdige Nacht auf der Terrasse musste ich mit den Tränen kämpfen. »Weißt du, Ronny sieht gut aus, er legt viel Wert auf Garderobe und Pflege, liebt Kunst und Kultur, geht gern ins Museum und ins Kino. Besonders, wenn alte französische Filme laufen.«

»Und das ist alles nicht dein Ding?«

»Nein. Ich will lieber draußen sein, in den Bergen, im Wald, am Wasser, in Wiesen und auf Feldern. In der Natur möchte ich sein, und vor allem in der Stille.«

»Verstehe. Deswegen wolltest du nach Neuseeland, da gibt es das alles ...«

»Genau. Niemand hat das verstanden, außer Ronny. Wir beide waren uns einig; als die Entscheidung zur Trennung gefallen war, fühlten wir uns regelrecht befreit. Für mich war es eine Offenbarung, als ich begriff, dass die Trennung keine Entscheidung gegen Ronny war, sondern eine Entscheidung für mich selbst.«

»Da sprichst du weise Worte gelassen aus.«

»Wir haben uns auf die Zukunft gefreut und Pläne geschmiedet. Und wir fühlten uns gut, weil wir weiterhin liebevoll miteinander umgehen konnten. Unsere Gefühle füreinander sind nicht weg, sie sind anders und deswegen nicht weniger wertvoll. Auch das war eine wunderschöne Erkenntnis.«

Heppi war eine gute Zuhörerin. Als ich ihr von unserer Ansprache auf der Party und der unerwartet heftigen Reaktion unserer Töchter erzählte, brach sie in schallendes Gelächter aus.

»Da siehst du mal wieder, wie egoistisch Kinder sein können! Wenn sie klein sind, ist das ja auch ihr gutes Recht, aber sie scheinen zu erwarten, dass man sein ganzes Leben lang immer und vor allem selbstlos und aufopferungsvoll für sie da ist.«

»Hast du Kinder?«, fragte ich.

»Ja, einen Sohn, Daniel. Er lebt mit seinem Mann Max in Nizza, sie betreiben eine Pension am Stadtrand.«

»Mit seinem Mann?«

»Ist das für dich ein Problem?«

»Nein, überhaupt nicht. Aber so einen Satz habe ich noch nie gehört«, gab ich zu.

Ihr Gesicht wurde ernst. »Holm hatte ein großes Problem damit, dass sein einziger Sohn schwul ist. Nach dem Coming-out hat er nie wieder mit Daniel geredet. Er war für ihn gestorben.«

Ich versuchte, mir vorzustellen, wie Ronny reagieren würde, wenn eine unserer Töchter lesbisch wäre. Genau wie ich hätte er sich daran gewöhnen und es akzeptieren müssen, aber ein Problem wäre es nicht geworden.

»Den Kontakt zum einzigen Kind abzubrechen, ist brutal. Kann sich doch keiner aussuchen, ob er schwul ist!«

Heppi schnaubte. »Holm hat zu unserem Sohn gesagt, dass er diese Entscheidung keinesfalls akzeptieren würde. Woraufhin mein kluger Daniel ihn ernst angeschaut und gesagt hat: ›Ja, Papa, das verstehe ich. Deine Entscheidung, blaue Augen zu haben, kann ich auch nicht nachvollziehen.‹«

»Klasse reagiert! Er ist bestimmt ein toller Kerl.«

»Oh ja, und Max, sein Mann, ist der beste Schwiegersohn, den ich mir wünschen kann. Deswegen trainiere ich Radfahren!«

»Den Zusammenhang verstehe ich jetzt nicht.«

Heppi erklärte, dass auch sie einen Traum hatte: Sie wollte mit dem Rad nach Nizza fahren und die beiden besuchen.

»Warum mit dem Fahrrad? Das ist anstrengend und dauert ewig!«

»Thea, du bist echt süß. Warum Neuseeland? Mit dem Jeep, zu Fuß, mit dem Rad? Das dauert mindestens ein Jahr, meine Reise nach Nizza aber nur dreiundzwanzig Tage.«

Offenbar hatten wir wesentlich mehr gemeinsam, als ich zunächst vermutet hätte. Wir hatten beide ein erwachsenes Kind im Ausland. Und wir waren beide um die sechzig, alleinstehend und reiselustig.

Inzwischen war es Mittag geworden, Heppi stand auf und reckte sich. »Hast du Hunger? Ich habe für heute eine Minestrone vorbereitet, wenn du die nicht magst, bestellen wir was!«

Die Minestrone war wunderbar.

Nach dem Essen zeigte sie mir auf ihrem Laptop die Route, die sie nach Nizza nehmen wollte. Weil sie es sich nicht zutraute, über die Alpen zu fahren, hatte sie eine relativ flache Strecke ausgesucht. Von Neu-Isenburg bis Nizza waren das knappe tausendvierhundert Kilometer, bei sechzig Kilometer am Tag wäre sie nach dreiundzwanzig Tagen am Ziel.

»Wenn es länger dauert, ist es egal, ich bin schließlich frei und ungebunden«, sagte sie.

»Du bist also doch nicht Busfahrerin geworden?«

»Nein, ich bin unverhofft eine wohlhabende Witwe geworden und muss nicht mehr arbeiten, das ist sogar noch viel besser«, lachte sie.

»Hat dein Sohn auch geerbt?«

»Ja, wir beide, und nicht zu knapp! Es gab die Wohnung, das Auto, und Holm hatte Aktien, von denen ich nichts wusste. Vor allem bekomme ich eine anständige Witwenrente! Ich kann von Glück sagen, dass er sich für so rüstig und unsterblich hielt, dass er kein Testament gemacht hat. Dass er im Trennungsjahr hinübergegangen ist, war wie ein Sechser im Lotto.«

Später zeigte Heppi mir das Gästezimmer. An der Stirnwand klebte eine Bildtapete mit einem Sonnenuntergang am Meer, davor stand ein geflochtener Sessel mit auffallend hoher Lehne.

»Das ist mein Pfauenthron, den habe ich auf dem Flohmarkt entdeckt. Handarbeit, nur heimische Materialien. Übrigens ist, bis auf die Küche, hier alles Secondhand oder aus nachhaltiger Produktion, auch das da.« Sie zeigte auf das Bett mit dem geschnitzten Kopfteil. Als sie meinen skeptischen Blick sah, beruhigte sie mich: »Nein, das ist nicht die Todeskoje, ich hab dir doch erzählt, dass ich alles neu angeschafft habe.«

»Du kannst Gedanken lesen ...«, murmelte ich.

»Wenn ich das könnte, wüsste ich, ob du nun hier schlafen willst oder ob ich dich lieber nach Hause bringen soll.«

Ich entschloss mich, ihr Angebot anzunehmen. Was sollte ich zu Hause, allein im alten Kinderzimmer? Meine Töchter oder Ronny mit Heppis Handy anzurufen, lehnte ich erneut ab. Er sollte erst mal in Paris ankommen und sich in aller Ruhe häuslich einrichten. Ich rechnete nach: Am zwölften hatte ich den Unfall gehabt, die Nächte auf den dreizehnten und vierzehnten hatte ich im Krankenhaus verbracht, heute war der vierzehnte.

Am neunzehnten Februar würde ich mich, wie verabredet, bei Ronny melden.

Eigentlich wäre ich heute in Christchurch angekommen.

Der Gedanke daran trieb mir schon wieder Tränen in die Augen, aber ich riss mich zusammen.

Um meinen Töchtern von dem Unfall und meiner geplatzten Reise zu erzählen, war Zeit genug. Es änderte nichts, wenn sie von dem Drama wussten. Außerdem hatte ich keine Lust, sie beruhigen und trösten zu müssen, weil sie sich Sorgen um mich machten. Zuerst wollte ich mich erholen.

Ich musste über vieles nachdenken. Genau genommen stand ich jetzt vor dem Nichts. Wie sollte es weitergehen? Wollte ich irgendwann zurück nach Hause? Musste ich zurück? Gab es überhaupt eine Alternative, einen Plan B?

Ich wusste es nicht, ich wusste gar nichts mehr, außer dass ich verwirrt und traurig war und Schmerzen hatte.

Heppi meinte, ich sollte mich ohne schlechtes Gewissen um mich selbst kümmern. Recht hatte sie. Kümmermonster mit Eigenbedarf.

Ich dachte oft an den Unfall. Es hätte viel schlimmer ausgehen können. Was, wenn ich Heppi überfahren hätte? Wenn ich ein bisschen schneller gewesen und mit größerer Wucht gegen die Stämme geknallt wäre? Was, wenn der Airbag nicht aufgegangen wäre? Ich musste dem Universum oder dem Schicksal oder wem auch immer dankbar sein, es war alles gut gegangen, bis auf den geplatzten Traum war nicht groß was passiert.

Doch, ich hatte Heppi kennengelernt. Ich lag in ihrer Wohnung, im selben Zimmer, in dem ihr Mann beim Poppen mit einer anderen das Zeitliche gesegnet hatte. Dagegen waren ein übles Schicksal, ein Schleudertrauma und meine geschwollene Nase Peanuts. Ich machte mich doch jetzt nicht verrückt, weil niemand wusste, dass ich nicht in Neuseeland, sondern in Neu-Isenburg gelandet war.

19

In der ersten Nacht in Heppis Wohnung hatte ich sechzehn Stunden lang tief und fest geschlafen. In den Tagen danach waren die Schmerzen im Nacken weniger geworden. Ich trug die Halsmanschette nicht mehr, meine Nase schwoll langsam ab, nur die Rippenprellung machte mir noch zu schaffen.

Heppi war mit meiner Vollmacht zum Autoverleiher im Flughafen geradelt und hatte mein Handy abgeholt. Ich lud es auf, aber ich schaltete es nicht ein. Irgendwie stand mir noch nicht der Sinn danach, meine Nachrichten zu lesen und einen Blick in mein altes Leben zu werfen.

Am Donnerstag besorgte Heppi mir einen Termin bei ihrem Hausarzt. Er verschrieb mir Krankengymnastik und Schmerzmittel.

Ich telefonierte mit dem Autoverleih, zum Glück hatte ich bei dem Unfall keine Selbstbeteiligung. Danach musste ich an die Reiseversicherung schreiben, um zu klären, ob sie die Flugkosten erstatten würden.

Jeden Tag ging Heppi mit mir spazieren, und jeden Tag gingen wir ein bisschen länger. Bis auf die Stunden, in denen sie Rad fuhr, waren wir zusammen, und wir hatten immer etwas zu erzählen. Sie war Feuer und Flamme wegen ihrer Tour, inzwischen kannte ich die Route auswendig. Die erste

Etappe sollte von Neu-Isenburg nach Heidelberg führen, dann wollte sie nach Karlsruhe, Straßburg, Neuf-Brisach und weiter nach Basel fahren. Mitte März wollte sie starten.

Mir war durchaus klar, dass ich nicht ewig hierbleiben und mich von ihr betüddeln lassen konnte. Ich musste eine Entscheidung treffen.

Heute, spätestens morgen.

Morgen früh würde ich mit Ronny facetimen, dann musste ich Farbe bekennen.

Am Samstag, es war der achtzehnte Februar, saßen Heppi und ich beim Frühstück. Als hätte sie meine Gedanken gehört, fragte sie: »Weißt du, was ich hoffe?«

»Nein, was?«

»Dass du die Reise nach Neuseeland wegen des Unfalls nicht verschiebst, sondern dass du sie gar nicht machst.«

»Nicht machst«, wiederholte ich.

»Thea, ich verstehe jeden einzelnen Grund, der dich zu dieser Reise treibt, aber es ist eine unfassbare Umweltsünde. Ich weiß, dass du verantwortungsvoll bist, du kaufst bio und saisonal, fährst mit dem Rad, benutzt grünen Strom. Aber wenn du dir die Frage stellst, ob man nachhaltig und mit gutem Gewissen nach Neuseeland reisen kann, lautet die Antwort immer: Nein.«

»Ich weiß. Deswegen hatte ich auch lange gezögert. Ich hab vorher im Internet meinen ökologischen Fußabdruck ausgerechnet, es waren zehn Tonnen CO_2-Emissionen, obwohl ich doch ...«

Heppi unterbrach mich: »Lass mich raten, dann hast du eine dreistellige Summe an eine Organisation gespendet, die Regenwälder aufforstet oder Wale rettet?«

Ich nickte. »Ja, genau.«

»Damit tust du schon mal mehr als die meisten, aber ich bitte dich, was gibt es in Neuseeland, das du in Europa nicht findest?«

Meine Antwort kam prompt: »Beeindruckende Landschaften und unberührte Natur.«

»In der Tat. Die gibt es dort wirklich. Ich vermute, dass du in Europa alles an grandioser Landschaft und unberührter Natur gesehen hast?« Irgendwie klang ihre Stimme jetzt spöttisch.

»Was meinst du jetzt genau?«

Sie machte sich gerade. »Thea, wir sind die Babyboomer. Wir sind die Generation, die unseren Planeten in die Grütze geritten hat. Wir haben genug Geld, um uns fast alles zu leisten, was wir wollen, und wenn wir doch mal ein bisschen zu unverantwortlich gehandelt haben, spenden wir ein nettes Sümmchen und fühlen uns wieder gut. Jetzt sei mal ehrlich: Wenn es draußen kalt ist, drehst du deine Heizung hoch. Du isst Ingwer aus Peru, Granatapfelkerne und Avocados, und zwar das ganze Jahr. Lassen wir das … Ich bin auch nicht viel besser – ich könnte zum Beispiel ohne Not das Auto abmelden und alles mit den Öffis, zu Fuß oder mit dem Rad machen. Es gibt immer noch jede Menge Luft nach oben.«

Abwehrend hob ich die Hände. Ich hatte keine Lust auf eine Standpauke zu einem Thema, das mich seit Jahren beschäftigte und für das mein kleiner Einsatz keine große Lösung war.

Heppi zuckte die Achseln. »Ich weiß, dass du verstehst, was ich meine, und dass du im Rahmen deiner Möglichkeiten 'ne Menge bedenkst. Wir haben in den letzten Tagen oft darüber geredet. Aber Neuseeland, sorry, trotz Greenwashing, das wir ja alle irgendwo betreiben, dafür habe ich wenig Verständnis.«

Langsam wurde ich ärgerlich, dass Heppi hier Weltretterin spielte. Gerade neulich hatte ich gelesen, dass man den CO_2-Fußabdruck beim Streamen gemessen hatte: Eine Stunde Videostreaming soll 3200 Gramm CO_2 erzeugen. Heppi streamte jeden Abend. Sollte ich das Fass jetzt aufmachen? Nein, lieber nicht, schließlich war ich hier Gast, und sie war wirklich lieb zu mir.

Also sagte ich: »Musst du ja auch nicht! Ich bin hier, mein Flug ist verfallen, ich kann versuchen, über die Reiserücktrittsversicherung was wiederzubekommen. Aber alles, was ich für die ersten Wochen in Neuseeland gebucht habe, Mietwagen, Unterkünfte, ist hinfällig. Schlimm genug. Also mach es mir nicht schwerer, als es ist.«

»Das will ich nicht, entschuldige, wenn das so rüberkommt! Ich will dir nichts vermiesen, im Gegenteil, ich will dir was schmackhaft machen!«

»Klingt aber anders.« Ich war eingeschnappt.

Sie ließ sich davon nicht beeindrucken. »Warst du mal am Blautopf, an diesem knallblauen See in der Schwäbischen Alb? Hast du dir die Apfelblüte im Alten Land angesehen? Kennst du die Heide, wenn sie blüht, die Vulkaneifel in der Nacht, das Hohe Venn, die Moselschleife? Hast du mal Lust auf Kajakfahren im Donautal? Kennst du Helgoland, Juist, Usedom, Rügen? Den Bodensee? Den Königsee? Das Matterhorn, die Zugspitze?«

Ich schüttelte den Kopf. »Wir waren mit den Kindern früher in Cuxhaven oder in verschiedenen Center-Parks. Als Ronny und ich dann allein fahren konnten, gab es im

Vorfeld immer Stress. Er wollte Stadturlaub machen und ich in die Natur. Dann haben wir Kompromisse gemacht – eine Woche Stadt, das hab ich gehasst, und eine Woche Wandern, das fand er schrecklich.«

Heppi fuhr unbeirrt fort: »Hast du von den Radfernwegen gehört? Berlin-Kopenhagen, Elbe-Ostsee, die Ostseeküsten, den Bahnradweg in Hessen?«

»Heppi, hör auf! Was willst du mir sagen?«

»Dass wir in Deutschland und Europa Ziele haben, die wir erreichen können, ohne noch schuldiger zu werden. Dass wir reisen können, ohne dass es uns den Boden unter den Füßen zerstört, und dass es uns dennoch keinen Deut Lebensqualität nimmt. Bequemlichkeit büßen wir vielleicht ein, aber nicht mehr. Dass deine Reise um die halbe Welt nicht stattfindet, sollte vielleicht so sein. Ich find's prima.« Sie zögerte kurz. »Warum kommst du nicht mit mir nach Nizza?«

Ich starrte sie an. »Wie jetzt?«

»Nicht jetzt, im März. Wie? Mit dem Fahrrad. Ich fände es super, wenn wir zu zweit wären. Ab und zu habe ich nämlich Muffensausen und kriege Angst vor meiner eigenen Courage.«

»Aber ich hab doch gar kein ...« Ich merkte, dass der Satz, den ich sagen wollte, ziemlich dumm war. Dass ich hier kein Fahrrad hatte, ließ sich ändern, meine Reisekasse war schließlich unangetastet.

Meine Gedanken überschlugen sich. Wenn ich Heppis Einladung jetzt abschmettern würde, müsste ich bald zurück nach Hause. Dann hätte ich dort allen Leuten eine Menge zu erklären, unter anderem, dass mein neues Leben gescheitert war, bevor es überhaupt begonnen hatte. Dann würde ich im eigenen Haus in einem Zimmer unterm

Dach in Ikeamöbeln hausen und könnte mich sofort wieder um meinen Vater, meine Töchter und die Enkel kümmern. Natürlich würde ich mir einen Job suchen müssen; man konnte zu Hause, in einem normalen Umfeld, nicht leben, ohne einen normalen Job und eine Familie und jede Menge Verpflichtungen zu haben. Man konnte ja nicht den ganzen Tag Däumchen drehen oder spazieren gehen.

Irgendwie war das alles eine riesengroße Scheiße. Dennoch ließ mich der Gedanke an eine Radreise mit Heppi nicht mehr los.

Zunächst hatte ich nur Einwände: »Ich weiß nicht, ob meine Kondition dafür ausreicht.«

»Wir fahren nur in dem Tempo, das wir schaffen, wir müssen keine Medaille gewinnen. Wenn wir merken, dass es zu viel für dich ist, planen wir die Abschnitte von Hotel zu Hotel kürzer. Wir müssen keine hundert Kilometer am Tag radeln, es reichen fünfzig«, meinte Heppi.

Das klang vernünftig.

Sie fuhr schmunzelnd fort: »Wir nehmen E-Bikes, das ist seniorinnengerecht und erleichtert uns die schwierigen Etappen.«

»Ist das nicht umweltschädlich, wegen der Akkus ...«, warf ich ein, aber sie fiel mir ins Wort: »Im Gegensatz zum Auto fällt die Ökobilanz fürs E-Bike eindeutig positiv aus! Klar, gegenüber dem Fahrrad wirkt sie durch die Akkus negativ. Aber die Nutzungsdauer von E-Bikes ist noch gar nicht langfristig getestet worden, die gibt's ja noch nicht so lange.«

Auch das klang vernünftig.

Dennoch hatte ich Bedenken. »Hast du schon mal so eine weite Tour gemacht?«

Heppi schüttelte den Kopf. »Nein. Ich hab mit Tages-
touren angefangen, dann wurden es zwei Tage mit einer
Übernachtung, die längste Tour waren vierhundert Kilometer in fünf Tagen. Wenn man vierhundert schafft,
schafft man auch tausendvierhundert, davon bin ich überzeugt.«

Nach einer Weile war es kein Gedanke mehr, der mich
beschäftigte, sondern eine faszinierende Idee.

Am Abend, als wir beim Essen zusammensaßen, wurde
die Idee zu einem konkreten Plan.

»Okay«, sagte ich. »Warum nicht. Ob ich durch Neuseeland wandere oder von hier aus mit dir nach Nizza radele,
beides hat seinen Reiz. Aber du musst mir zwei Dinge versprechen!«

»Ja?«

»Erstens: Wenn ich die Strecke nicht schaffen sollte und
mich entscheide, mit dem Zug weiterzufahren oder abzubrechen, ist das okay, dann bist du nicht sauer.«

»Versprochen. Und zweitens?«

»Während wir radeln, redest du nicht.«

Heppi lachte, sprang auf und wäre mir beinahe um den
schmerzenden, steifen Hals gefallen, ich konnte sie gerade
noch abwehren.

Als ich an diesem Abend im Bett lag, spürte ich auf einmal eine herrliche Vorfreude. Ich würde mit dem Rad bis
nach Nizza fahren. Tausendvierhundert Kilometer. Was für
ein Abenteuer.

Sobald Prellung und Schmerzen überstanden waren,
würde ich ein E-Bike kaufen. Durch herrliche Landschaften würden wir fahren, langsam, entspannt, dem Frühling
entgegen. Heidelberg, Straßburg, Genfer See, Lausanne.

Heppi hatte recht. Es gab auch vor der Haustür so viele herrliche Gegenden zu sehen, vielleicht sollte die Reise
nach Neuseeland einfach noch nicht sein. Der Traum war
nicht aus der Welt, wenn ich ihn eine Weile verschob.

20

Am neunzehnten Februar schaltete ich mein Handy ein, zum ersten Mal seit dem Unfall. Meine Töchter hatten in unserer Familiengruppe bei WhatsApp erstaunlich wenige Nachrichten hinterlassen. Am fünfzehnten hatte Katha geschrieben: *Hat Mama sich schon bei euch gemeldet?*

Franzi: *Bei mir nicht.*

Katha: *Wo ist sie denn jetzt? Wann sollte sie noch mal ankommen?*

Franzi: *Nach unserer Zeit?*

Katha: *Weiß nicht, ist es in Neuseeland später oder früher als hier?*

Jette: *Zwölf Stunden später. Hier ist es drei Uhr nachmittags, bei Mama ist es drei Uhr nachts. Sie schläft bestimmt und hat morgen Jetlag.*

Viel mehr stand da nicht. Sie hatten sich also, wie vereinbart, tatsächlich keine Gedanken um mich gemacht. Warum ärgerte mich das? Ich hatte mir wohl insgeheim gewünscht, dass sie mich wenigstens ein bisschen vermissen würden.

Ronny hatte nichts in die Gruppe gepostet, was nicht weiter verwunderlich war, er mochte die Tipperei nicht. Er telefonierte mit oder ohne Bild.

Am neunzehnten Februar um neun Uhr morgens saß ich in Heppis Gästezimmer auf dem Pfauenthron vor der Bildtapete mit dem Sonnenuntergang und wartete darauf, dass mein Handy klingelte.

Die Verbindung war super.

Ronny strahlte, als er mich sah, und begann sofort zu reden. »Thea! Gut siehst du aus! Hier ist es kalt und regnerisch, es wird gar nicht richtig hell. Und hinter dir versinkt die Sonne im Meer, wie herrlich!«

Ich brauchte einen Moment, bis ich auf den kleinen Bildschirm schaute, auf dem ich selbst zu sehen war. Vor der Bildtapete wirkte es tatsächlich so, als ginge hinter mir an einem Traumstrand die Sonne unter.

»Es ist merkwürdig, uns so zu sehen, findest du nicht?«, sagte ich. Ich hatte mir sorgfältig zurechtgelegt, wie ich ihm den Unfall und die daraus entstandene komplette Planänderung beibringen wollte. Um jeden Preis wollte ich vermeiden, dass er sich Sorgen um mich machte. »Die Umstände sind irgendwie verrückt und ...«

Ronny fiel mir ins Wort. »Die Umstände ... nein, die sind nicht verrückt, Thea, die Umstände sind eine Katastrophe!« Sein Gesichtsausdruck änderte sich von betont fröhlich auf völlig deprimiert. In dem Augenblick wusste ich, dass etwas geschehen sein musste.

»Ist die Wohnung nicht so schön wie auf den Fotos?«

Auf meinem Handy-Bildschirm konnte ich nicht viel erkennen, nur, dass er sich in einem kleinen Zimmer aufhielt, das nicht besonders hell war. Es wirkte irgendwie unpersönlich.

Ronny seufzte. »Ich weiß nicht, wo ich anfangen soll. Es ist furchtbar, einfach furchtbar!«

»Fang am besten am Anfang an«, sagte ich und versuchte, das Bauchgrummeln zu unterdrücken, das ich immer bekam, wenn sich etwas Unangenehmes ankündigte.

»Okay. Also. Das ist so.« Ronny rutschte unruhig hin und her und fuhr sich mit der Hand durch die Haare. Dann räusperte er sich, bevor er zu reden begann: »Als ich in Paris ankam, war es ziemlich kalt, aber die Sonne schien. Bei Sonnenschein ist die Stadt atemberaubend. Ich bin mit dem Taxi ins Hotel gefahren, um mein Gepäck loszuwerden, hab eingecheckt und mich dann sofort auf den Weg zur Rue de Rivoli gemacht. Ich war so neugierig auf mein neues Zuhause! Thea, ich sage dir: Es ist ein Traumhaus, an einer Traumstraße, in einem Traumviertel! Erstes bis viertes Arrondissement, ich hätte es ja wissen müssen ... Aber ich hatte keine Ahnung, ich hab keinen Verdacht geschöpft!«

Verdacht geschöpft, wiederholte ich in Gedanken. Ronny redete weiter. »Am nächsten Tag war ich wieder dort, habe mir die Cafés in der Umgebung angeschaut und die Restaurants in den Seitenstraßen, bin stundenlang in den Tuilerien rumgeschlendert. Das ist alles in unmittelbarer Nähe zu der Wohnung.«

»Und was ist daran die Katastrophe?«

Er senkte den Kopf. »Das darf man wirklich keinem erzählen. Aber ich habe nicht im Traum daran gedacht, dass mir so was passieren könnte. Seit über vierzig Jahren bin ich nun in der Sparkasse und kenne mich wirklich aus, aber damit rechnet man doch nicht.«

Womit rechnete man nicht? Was war passiert? Blitzschnell realisierte ich, dass Ronny in diesem Moment mit mir sprach, folglich im Vollbesitz seiner geistigen Kräfte zu sein schien und offensichtlich nicht verletzt oder krank war.

»Du sprichst in Rätseln, ich verstehe nur Bahnhof!«

Er stöhnte und schaute direkt in die Kamera. Dann stutzte er. »Wieso trägst du am Strand einen Rollkragenpullover? Ist es kalt?«

»Nur so«, wiegelte ich ab. Jetzt war er erst mal dran. Von meiner geplatzten Fernreise und der geplanten Radreise konnte ich später immer noch erzählen. »Also, womit hast du nicht gerechnet, und welche Katastrophe ist passiert?«

»Die Wohnung.« Er zögerte.

»Ja?«

»Es gibt sie nicht. Also natürlich gibt es sie, aber sie ist nicht zu vermieten.«

Ich bekam Gänsehaut. »Das kann nicht sein. Du hast die Miete für ein halbes Jahr im Voraus bezahlt, das war ein Vermögen!«

Stockend erzählte Ronny, dass er zum vereinbarten Termin in die Rue de Rivoli gekommen war. Mit ihm hatten mehr als fünfzig Leute vor der Tür gestanden, die ebenfalls den Schlüssel abholen wollten. Der Mann, der dort wohnte, war aus allen Wolken gefallen und wusste von nichts. Als die erbosten Mieterinnen und Mieter ihm kein Wort glaubten, ihre Handys zückten und ihm Fotos von der Wohnung sowie Quittungen über ihre extrem hohen Mietzahlungen zeigten, hatte er die Polizei gerufen.

»Es wird noch dauern, bis alle Zeugen vernommen worden sind«, erklärte Ronny.

Der Besitzer hatte seine Wohnung letztes Jahr bei Airbnb angeboten. Offenbar hatte jemand Daten und Fotos kopiert, das Angebot in einem anderen Portal damit bestückt und von etlichen Wohnungssuchenden aus ganz Europa die vermeintlich günstige Miete im Voraus kassiert. Auch von Ronny.

Betrübt sagte Ronny: »Die Kohle ist weg. Bis man die Spur im Internet verfolgt und den Typen gefunden hat, kann es Jahre dauern. Wenn sie ihn überhaupt kriegen. Der sitzt wahrscheinlich in Afrika oder in Russland und lacht sich ins Fäustchen.«

»Wo bist du jetzt?«

»Im Hotel. Ich suche mir von hier aus was Neues, aber es sieht leider überhaupt nicht gut aus.«

»Wieso?«

»Ach, Thea, weil es keine bezahlbaren möblierten Wohnungen im Zentrum von Paris gibt. Kein Wunder, dass diesem Arschloch so viele Leute auf den Leim gegangen sind!« Wenn Ronny Kraftausdrücke benutzte, dann hatte es Art.

»Was soll ich dazu sagen. Schöner Mist!«

»Mist? Eine riesengroße Scheiße ist das! Weißt du, was hier ein Hotel kostet? Für diese Butze zahle ich hundertfünfzig Euro am Tag, und dann gibt's morgens bloß Croissants mit Marmelade und scheußlichen Kaffee. Essen gehen ist auch furchtbar teuer.« Ronny setzte plötzlich die Lesebrille auf und kam näher an den Bildschirm heran. »Da ruft ein Makler an, dem ich vorhin eine Nachricht hinterlassen hatte.« Er wurde hektisch, was ich durchaus verstand. »Geht's dir denn gut?«, fragte er eilig, mit halbherzigem Interesse.

»Ja, bei mir ist alles …«

»Du, tut mir leid, ich muss auflegen, lass uns Anfang der Woche noch mal …«

Er hatte aufgelegt.

Ich starrte noch eine Weile auf mein Handy.

Das war dumm gelaufen. So viel Geld, einfach weg. Nun, mein Flug hatte auch ein Vermögen gekostet, wenn die Versicherung nicht einspringen würde ...

Wie verzweifelt Ronny gewirkt hatte. Sein schöner Traum von Paris. Ach Mensch, das tat mir leid. Alles hatte so gut begonnen, und dann fiel er auf einen Betrüger herein. Und nun saß der arme Kerl in einem winzigen Hotelzimmer und musste Klinken putzen, um in Paris eine Wohnung zu finden. Und wenn er keine fand? Wenn sein Traum von einem Leben in Paris ebenso platzte wie meiner von Neuseeland? Dann musste er zurück.

In sechs Monaten würde er sowieso wieder in der Sparkasse arbeiten müssen; seine Reise sollte nur halb so lange dauern wie meine.

Wenn bei ihm alles gescheitert war, konnte ich nicht vergnügt nach Nizza radeln. Ich musste ihm doch beistehen, oder?

Mein Handy vibrierte. SMS von Ronny! Das war eine große Ausnahme. *Makler hat nix, suche weiter. Genieß den Sonnenuntergang. Der dauert bei dir ja extrem lange. Schön!*

Ich schaute auf die Bildtapete und begann zu lachen. Er hatte überhaupt keine Ahnung. Aber dass er nicht noch mal nachgefragt hatte, wie es mir ging, fand ich zum Heulen.

Das Wetter war kalt, sonnig und trocken. Heppi wollte heute rüber nach Seligenstadt radeln. »Hin und zurück sind das um die fünfzig Kilometer, in drei Stunden müsste ich zurück sein«, hatte sie gesagt.

Ich holte mir einen Kaffee, setzte mich in den Ohrensessel, schaute aus dem Fenster und hing meinen Gedanken nach.

Ich hatte soeben mit Ronny telefoniert, mit meinem Mann, quasi Ex-Mann. Es war eine merkwürdige Situation gewesen. Vorher hatte ich mich gefragt, wie es sich anfühlen würde, wenn wir nach der räumlichen Trennung zum ersten Mal wieder miteinander reden würden. Jetzt wusste ich es: Es hatte sich angefühlt, als wäre er ein alter Freund oder ein Bruder. Ich hatte ihn nicht vermisst. Mein Leben funktionierte ohne ihn.

Was würde Ronny tun, wenn er in Paris keine Wohnung für sein freies Halbjahr fand? Er konnte nicht dauerhaft im Hotel leben. Wie sollte er denn da seine Wäsche waschen und bügeln? Außerdem würde sein Budget es nicht hergeben, wenn er jeden Tag essen gehen müsste.

Ich trank den Kaffee aus, zog mühsam, aber inzwischen immerhin ohne Hilfe Mantel und Schuhe an und verließ die Wohnung.

Inzwischen kannte ich mich rund um das Hochhaus am Rande von Neu-Isenburg, in dem Heppi lebte, ganz gut aus. Manchmal ging ich durch die hübsche Siedlung bis zum Waldrand, manchmal bis zum Forsthaus, meistens schlenderte ich durch die Straßen mit den Vogelnamen und schaute mir die hübschen Häuser an. Früher hatte ich mir bei solchen Spaziergängen immer vorgestellt, wie es wäre, hier oder da zu leben, heute interessierte mich das nicht mehr. Vielmehr verspürte ich eine enorme Erleichterung, weil mich die Pflege und die finanzielle Unterhaltung eines Hauses nichts mehr anging und mir jede Menge freie Zeit schenkte. Zeit, die ich künftig sinnvoll nutzen wollte.

Mein Handy klingelte. Nach all den Tagen, in denen ich es nicht bei mir gehabt und später nicht eingeschaltet hatte, ließ das Geräusch mich zusammenzucken. Es war Katharina.

»Katha, mein Schatz!«

»Mama, ach, super, du bist noch wach. Ich dachte schon, ich wecke dich, weil es bei dir fast Nacht ist!«

Ich schaltete nicht. »Es ist gerade mal elf?«

»Ja, du gehst doch zu Hause immer um halb elf ins Bett, daher wusste ich nicht, ob ich jetzt noch bei dir anrufen kann. Es ist ja auch schwierig, die richtige Zeit zu finden, bei zwölf Stunden Zeitverschiebung. Ich kann dich auch nur anrufen, weil heute Sonntag ist.«

Jetzt hatte ich verstanden.

Aber bevor ich antworten konnte, redete sie weiter. »Geht's dir gut? Bist du gut angekommen? Wie war der lange Flug?«

Ich holte Luft, aber sie ließ mich nicht zu Wort kommen.

»Mama, ich bin fix und alle, stell dir vor, Cornelius will die Schule schmeißen! Er will nach der zehnten Klasse abgehen und eine Lehre als Schreiner machen. Nicht zu glauben, oder? Da gibt man jahrelang alles, kontrolliert Tag für Tag jede Hausaufgabe und zahlt sogar in den Ferien sauteure Nachhilfestunden, um das Kind zum Abitur zu pushen, und dann war alles umsonst! Wie soll er denn ...«

Jetzt unterbrach ich sie: »Eine Schreinerlehre ist nicht umsonst, sondern in diesen Zeiten vernünftig. Weißt du, was Handwerker heutzutage verdienen? In jedem Fall mehr als arbeitslose Akademiker. Du solltest seine Entscheidung unbedingt unterstützen!«

»Jetzt komm du mir nicht auch noch mit den Sprüchen vom Handwerk und goldenem Boden, das hat Opa Günni gestern schon gesagt! Nein, ich muss Cornelius nicht unterstützen. Er wird achtzehn, er kann machen, was er will.«

»Hast du ihn gesehen?«, fragte ich.

»Wen? Cornelius?«

»Nein, Opa Günni.«

»Ja, er war gestern Abend zum Essen hier, wir hatten Raclette. Den brauchst du heute nicht anzurufen, der geht mit Urzula ins Kino! Finde ich gut, was soll er den ganzen Sonntag allein zu Hause hocken, ich hab auch nicht jeden Tag Lust und Zeit, ihn zu bespaßen.«

»Oh. Ins Kino.« Umso besser. Ein Gespräch mit meinem Vater hatte für heute sowieso nicht auf meiner Liste gestanden.

Katharina erzählte, dass Matthäus sich die Haare blau gefärbt hatte, weil er aussehen wollte wie ein berühmter YouTuber, der seit Langem sein Vorbild und sogar schon in der Tagesschau erwähnt worden war. Über Niko sagte sie, er habe nur noch schlechte Laune, seit er versuche, sich das Rauchen abzugewöhnen. »Das passt prima zu meiner schlechten Laune, ich hab über Weihnachten und Silvester drei Kilo zugenommen und werde sie nicht wieder los. Somit sind wir schon zwei, die ständig gereizt sind. Aber jetzt zu dir. Wie ist Neuseeland denn so?«

»Ich habe keine Ahnung.«

»Ach, bist du noch gar nicht groß rumgekommen? Du bist aber doch schon ein paar Tage da?«

»Ich bin nicht in Neuseeland, sondern in Neu-Isenburg.«

So, jetzt war es raus.

Stille am anderen Ende der Leitung.

Katharina lachte. »Mama, das war jetzt witzig, ich hab verstanden, du wärst in Neu-Isenburg ...«

»Das hast du richtig verstanden.«

»Aber ...«

Und dann erzählte ich ihr von meinem Unfall und von Heppi.

Als ich geendet hatte, war wieder sekundenlang Stille, dann sagte sie: »Ich fasse das zum besseren Verständnis mal zusammen. Du hattest einen Unfall, den eine Frau namens Vita Heppner verursacht hat. Du wurdest dabei verletzt. Nase, Rippe, Nacken. Du warst im Krankenhaus. Und jetzt wohnst du bei dieser Frau.«

»Ja, genau.«

»Warum um Himmels willen bist du nicht nach Hause gekommen?!« Ihre Stimme klang schrill.

»Weil ich im Krankenhaus war und verletzt bin.«

»Und diese Heppi hat es nicht für nötig gehalten, deine Familie zu informieren?«

»Katharina, das hätte sie getan, aber ich wollte das nicht.«

»Du wolltest nach einem Autounfall nicht, dass deine Kinder informiert werden?«

»Richtig, mein Schatz. Ich wollte genau das vermeiden, was jetzt geschieht: Dass du dir Sorgen machst und ich mich um dich kümmern muss.« Katha schnaubte in den Hörer.

»Aber du musst dir keine Gedanken machen, ich bin gut versorgt. Mir geht es jeden Tag besser.« Es entstand eine Pause, um sie zu füllen, sagte ich: »Hast du schon mit Papa gesprochen?«

»Nein, ich will ihn auch gleich anrufen, er hat sich kurz nach seiner Ankunft in Paris gemeldet, dann nicht mehr. Ich mache mir Sorgen!«

»Wir sind schon groß, Katha. Die Probleme, die wir haben, werden wir selbst lösen.«

»Was denn für Probleme? Hatte Papa etwa auch einen Unfall?« Meine Tochter schien fassungslos zu sein.

»Das soll er dir selbst erzählen, ich rufe jetzt Jette und Franzi an.«

Bei Jette erreichte ich nur die Mailbox, in Stockholm ging mein zweitjüngster Enkel Damian ans Telefon. »Oma, cool, hey, was geht ab in Neuseeland?«

Ich schlug denselben Ton an: »Alles easy, Baby, ist deine Mam da?«

»Nee, die sind Schlittschuhlaufen, und Ronja ist bei 'ner Freundin.«

Na, das war einfach gewesen. Spätestens heute Nachmittag würde Katharina ihre Schwestern informiert haben.

Franzi rief wie erwartet abends an, sie wirkte entspannt. Das änderte sich auch nicht, als ich ihr von der Radreise erzählte. »Wenn du dir das körperlich zutraust und deine neue Freundin wochenlang um dich haben kannst, warum nicht! Ich find's besser, dich in Europa zu wissen als in Neuseeland. Falls was passiert, kommst du jedenfalls schneller wieder nach Hause.«

So einfach konnte alles sein. Ich liebte Franziskas Pragmatismus.

Nur Jette meldete sich nicht zurück.

Dann leck Butter!, dachte ich. Ich würde nicht länger hinter meiner Jüngsten herlaufen. Irgendwann würde sich unser Verhältnis schon wieder normalisieren.

21

Noch drei Wochen bis zu unserem geplanten Aufbruch. Ich hatte ein Fahrrad mit Elektromotor und allen Schikanen gekauft, dazu leichte, aber große Satteltaschen, einen Helm, einen Rucksack und entsprechend wetterfeste Kleidung. Heppi und ich hatten eine lange Packliste mit Dingen erstellt, die wir unbedingt brauchen würden, dazu gehörten neben Flickzeug, Ersatzschläuchen und Luftpumpe noch so viele andere Dinge, dass ich befürchtete, sie bei dem begrenzten Platz nicht verstauen zu können.

Jeden Morgen und jeden Nachmittag radelte ich eine Stunde, um mich daran zu gewöhnen.

Als Heppi vorschlug, sicherheitshalber ein Zelt und Schlafsäcke mitzunehmen, falls wir doch mal draußen übernachten müssten, war ich raus.

»Bei aller Liebe, aber ich schlafe in meinem Alter nicht mehr draußen. Mal davon abgesehen, dass es unbequem und im März auch noch ziemlich kalt ist, will ich ein Badezimmer und eine Dusche. Ich kann mich nicht bei Nacht und Nebel in die Pampa hocken, wenn ich nachts dreimal Pipi muss!« Mit einem Grinsen fügte ich hinzu: »Stell dir vor, du pieselst hinter einem Holzstapel und wirst danach von einer konfusen Frau fast angefahren!« Sie lachte. Das Thema war vom Tisch.

Aber noch etwas lag mir auf der Seele. »Dass wir uns hier und jetzt prima verstehen, heißt nicht, dass es so bleibt, wenn wir vier Wochen Tag und Nacht zusammen sind. Lass uns bitte immer getrennte Zimmer buchen.«

Damit war Heppi sofort einverstanden.

Wir hatten auch überlegt, die Hälfte der Strecke mit dem Zug zu fahren und erst in Frankreich loszuradeln, aber, da gab ich Heppi schließlich recht, das war feige. Abbrechen konnten wir immer noch. Aber es gar nicht erst zu versuchen, kam nicht in die Tüte.

Nun sah unsere Route so aus: Heidelberg, Karlsruhe, Straßburg, Neuf-Brisach, Basel, Solothurn, Murren, Lausanne, Genf, Culoz, Lyon, Valence, Avignon, Aix-en-Provence, Marseille, Toulon, Cogolin, Frejus, Nizza.

In fast jedem Ort hatten wir zwei Einzelzimmer mit Frühstück in einem Hotel oder einer Pension gebucht, nur einmal würden wir uns ein Doppelzimmer teilen. Außerdem waren genügend Ruhetage eingeplant: in Basel, Lausanne, Lyon, Avignon und Marseille würden wir einen ganzen Tag rasten. Wenn nichts dazwischenkam, würden wir vierundzwanzig Tage unterwegs sein.

Wir gingen gerade noch einmal die Packlisten durch, als Ronny anrief.

»Thea, es ist so ein verdammter Mist! Kein Mensch kann die Pariser Mieten bezahlen. Alle Makler haben gesagt, selbst wenn eine bezahlbare Wohnung auf den Markt käme, hätte ich bis zu zweihundert Mitbewerber, und die Franzosen hätten immer größere Chancen als Ausländer. Das wird nichts! Außerdem ist mein Französisch nicht gut genug, die Leute verstehen mich oft nicht, es ist einfach alles zum Heulen! Es gibt auch keine Ferienwohnung, die bezahlbar wäre, und was den Drecksack von der Wohnung in der Rue de Rivoli angeht, da tut sich nichts! Ich hab von der Polizei nichts mehr gehört. Ich befürchte, die kriegen ihn nie, und mein ganzes Geld ist verloren.«

Geduldig hörte ich ihm zu, unterbrach ihn nicht und registrierte sehr wohl, dass er kurz davor war, in Tränen auszubrechen.

»Was soll ich machen?«, jammerte er. »Wenn mir nicht bald etwas einfällt, muss ich nach Hause.«

»Soll ich zu dir kommen, damit wir das gemeinsam lösen können?« Der Satz war mir so rausgerutscht, ohne dass ich zuvor darüber nachgedacht hätte. Heppi sprang erschrocken auf, zeigte mir einen Vogel, schüttelte den Kopf und gestikulierte wild mit beiden Händen.

»Klar, du fliegst einmal um die Welt und dann sitzen wir beide in dieser Klitsche? Danke, lieb von dir. Aber das ändert nichts an meinem Problem. Es ist nicht nur das Finanzielle – mein Lebenstraum ist geplatzt, verstehst du das denn nicht?!«

Nun reichte es aber!

»Ronny, jetzt platzt mir auch was, nämlich der Kragen!« Ich wurde laut. »Wenn jemand versteht, wie es dir geht, dann ich! Mein Lebenstraum hat sich nämlich auch nicht erfüllt, er hat sich schon vor der Abreise in ein riesengroßes Nichts aufgelöst. Auch ich habe viel Geld verloren, aber wenn du mir nie zuhörst und dich bei den Kindern immer noch nicht gemeldet hast und nicht ans Telefon gehst, wenn sie dich anrufen, dann kannst du das natürlich nicht wissen!«

»Na hör mal, warum schreist du denn so?« Ronny klang verdutzt.

»Damit du mir zuhörst! Ich bin nicht in Neuseeland. Ich bin da nie angekommen, weil ich gar nicht abgeflogen bin. Ich hatte auf dem Weg zum Flughafen einen Unfall.«

Ronny stieß einen kleinen Schrei aus.

»Reg dich nicht auf«, fuhr ich fort, ohne ihn zu Wort kommen zu lassen. »Es geht mir gut, ich bin bei einer Freundin in Neu-Isenburg, und wir planen eine Radreise nach Südfrankreich.«

Stille.

Dann räusperte er sich. »Sag mal, bist du jetzt übergeschnappt? Was redest du für einen Unsinn? Radreise? Neu-Isenburg? Ich hab dich doch mit eigenen Augen am Strand gesehen!«

Ich lachte höhnisch. »Ich saß vor der Bildtapete im Gästezimmer meiner Freundin.«

»Freundin? Was ist das denn für eine Freundin?«

Plötzlich hatte ich keine Lust mehr auf dieses Gespräch. »Ruf endlich deine Töchter an, die machen sich nämlich Sorgen um dich, weil du nicht ans Handy gehst. Über mich wissen sie Bescheid. Tschüss.« Ich beendete das Telefonat.

Heppi nahm ihre Lesebrille ab, legte ihr Tablet weg und klatschte in die Hände. »Bravo! Du hast souverän reagiert! Ich fand es die ganze Zeit schon unmöglich, dass er sich um nichts geschert hat außer um sich selbst.«

Sofort setzte dieser Reflex ein, der mich Ronny in Schutz nehmen ließ. »Ja, aber er hat selbst großes Pech gehabt, es gibt niemanden, mit dem er reden kann, ich verstehe, dass er mit mir ...«

»Papperlapapp! Er hat genauso eine große Familie wie du, und einen Mund zum Reden hat er auch. Er ist daran gewöhnt, dir alles aufzubürden, und du daran, dich sofort um ihn zu kümmern. Das musst du nicht mehr, Thea! Ihr habt euch getrennt und müsst eure Entscheidungen allein treffen. Und ihr müsst jeder für sich die Konsequenzen dieser Entscheidungen tragen.«

Natürlich wusste ich, dass sie recht hatte, aber ich wusste auch, dass Ronny nicht der Mensch war, den sie jetzt in ihm sah. Eigentlich war er total zuverlässig und hörte mir immer zu, nur in Ausnahmesituationen verhielt er sich so. Und ich war nicht gerade nett zu ihm gewesen.

Um halb elf nahm ich eine Baldriantablette, weil ich immer noch so aufgewühlt war, dass ich wahrscheinlich nicht würde schlafen können. Trotzdem starrte ich hellwach in die Dunkelheit.

Ronnys Stimme klang mir plötzlich im Ohr: »Ich gehe Zähne putzen, soll ich deine gleich mitnehmen?« Sofort musste ich lächeln. Ein Satz aus einem anderen Leben in einer anderen Welt.

Was er jetzt wohl machte? Lag er in Paris auch im Bett und grübelte? Ich hatte Heppi an meiner Seite, aber er war ganz allein, das war für ihn eine neue Situation. Ob er inzwischen mit den Kindern telefoniert hatte? Ich setzte mich auf, nahm mein Handy, schaute in unsere WhatsApp-Gruppe, aber es gab keine neuen Beiträge.

Es war nicht richtig gewesen, vorhin einfach aufzulegen, dachte ich. Kurz nach elf, er war vielleicht noch wach und las.

Ich wählte seine Nummer. Erst nach dem sechsten Klingeln ging er ran. Ich hörte Musik und Stimmen; er war nur schlecht zu verstehen.

»Thea, bist du das? Warte, hier ist es so laut, ich gehe vor die Tür, bleib dran!«

Ach, er war gar nicht allein im Hotel. Er war überhaupt nicht einsam, und er war auch nicht verzweifelt, weil ich einfach aufgelegt hatte.

Der Gedanke versetzte mir einen Stich.

»So, da bin ich, ist was passiert?«, fragte er.

Statt zu antworten fragte ich: »Wo bist du?«

»In der Rue Boursault, hier gibt es ein ganz entzückendes Weinlokal mit einer famosen kleinen Speisekarte. Ich musste unbedingt noch mal vor die Tür, ich hätte eh nicht schlafen können. Außerdem: Falls ich meine Zelte hier abbrechen muss, habe ich die Stadt wenigstens noch einmal genossen.«

Ach. So war das.

Ronny, mein Ronny, der seit Jahren penibel darauf bestanden hatte, unbedingt pünktlich um halb elf ins Bett zu gehen, weil angeblich der Schlaf vor Mitternacht so gesund und ein geregelter Tages- und Nachtablauf für ihn und seine Fitness unerlässlich war, dieser Ronny war an einem ordinären Wochentag nachts um elf noch in einem entzückenden Weinlokal.

»Thea, was ist los? Warum rufst du an?«

Was sollte ich denn jetzt sagen? Dass ich ein schlechtes Gewissen gehabt hatte, weil ich unser Gespräch vorhin beendet hatte? Sollte ich sagen, dass ich mir Sorgen um ihn gemacht hatte, weil ich angenommen hatte, dass er einsam und verzweifelt im Hotel saß und ohne mich nicht weiterwusste? Sollte ich zugeben, dass es mich auf merkwürdige Weise ärgerte, weil er es sich offenbar gut gehen ließ? Ich dachte an Heppis Worte. Ja, wir hatten uns getrennt, und jetzt musste ich mit den Folgen klarkommen. Dazu gehörte, dass nicht nur ich mich von Ronny abnabeln musste, er musste sich auch von mir lösen.

Betont locker sagte ich: »Wir hatten vorhin nicht darüber geredet, dass ich vorhabe, mit dem Fahrrad nach Nizza zu fahren.«

»Wie auch, wenn du einfach auflegst!«

»Du hättest mich sofort zurückrufen und nachfragen können.«

Er lachte. »Bitte, lass uns morgen reden, hier ist es ist kalt, es nieselt, und ich hab meinen Mantel drinnen. Schlaf gut. Mach dir keine Sorgen um mich, ich krieg das schon hin. Morgen will ich aber in allen Einzelheiten wissen, was du vorhast.«

Aufgelegt.

Das war der Moment, in dem ich realisierte, dass wir wirklich getrennt waren.

In dieser Nacht lag ich noch lange wach, dagegen hätten auch fünf Baldrian nicht geholfen. Ich hatte das Gefühl, dass ich weinen müsste, weil unsere Trennung jetzt erst endgültig zu sein schien, aber ich vergoss keine einzige Träne.

Am nächsten Morgen saßen Heppi und ich beim Frühstück.

Sie schaute mich besorgt an. »Du siehst übernächtigt aus. Kommst du klar?«

Ich nickte.

»Es ist deine erste Trennung, oder?«

»Ja, sicher.«

»Das ist so ähnlich wie ein Trauerfall, man durchlebt verschiedene Phasen. Vielleicht warst du erst erleichtert, aber die endgültige Entscheidung zu akzeptieren, wenn man die Konsequenzen spürt, ist danach ziemlich hart. Ich denke, diese Phase durchlebst du im Moment.«

Ich erzählte von unserem Telefonat gestern Abend.

»Ich bin natürlich sauer, weil Ronny sich nicht nach mir erkundigt, im Moment geht's nur um ihn.«

»Das ist bestimmt seine Art, mit der Trennung fertigzuwerden. Außerdem besteht bei ihm akuter Handlungsbedarf: Wenn er in Paris keine bezahlbare Bleibe findet, muss er zurück.«

Heppi hatte recht. Dagegen ging's mir gut. Seit fast einem Monat lebte ich bei ihr, wir verstanden uns fantastisch. Natürlich beteiligte ich mich an den Kosten, die ich verursachte, ging einkaufen, kochte und machte mich im Haushalt nützlich. Aber ich war nicht allein, im Gegensatz zu Ronny.

»Glaub mir«, sagte Heppi, »Ablenkung und Weitermachen ist das Beste. Unter keinen Umständen solltest du zu ihm fahren, damit entmündigst du ihn. Er muss das allein schaffen, genau wie du.«

In diesem Moment rief Ronny an. Seine Stimme überschlug sich. »Thea, du kannst dir nicht vorstellen, was mir gestern Abend passiert ist!«

Sofort spürte ich eine fiese Eifersucht. Er hatte eine Frau kennengelernt. Klarer Fall. Was sollte ihm sonst mitten in der Nacht passiert sein? Als wir telefoniert hatten, war es nach elf gewesen.

»Ich habe einen Mann kennengelernt«, hörte ich Ronny sagen und hielt vor Entsetzen die Luft an.

»Er heißt Gigi Romeo, ist halb Deutscher, halb Italiener, lebt hier in Paris und, jetzt halt dich fest: Er ist Modelscout!«

»Was ist er?«

»Modelscout. Er sucht Leute für Modenschauen, Fotos und Werbung.«

Meine Gedanken überschlugen sich. Ronny hatte gestern ein Model an seiner Seite gehabt, deswegen hatte er dringend wieder ins Lokal gemusst. Von wegen Nieselregen, kein Mantel ... Wahrscheinlich war das Model jung, langhaarig, blond, dünn, schön und schick. In Gedanken sah ich ihn mit einem Heidi-Klum-Klon in einem Pariser Lokal stehen, lachen, flirten, Rotwein trinken und Gauloises rauchen. Sie hatte bestimmt ein hautenges Kleid und Stöckelschuhe angehabt und ...

Ronny unterbrach meine Gedanken: »Und jetzt stell dir vor, Gigi hat mich gefragt, ob ich Lust und Zeit habe, als Best-Ager-Model zu arbeiten!«

»Best-Ager-Model arbeiten«, echote ich.

Heppi stellte ihre Tasse ab und schaute interessiert auf.

Ich brauchte einen Moment, um die Information zu verstehen. »Aber ... was ... wofür ... wo denn ...«, stammelte ich.

»Du, ich komme für jede Werbung infrage, deren Zielgruppe Senioren sind.«

»Hörgeräte, Gehhilfen, Gebisse, Prostatapillen und Inkontinenzeinlagen?«

Er lachte. »So ungefähr. Im Ernst: Die Zielgruppe ist enorm, über zwanzig Prozent der Europäer sind über fünfundsechzig, und die Leute werden immer älter. Allein in Deutschland sind mehr als zwanzig Millionen Menschen älter als sechzig!«

»Wie kam der Mann auf dich?«

»Er hat mich angesprochen, erst auf Französisch, dann hat er meinen deutschen Akzent erkannt, und wir konnten uns Deutsch unterhalten. Ich sei ungewöhnlich attraktiv, hätte Charisma, sagte er, dann kam er direkt zur Sache.

Ich bin auf dem Weg in die Agentur, Thea, drück mir die Daumen, dass es klappt. Vielleicht kann ich sofort anfangen.«

»Du hast so was noch nie gemacht«, wandte ich lahm ein.

»Hab ich auch gesagt, aber Gigi meinte, das sei kein Problem. Die meisten Models in diesem Segment fangen erst mit über sechzig an.«

»Ist das seriös?«

»Ja, ich hab ihn gegoogelt, alles okay! Ich bin jetzt an der Metro und muss runter, bis später!« Das Gespräch war zu Ende.

»Best-Ager-Model«, murmelte ich fassungslos.

Heppi grinste. »Hört sich an, als hätte dein Ronny ganz ohne deine Hilfe eine Lösung für sein Dilemma gefunden. Gut, dass du nicht Hals über Kopf nach Paris gefahren bist.«

»Na ja, gelöst ist das Wohnungsproblem damit nicht«, gab ich zu bedenken.

»Nicht deine Baustelle. Komm, wir fahren Rad, du musst an deiner Kondition arbeiten.«

22

Mitte März starteten Heppi und ich unsere Reise. Zuvor hatte ihr Sohn Daniel uns einen Instagram-Account eingerichtet, auf dem wir festhalten wollten, wie es uns mittelalten, radelnden Grazien unterwegs ergehen würde. Daniel hatte Heppi per FaceTime erklärt, wie man Instagram benutzte, sie meinte, es sei wirklich einfach. Aber Instagram war ihre Aufgabe, nicht meine. Ich war für den Blog auf unserer neuen Webseite zuständig, die wir ebenfalls Daniel zu verdanken hatten.

Wir nahmen eine kleine Kamera mit, die wir an Heppis Lenker befestigten, und ich wollte unterwegs mit dem Handy immer wieder Fotos schießen und kurze Videos drehen.

Bei herrlichem Sonnenschein ging's in Neu-Isenburg los. Man konnte den Frühling riechen, die Luft war mild, der Himmel blitzeblau und unsere Laune übermütig glücklich.

Die Räder funktionierten perfekt, und wir schafften die erste Etappe von Neu-Isenburg nach Heidelberg problemlos in fünf Stunden.

An unserem ersten Abend im Hotel ging es ziemlich turbulent zu, eine Gruppe Senioren feierte ein feuchtfröhliches Klassentreffen. Den lauten Gesprächen an der Bar entnahm ich, dass sie vor fünfzig Jahren aus einer Heidelberger Realschule entlassen worden waren.

Heppi und ich waren müde und zogen uns früh in unser Zimmer zurück. Es war eines der wenigen Doppelzimmer, in dem wir gemeinsam übernachten würden, ansonsten hatten wir, wie von mir gewünscht, fast immer Einzelzimmer buchen können.

Nun lagen wir wie ein altes Ehepaar auf dem Bett und sahen fern. Immer wieder hörten wir durch die dünnen Wände des Hotels lautes Lachen.

»Na, die haben Spaß. Hattest du schon mal ein Klassentreffen?«, fragte Heppi.

»Ja, einmal, zehn Jahre nach der Entlassung.«

»Bei mir ist es auch ewig her, aber an ein Klassentreffen kann ich mich sehr gut erinnern.«

Sie verschränkte die Arme hinter dem Kopf und schaute grinsend an die Zimmerdecke. »Susi hatte alles organisiert. Sie war kurz vor diesem Klassentreffen Mutter geworden, zeigte Babyfotos rum und fachsimpelte mit den anderen Frauen über Schwangerschaften, Geburten und alles, was dazugehört. Glaub mir, Thea, ich wollte es nicht wissen, aber ich musste mir anhören, dass sie einen Dammschnitt hatte. Es hätte geklungen, als schneide man mit der Geflügelschere in ein Hähnchen, meinte sie.«

An dieser Stelle musste ich Susi lachend zustimmen.

Ungerührt fuhr Heppi fort: »Und dass ihre Nachgeburt komisch ausgesehen hätte ...« Sie richtete sich auf und verschränkte die Beine im Schneidersitz. »Im Ernst, dass so was eine Mutter beschäftigt, verstehe ich. Ich habe auch ein Kind in die Welt gesetzt. Aber ich habe niemals beim Gulasch über meine Nachgeburt gesprochen! Du?«

Ich musste mir die Lachtränen abwischen. »Nein, ich schwöre, hab ich nie!« Sanft knuffte ich Heppi in die Seite. »Du bist eine richtige Lästerschwester!«

»Apropos lästern«, sagte Heppi. »Ich kann mich an viele Kinder nicht mehr richtig erinnern, aber an Rüdiger Borsutzky. Der war mein erster Schwarm.«

Sie schaute versonnen drein. »Hach. Er war der hübscheste Junge der ganzen Schule. Typ Marc Bolan von T. Rex, schwarze lange Locken, süßes Lächeln, dünne Beine. Er konnte toll Gitarre spielen.«

»Wie alt warst du damals?«, fragte ich.

»Vielleicht vierzehn?«

Mit vierzehn war ich schon in Ronny verliebt gewesen. Und wir hatten auch mal während der Klassenfahrt geknutscht ... Ich lächelte vor mich hin. Meine Güte, war das lange her.

Heppi strahlte. »Am Lagerfeuer fing es an. Der Feuerschein in Rüdigers Gesicht, seine schlanken Finger, die über die Gitarrensaiten streichelten, und die Augen. So blau. So schön. Dann hat er mich angelächelt. Die halbe Nacht konnte ich nicht schlafen. Immer hatte ich dieses Lächeln vor Augen. Am nächsten Tag haben wir eine Tropfsteinhöhle besichtigt. Der Lehrer erklärte uns die Stalagmiten und Stalaktiten. Stalaktiten sind oben. Ich kann mir das bis heute merken, weil Rüdiger eine Bemerkung machte. Tieten sind oben. Wir sind hinter der Gruppe zurückgeblieben, waren die Letzten. Er hat mich geküsst. Mit Zungenschlag.«

Ich bekam schon wieder einen Lachanfall. Zungenschlag! Das Wort hatte ich seit einem halben Jahrhundert nicht mehr gehört.

»Dann hat Rüdiger den magischen Satz gesagt«, erzählte Heppi. »Er hat gesagt: ›Vita.‹ Dann hat er eine Pause gemacht. Er war total verlegen. Und dann hat er gesagt: ›Willst du mit mir gehen?‹«

Ich jauchzte vor Vergnügen. Heppi weckte so viele Erinnerungen an meine eigene Jugend, an Ronnys und meine Anfänge – meine Güte, wie schön war das damals gewesen! Und wie romantisch.

»Und? Wolltest du?«, fragte ich.

Sie nickte heftig. »Natürlich! Wo ich ihn doch schon lange total süß fand. Das ging eine ganze Weile mit uns, auch nach der Klassenfahrt. Bis zu einem Abend auf dem Spielplatz. Wir haben geknutscht. Ich hab die Zeit vergessen und kam zu spät nach Hause. Meine Mutter war in der Beziehung gnadenlos. Als mein Hausarrest zu Ende war, war Schluss mit Rüdiger. Er ging mit so einer hochnäsigen Tussi aus der Parallelklasse. Tagelang habe ich geheult und auf meinem tragbaren Plattenspieler Lobo gehört. ›Baby, I'd love you to want me‹.«

Die Situation war irgendwie absurd. Heppi und ich lagen in unserem Hotelzimmer in Heidelberg in einem Doppelbett, beide auf dem Rücken, und hielten uns vor Vergnügen die Bäuche.

Sie sei vor Liebeskummer fast gestorben, erzählte sie keuchend. Den Starschnitt aus der *Bravo*, auf dem Marc Bolan posierte, hatte sie von der Wand gerissen und durch ein Poster von Terence Hill ersetzt.

»Hast du Rüdiger mal wiedergesehen?«, fragte ich.

»Nein, keine Ahnung, wo er abgeblieben ist. Beim letzten Klassentreffen war er leider nicht dabei. Schade. Da war ich immerhin noch wesentlich jünger als heute. Aber schon ewig mit Holm verheiratet. Ich hätte Rüdiger gerne gezeigt, was er damals nicht mehr haben wollte und später nicht mehr kriegen konnte. Ob er sich geärgert hätte?«

»Vielleicht«, sagte ich. »Vielleicht wärst du auch froh gewesen? Womöglich hat er Plauze, Nasenhaare und Halbglatze?«

»Ich bin Optimistin! Vielleicht hat er immer noch lange Locken?« Sie zog ihre Decke bis ans Kinn. »Lass uns schlafen. Morgen radeln wir bis nach Karlsruhe, wir müssen fit sein.«

»Schlaf gut!«, antwortete ich und löschte mein Licht.

Heppi murmelte: »Ich gucke morgen im Netz, ob er irgendwo ein Profil hat. Die Zeiten haben sich geändert. Ich bin jetzt nicht mehr die Jüngste, aber ich bin auch nicht mehr verheiratet.«

Kurz darauf hörte ich an ihrem leisen Schnarchen, dass sie eingeschlafen war.

Ich dachte an Ronny. An damals, an den Beatkeller bei Olli, an die Nacht im Gartenhäuschen. An die letzte Nacht in unserem Haus. Eigentlich war es unvorstellbar, dass wir getrennt waren. Was er jetzt wohl machte?

Über diesem Gedanken schlief ich ein.

Unser gemäßigtes Seniorentempo, wie Heppi es nannte, behielten wir in den nächsten Tagen bei. Morgens radelten wir zwei bis drei Stunden, dann rasteten wir, schauten uns einen Ort oder Sehenswürdigkeiten an, aßen irgendwo eine Kleinigkeit auf die Hand und fuhren weiter. Von Anfang an genoss ich jede Minute. Diese Art, zu reisen, war neu, aber ich war schon nach kurzer Zeit davon überzeugt, dass es nicht meine letzte Radreise sein würde. Es war anders, unter freiem Himmel zu radeln, als die Landschaft aus einem Zug- oder Autofenster an sich vorbeiziehen zu lassen. Dabei fehlen Gerüche und Geräusche. Draußen zu sein und den Duft von Wiesen, Feldern, Gärten und Wäldern einzuatmen, machte mich einfach glücklich.

Abends in den Hotels warteten weiche Betten und warme Duschen auf uns, und in den meisten Häusern gab es auch etwas zu essen. Dann ließen Heppi und ich die Eindrücke des Tages Revue passieren, dabei wurde immer deutlicher, wie gut wir zusammenpassten. Ob es das Tempo, die Strecke oder Pausen waren, wir waren uns einig.

Planmäßig erreichten wir Straßburg. Dort zog ich mir endlich die gepolsterte Fahrradhose an, die ich auf Heppis Rat hin zwar gekauft, aber im Hinblick auf mein ohnehin breites Gesäß noch nicht getragen hatte.

»Lieber 'n dicken Hintern als 'nen wunden«, kommentierte Heppi lapidar.

Sie hielt sich an ihr Versprechen, während der Fahrt zu schweigen, und so konnte ich buchstäblich jeden Kilometer genießen.

Nur während der Pausen quatschten wir; es gab immer ein Thema, über das wir uns austauschen konnten.

»Vermisst du deine Familie?«, fragte sie, als wir auf einer Bank in der Nähe des Straßburger Münsters saßen und unsere Äpfel und Bananen aßen.

»Nein. Ehrlich gesagt kein bisschen. Wenn ich in Neuseeland wäre, hätte ich noch mehr als zehn Monate ohne sie vor mir, also bin ich mental auf eine lange Zeit eingestellt. Ich denke oft an zu Hause, aber ich möchte nicht zurück. Ich möchte weiterreisen!«

Heppi machte ein zufriedenes Gesicht, das so viel sagte wie: *Hab ich doch gleich gewusst!*

Am fünften Tag erreichten wir Basel und ruhten uns aus. Das heißt, eigentlich musste ich mich nicht ausruhen, die Radtouren waren für mich Entspannung pur. Ich fuhr fast immer im Eco-Modus, um Batterie zu sparen und mich zu bewegen, nur wenn es bergauf ging, benutzte ich den Turbogang. Früher hatte ich angenommen, ein E-Bike funktioniere ähnlich wie ein Mofa, aber das stimmte nicht. Man musste wie beim herkömmlichen Rad in die Pedale treten, konnte aber schwierige, ansteigende Strecken viel einfacher bewältigen.

In Basel lud ich meine Fotos auf die Homepage, zusätzlich schrieb ich Infotexte in den Blog, den wir schlicht und einfach *Heppi & Thea unterwegs* nannten. Damit gab ich mir viel Mühe, denn ich war mir sicher: Wer sich für so eine Radreise interessierte, wollte wissen, mit welchen Bikes wir fuhren, woraus unser Gepäck bestand und wie wir es verstaut hatten.

Heppi veröffentlichte täglich »Stories« bei Instagram. Wir posteten, jede in ihrem Medium, welche Strecken wir genommen hatten, wie sie ausgebaut und gepflegt waren, was man sich unterwegs unbedingt anschauen sollte, und was man sich sparen konnte. Wir nannten auch die Hotels, deren Ausstattung, den Service und die Preise. Manche Hotels waren sehr einfach und den Preis, den wir zahlten, nicht wert, das vermerkte ich im Blog, und Heppi erzählte es den »Followern« bei Instagram.

Als wir bei herrlichem Sonnenschein in der kleinen Stadt Lausanne ankamen, folgten uns inklusive meiner Kinder und Enkel fast fünfhundert Leute.

Großes Glück hatten wir mit dem Wetter, es regnete nur selten, aber weil wir dann Capes, Regenhosen und wasserfeste Schuhe trugen, machte Regen uns nichts aus. Wir blieben von Pannen und Stürzen verschont, was angesichts der langen Strecke an ein kleines Wunder grenzte.

Nach zwei Wochen erreichten wir Lyon. Diese Stadt gefiel mir besonders gut. Im Internet hatte ich gelesen, dass Lyon von den Römern gegründet worden war und dass es wunderschöne Viertel aus dem Mittelalter und der Renaissance gab. Hier setzte man sich seit Jahren engagiert für den Radverkehr ein. Ein Radweg führte an der Rhône entlang, einmal durch die ganze Stadt. Früher hatte es Kaimauern, Lagerhallen und Parkplätze am Flussufer gegeben, heute wirkte es wie ein herrlicher Park mit Freizeitmöglichkeiten und etlichen Restaurantschiffen, die dort ankerten.

Zum ersten Mal ahnte ich, was Ronny an Frankreich und seinen Menschen schätzte: Allein die modernen, innovativen Ideen rund um den Fahrradtourismus begeisterten mich ebenso wie die gelassene Freundlichkeit und die Lebensart der Franzosen. Paris war bisher alles gewesen, was ich mit dem Land verbunden hatte. Wie unwissend ich geurteilt hatte!

Heppi und ich befuhren die Via Rhôna Richtung Avignon: Dieser Radweg führte vom Genfer See bis zu den französischen Mittelmeerstränden.

Avignon verzauberte mich. Ich war glücklich, dass wir hier einen Tag pausierten – es gab so viel zu sehen. Prächtige Häuser aus dem Mittelalter, romantische Plätze und schmale Gässchen, eine mächtige Befestigungsmauer, die weltberühmte Brücke *Pont d'Avignon* und den Papstpalast.

»Hier würde ich gerne ein paar Tage verbringen«, sagte ich verträumt.

Heppi zuckte mit den Achseln. »Bei der nächsten Tour planen wir eine Woche ein. Wir können doch machen, was wir wollen.«

Nach einem letzten Blick auf die Päpstestadt ging es weiter. Wir radelten auf autofreien Strecken, fuhren durch Weinberge und Obstgärten bis zum Radweg der Brücke *Pont du Gard*, passierten Olivenhaine und entzückende Dörfer, in denen uns freundliche Menschen zuwinkten.

Die Reise war ein Traum. In Neuseeland hätte es nicht schöner sein können, dachte ich. Vielleicht war es wirklich Schicksal, dass ich nun hier war und nicht auf der anderen Seite der Erdkugel. Jeden Morgen freute ich mich auf den neuen Tag, war fit wie noch nie, schlief nachts wie ein Stein und erwachte mit grandiosem Appetit. Nach drei Wochen hatte ich dennoch ordentlich abgenommen und war gespannt, was die Waage nach unserer Ankunft in Nizza anzeigen würde.

Inzwischen folgten uns auch meine Töchter auf Instagram und kommentierten Bilder und Beiträge mit Herzchen und erhobenen Daumen.

»Guck mal auf die Followerzahl!«, sagte Heppi. Es waren tausendzweihundertzehn Menschen, die an unserer Reise virtuell teilnahmen!

Mit Franziska, Katharina und Jette chattete ich abends nach dem Essen. Jette war weiterhin wortkarg, aber immerhin schrieb sie überhaupt zurück.

Als ich neulich mit Ilse telefoniert hatte, musste ich fast weinen. Die Kleine fehlte mir.

»Oma, wann kommst du wieder?«, fragte sie.

»Das dauert eine Weile, ich bin noch gar nicht da angekommen, wo ich hinwill.«

In Marseille war unser letzter Ruhetag, bevor wir die Etappen der Strecke über Toulon, Cogolin und Frejus in Angriff nahmen. Einmal gerieten wir in ein solches Unwetter, dass wir nicht weiterfahren konnten und uns in einem winzigen Gasthof einmieten mussten. Dadurch erreichten wir die nächsten Ziele nicht rechtzeitig und mussten die gebuchten Übernachtungen in den Hotels verschieben.

Überall erwiesen sich die Franzosen als ausgesprochen gastfreundlich und hilfsbereit. Sobald wir mit unseren paar Brocken Französisch versuchten, uns in ihrer Sprache zu verständigen, wechselten sie freundlich ins Englische.

Als ich einmal mit Opa Günni telefonierte und ihm davon berichtete, hatte der zu dem Thema eine ganz besondere Meinung. Er erklärte mir lang und breit, dass die Franzosen die Deutschen seit jeher nicht ausstehen könnten und dass sie überhaupt extrem arrogant und unfreundlich seien. »Die dun nur so, als wenn se nur de eijene Sproch verstonn, dobei künne die och Englisch.«

Ich musste lachen. »Das ist wie bei dir, Papa. Wenn du Kölsch redest, versteht dich sogar in Deutschland kein Mensch. Du gibst dir selten Mühe, verstandlich zu reden!«

Was ihn dazu animierte, mal wieder sein Erlebnis von früher zu erzählen, als er mit meiner Mutter im Auto in den französischen Meeralpen unterwegs gewesen war. Sie hatten den falschen Abzweig nach Cannes genommen, sich wegen angeblich fehlender Beschilderung völlig verfranzt und waren in einem kleinen Dorf gelandet. Dort hatte Opa Günni mit seinen rudimentären Französischkenntnissen jemanden nach dem Weg gefragt. Man habe nicht einmal versucht, ihm zu helfen, behauptete er steif und fest. Ich konnte mir lebhaft vorstellen, wie mein Vater sich benommen hatte, und wie kurios der rheinländische Singsang sich für die Franzosen angehört haben musste.

Ronny hatte ich inzwischen in aller Ruhe erklären können, warum und wohin ich mit Heppi unterwegs war und wie es dazu gekommen war. Er hatte mir zwar am Telefon zugehört, aber nichts weiter kommentiert. Ronny war nämlich im Stress. Er hatte »Shootings« für eine Creme, einen Nasenhaarschneider und für ein Bartshampoo. Außerdem hatte er ein anstrengendes Laufstegtraining absolvieren müssen, worüber sich meine Töchter in der WhatsApp-Familiengruppe lustig machten. Er verschickte neuerdings Fotos und Sprachnachrichten. Sosehr er sich früher dagegen gewehrt hatte, jetzt kommunizierte er nur noch so. Was ich begrüßte, denn nun konnte ich mir seine Berichte anhören, wenn ich Zeit und Lust hatte. Das Wohnungsproblem hatte sich gelöst: Er war in einer Model-WG mit vier jungen Frauen untergekommen.

Jette hatte im Chat gefragt: *Wirst du auf deine alten Tage noch zum Womanizer? Eines Tages präsentierst du uns eine Stiefmutter, die so alt ist wie deine Enkel!*

Woraufhin Ronny konterte: *Wer drei Töchter eures Kalibers großgezogen hat und trotzdem sechzig Jahre alt geworden ist, ohne in der Klapsmühle zu landen, verdient einen Orden. Gott sei Dank sind mir weibliche Befindlichkeiten und Denkweisen vertraut. Hier in der WG bin ich Hahn im Korb, ein alter Hahn, aber das war's auch. Macht euch keinen Kopf, ich bin busy und habe zum Flirten überhaupt keine Zeit.* (Ja, da stand wirklich *busy!*) *Nächste Woche laufe ich im Lafayette eine Modenschau, wir proben jeden Tag. Ich bin nervös wie ein Teenager.*

Tja, Papa, hättest du nicht nur abgelästert, sondern ab und zu mit mir Heidi Klum geguckt, wüsstest du, wie es im Modelbusiness abläuft!, frotzelte Jette.

Insgeheim waren wir aber alle stolz auf ihn, und die Fotos, die Ronny in die Gruppe schickte, waren große Klasse und bekamen auch von den Kindern virtuellen Beifall. Ich fand, er sah aus wie Filmstar aus den Sechzigern.

Heppi pfiff anerkennend, als ich ihr die Werbung für das Bartshampoo zeigte. »Wow, coole Socke. Weiß er, wie gut er aussieht? Hattest du ihn wirklich für dich allein?«

»Ja und ja. Er weiß es, aber er ist nicht eingebildet. Er tut was für sein Äußeres, mehr als ich. Wir haben uns zu Hause oft darüber lustig gemacht, dass der einzige Mann im Haus mehr Zeit im Bad und in unserem Fitnesskeller verbracht hat als die vier Frauen. Ronny war mir treu, da bin ich sicher.« Ich überlegte einen Moment. »Wenn er sich neu verlieben würde, wäre es für mich okay. Ich gönne es ihm. Er war in den letzten Jahren alles andere als glücklich. Wir haben die Tage einfach nur achtlos verlebt, genossen hatten wir sie schon lange nicht mehr. Weißt du, was er eines Abends zu mir gesagt hat?«

Heppi hob die Hände. »Hurra! Intime Details, immer her damit!«

»Intim ist das schon«, lachte ich. »Er war auf dem Weg ins Bad und sagte: ›Ich gehe Zähne putzen, soll ich deine gleich mitnehmen?‹«

So laut hatte ich Heppi noch nie lachen gehört.

Wir waren jetzt drei Wochen unterwegs, saßen abends auf einer Bank vor unserem B&B in Marseille und redeten über unsere Vergangenheit.

Das war für Heppi ungewöhnlich, sie mied sonst Themen, die mit ihrer Ehe zu tun hatten. Daraus schloss ich, dass sie sehr unglücklich gewesen sein musste.

»Wie war dein Mann eigentlich?«, fragte ich vorsichtig.

Sie lächelte, aber nur mit dem Mund, ihre Augen blieben ernst. »Als er ausgezogen ist, hat er das Waschpulver mitgenommen.«

Ich verstand nicht. »Hä?«

»In unserer Waschküche stand eine Großpackung Waschpulver, die war noch drei viertel voll. Holm hatte sie Anfang des Monats gekauft. Er nahm sie mit, als er ging.«

»Wow. Das war aber kleinkariert!«

Sie nickte. »Ja, das war er, ein kleinkarierter, fieser Korinthenkacker. Er fand es zum Beispiel total komisch, mir jedes Mal, wenn ich gegähnt habe, den Finger in den Mund zu stecken.«

Fassungslos schaute ich sie an. Nie im Leben hätte Ronny Derartiges getan, solches Verhalten überstieg meine Vorstellungskraft.

Unglaublich, dass Heppi sich das hatte bieten lassen. Und dann war sie verlassen worden, einfach ausgetauscht gegen eine Jüngere.

»Du wirkst so selbstbewusst«, sagte ich. »Warum konnte er dir das antun?«

Heppi strich sich die zweifarbigen Haare hinter die Ohren. Inzwischen war das Rot bis unterhalb der Ohrläppchen herausgewachsen. »Warum? Gute Frage. Die nächste bitte.« Ein bitteres Lächeln umspielte ihre Lippen. »Ich hatte nie das Gefühl, eine Wahl zu haben. Dass ich immer darauf bedacht war, für ihn begehrenswert zu sein ... heute verstehe ich mich selbst nicht mehr. Zumal begehrt zu werden, für mich bedeutete, ihn befriedigen zu müssen. So hab ich das gesehen.«

Nachdenklich sagte ich: »Ronny und ich haben uns getrennt, weil uns langweilig war. Kein Streit, kein Drama, wir hatten bloß verschiedene Vorstellungen vom Rest unseres Lebens. Ich schäme mich beinahe, weil es so ein unwichtiger Grund ist.«

»Nun, das ist kein tragisches Problem, da hast du recht, aber ein unwichtiger Grund? Nein! In Anbetracht unserer begrenzten Lebenszeit ist es wichtig, damit etwas anzufangen, das uns glücklich macht!«

»Ja, stimmt. Darf ich dich noch was Persönliches fragen? Ich bin nicht eingeschnappt, wenn du nicht antworten möchtest.«

»Thea, wir sind seit Wochen ein Kopp und ein Arsch, frag!«

Vorsichtig formulierte ich: »Holm war kein netter Mensch, und auch kein guter Ehemann. Vieles war für dich nur Pflicht. Warum bist du trotzdem bei ihm geblieben?«

Sie seufzte. »Ich hab mich nicht getraut zu gehen. Weißt du, in seinem Leben spielte ich eine Rolle, ich hatte eine Funktion. Ich war die Kinder erziehende, kochende, putzende, sexy angezogene Frau, die nebenbei arbeiten ging. Wenn ich ihn verlassen hätte, hätte ich keine Funktion mehr gehabt, keine Rolle mehr gespielt.«

»Da liegt der Hase im Pfeffer. Eine Rolle spielen ...«, sinnierte ich. »Aber Millionen Frauen sind geschieden und ziehen ihre Kinder allein groß, das hättest du auch geschafft. Du bist stark, du hättest dich freischwimmen können.«

»Freischwimmen, du bist gut. Wenn du Wasser verdrängst, machst du Wellen. Davor hatte ich Angst. Ich war

nie allein gewesen, ich hatte mich in diesem Leben eingerichtet. Aber«, sie grinste, »das Schicksal hat es doch noch
gut mit mir gemeint! Jetzt bin ich den ollen Stinkstiefel
los, ohne dass ich was dafür tun musste – und seine Kohle
hab ich auch. Und dass wir beide uns begegnet sind, war
Schicksal.« Sie zwinkerte mir zu. »Es ist nämlich ein uraltes
Gesetz des Universums: Wenn eine Frau eine andere nach
dem Pinkeln fast über den Haufen fährt, ist das der Beginn
einer wunderbaren Freundschaft!«

Darauf stießen wir an.

Vor dem Einschlafen dachte ich noch eine Weile über
dieses Gespräch nach. Es spielte keine Rolle, warum man
einen Schritt tat. Ob das Motiv für eine Entscheidung stark
oder schwach war, konnte nur beurteilen, wer sie treffen
musste. Ronny und ich hatten das Richtige getan. Er schien
in seinem Modeljob glücklich zu sein, ich fühlte mich gut,
weil ich mich nicht die ganze Zeit auf jemand anderen einstellen musste. Von Heppi mal abgesehen.

An den Reisealltag hatte ich mich schnell gewöhnt, auch
daran, dass ich nur mit dem auskommen konnte, was in
meine Satteltaschen passte. Allerdings hatten wir vor der
Abreise von Neu-Isenburg aus ein Paket mit Klamotten an
Theas Sohn geschickt. Ich freute mich nach unserer Ankunft auf Jeans, saubere Shirts, andere Schuhe und frische
Unterwäsche, die nicht im Hotelwaschbecken gewaschen
und auf der Heizung getrocknet worden war. Außerdem
musste ich dringend meine Haare schneiden lassen.

Die letzten Wochen hatten mir jedenfalls gezeigt, dass ich
nicht unbedingt einen Ehemann an meiner Seite brauchte,
um mich komplett zu fühlen. Ich war prima ohne Ronny

ausgekommen, obwohl ich in stillen Momenten durchaus an ihn gedacht hatte. Ich war einfach daran gewöhnt, oft an ihn zu denken.

Unseren letzten Abend vor dem Ziel verbrachten Heppi und ich bei herrlichem Frühlingswetter in Frejus. Wir hatten bereits das römische Viadukt, die achteckige Kapelle und die Kathedrale besichtigt und waren am Strand spazieren gegangen. In einem Lokal am Hafen ergatterten wir einen Tisch mit Blick aufs Wasser. Wir aßen vorzüglichen Tintenfisch, der ziemlich teuer war, aber das war uns egal, und wir bestellten Prosecco.

Heppi strahlte mich an. »Morgen sind wir in Nizza. Mensch, Thea, achtzehn Städte, vierundzwanzig Tage, über dreizehnhundert Kilometer. Keine Panne, keine Unfälle, keine Überfälle oder sonstige Katastrophen. Es gab trotzdem Tage, an denen ich am liebsten alles hingeschmissen hätte und mit dem Zug weitergefahren wäre. Aber weil du durchgehalten hast, konnte ich es auch. Die letzte Etappe reißen wir auf einer Arschbacke ab!« Sie hob ihr Glas. »Auf das Radeln, die Gesundheit und die Freundschaft!«

Mir war es ähnlich ergangen: Manchmal, wenn meine Handgelenke steif gewesen waren und ich das Gefühl gehabt hatte, kaum noch den Lenker halten zu können, wenn der Rücken und mein Hintern geschmerzt hatten, und ich total erschöpft gewesen war, hatte auch ich von einer Weiterreise in einem bequemen Zugabteil geträumt. Aber weil Heppi nichts gesagt hatte, hatte ich nicht aufgegeben.

Rückblickend gab es für mich nichts an der Reise auszusetzen, sie war traumhaft verlaufen. Aber was würde ab morgen sein? Ein Ziel erreicht zu haben, bedeutete, dass man ab da keins mehr hatte.

23

Damit hatten wir nicht gerechnet. Die Pension Maison Marielle befand sich auf einer Anhöhe, etwa sieben Kilometer vom Stadtzentrum Nizza entfernt. Die letzten Meter über die ansteigende Straße nahm ich den Turbogang zu Hilfe. Als wir um die Kurve bogen, sah ich sofort die weiße Fahne, vielleicht war es auch ein Bettlaken. Es hing an einem mannshohen Gittertor, an dem rote und blaue Luftballons befestigt waren. Auf der Fahne prangten silberne Buchstaben in einem roten Herz: *Bienvenue Maman & Thea!*

Mir kamen die Tränen. Das war ja nett!

Heppi sprang von ihrem Bike wie ein junges Ding, stellte es ab, lief auf einen breitschultrigen blonden Mann zu und fiel ihm weinend in die Arme. Das war also ihr Sohn Daniel. Folglich war der schwarzhaarige, zierliche Typ neben ihm Max. Der umarmte mich, als würden wir uns ewig kennen, dann tauschten wir die Männer. Daniel drückte mich, Heppi drückte Max, wir heulten alle vier und führten uns auf, als wären wir verrückt geworden.

»Wir haben doch nicht die Tour de France gewonnen«, lachte Heppi unter Tränen.

Daniel und Max schnappten unsere Räder und schoben sie durch das Tor auf einen kahlen, gepflasterten Platz, der vor einer gewiss drei Meter hohen Mauer aus Bruchsteinen lag.

Links führten ausgetretene Stufen hinauf zum Maison Marielle.

Das alte Steinhaus war an den Hang gebaut und viel größer, als ich es mir anhand der Fotos im Internet vorgestellt hatte. Ein Balkon mit einem Eisengeländer ging über die ganze Breite, bodentiefe Fenster wurden von grünen Läden flankiert. Darunter lag eine großzügige Terrasse, die mit einem Klapptisch und vier Plastikstühlen nur spartanisch möbliert war. Neben dem Haus gab es zwei kleine Bungalows, deren Fensterläden geschlossen waren.

Wir gingen ins Haupthaus und standen in einer Diele mit Schachbrettfußboden, einem Kronleuchter, einer antiken Standuhr und einer Treppe, die aus demselben dunklen Holz war wie die antiken Türen.

»Ich schlage vor, ihr geht in eure Zimmer, dort könnt ihr duschen, auspacken und euch umziehen. In der Zeit bereiten wir was zu essen vor«, sagte Daniel. Er hatte den Arm um seine Mutter gelegt, und obwohl Heppi gewiss nicht klein war, passte sie unter seine Achsel. Daniel hatte dichtes blondes Haar, seitlich schnurgerade gescheitelt, grüne Augen mit langen blonden Wimpern und den gleichen Mund wie Heppi. Für mich sah er aus wie ein Finanzbeamter mit dem Körper eines Bodybuilders.

Max hingegen war mittelgroß, schlank und drahtig, mit schwarzen Locken und samtbraunen Augen. Hätte er eine Baskenmütze auf dem Kopf und eine Zigarette im Mundwinkel gehabt, wäre er der Klischeefranzose schlechthin gewesen, dachte ich. Beide Männer trugen weiße Leinenhemden über ihren Jeans.

»Wirr trreffen uns in einer alben Stunde im *salle à manger*!«, sagte Max mit rollendem R und wies auf eine offene Tür.

Heppi und ich schauten in einen langen Raum, an dessen Wänden goldene Prunkrahmen hingen. Es waren nur Rahmen, bilderlos, in unterschiedlichen Größen, sie waren exakt symmetrisch angeordnet.

»Heilandsack, das ist ja mal 'ne Tafel!«, entfuhr es Heppi.

Max erklärte in fehlerfreiem Deutsch mit charmantem Akzent: »Wirr aben diese zwei Gesindetische im Antik-Andel gefunden, dann aben wirr sie aufgearrbeitet und zu dieserr errlischen Tafel gemacht.«

Rasch zählte ich achtzehn Stühle, keiner sah aus wie der andere, sie waren aber alle aus dunklem Holz und mit demselben grünen Satin bezogen.

Auf dem Tisch war eine Decke gekonnt drapiert, mittendrin stand eine Vase mit einem bunten Blumenstrauß. Die bodentiefen Fenster wurden von Samtvorhängen in hellem Grün eingerahmt, das perfekt zur Farbe der Wände passte.

»So ein wunderschöner Raum!«, rief ich.

Daniel nickte. »Ja, er ist gut gelungen. Wir servieren das Frühstück an diesem Tisch, manchmal haben wir zwanzig Leute aus zehn Nationen.«

Ich dachte an die Räume, in denen wir in den vergangenen Wochen gefrühstückt hatten. Das hier war etwas ganz anderes. Ästhetisch, geschmackvoll und gemütlich.

»Es ist familiär bei uns. Oft sitzen wir abends bei Wein und Kerzenlicht mit den Gästen hier zusammen ...« Daniel zögerte einen Moment, bevor er weitersprach. »*Wenn* wir Gäste haben ... Aber das ist eine andere Geschichte.«

Heppi und ich bekamen zwei modern eingerichtete Zimmer mit Blick in einen ungepflegten Garten an einem Hang. Hinter Olivenbäumen, Kastanien, blühenden Sträuchern und einer ungemähten Wiese stand ein halb verfallener Holzpavillon.

Mein Duschbad war ein Traum in Schwarz und Grün, bei Heppi waren die Wände rot und die Details rehbraun. Handtücher, Rollos und Dekorationen waren auch hier farblich abgestimmt.

Daniel und Max hatten im *salle à manger*, was viel eleganter klang als »Esszimmer«, Kaffee, Crémant und Häppchen angerichtet.

Sie löcherten uns mit Fragen zu unserer Reise, wir erzählten ausführlich davon und zeigten ihnen jede Menge Fotos, die sie noch nicht bei Instagram und im Blog gesehen hatten.

Dann waren die Männer an der Reihe.

Ich erfuhr, dass Max in diesem Haus aufgewachsen war. Es gehörte ihm seit einigen Jahren, kurz danach hatte er Daniel im Internet kennengelernt.

»Es warr Liebe auf den errsten Blick!« Er lächelte seinen Mann an. »Als Daniel in meine Augen geschaut atte war isch in und weg.«

Und ich war schockverliebt in seinen Akzent und hätte Max stundenlang zuhören können.

»Woher kannst du so gut Deutsch?«, fragte ich.

Seine Großmutter war Deutsche gewesen, sie hatte ihren Mann während der Besatzung in Düsseldorf kennengelernt und war 1950 mit ihm hergezogen. »Meine Großmutter ieß Marrie Ellen, aberr ier at sie sisch Marielle genannt.«

Daher kam also der Name Maison Marielle. 2008 sei sein Vater Adam gestorben, erzählte Max. Er und seine Mutter übernahmen die Regie im Maison, bis Magda wieder heiratete und sich aus dem Hotel zurückzog. Max fasste sich plötzlich mit einer theatralischen Geste an die Stirn. »Ihrr könnt eusch nischt vorrstellen, Maman ist so eine Verrückte! Neulisch at sie gesagt, wenn sie tot ist, will sie beerrdischt werrden in ihrer Eimat, in Polen.« Er kehrte die Handflächen nach außen und zog die Schultern hoch. »*Pourquoi?* Warum, abe isch gesagt. Dorrt leben nur noch ein paarr Tanten. Maman, was willst du da?, abe isch gefrragt.«

»Heimat ist Heimat«, war Magdas lapidare Antwort gewesen. Kopfschüttelnd griff Max nach seinem Glas und trank einen Schluck Crémant.

Daniel erzählte weiter: »Nach einiger Zeit rief Magda wieder an. Sie hatte erfahren, dass man sich in Holland verbrennen und die Asche per Post verschicken lassen kann. Sie wünscht sich nun, dass ihre eine Hälfte in Polen beerdigt wird und die andere in Frankreich. Max hat gefragt: ›Welche Hälfte soll wohin?‹ Und Magda meinte: ›Kopf und Herz natürlich nach Polen, Beine und Füße nach Frankreich, mit den Beinen bin ich ja schließlich ausgewandert.‹«

Heppi und ich guckten fassungslos aus der Wäsche.

»Und wie findest du in der Asche Kopf und Füße wieder«, fragte Heppi.

»Ja!«, rief Max. »Das ist das Prroblem! Aberr Mamam sagt, das wärre dann meine Sache...« Er murmelte etwas auf Französisch, das aber im allgemeinen Gelächter unterging.

Wir plauderten lange, dabei stellte sich heraus, dass Daniel und Max sich Sorgen um ihre Zukunft machten. Kurz vor der Pandemie hatten sie viel Geld ins Maison Marielle investiert und Zimmer und Bäder aufwendig renoviert.

»Dann kam der Lockdown, wir hatten null Umsatz, aber die Kosten liefen weiter. Hier gab es nicht solche Finanzhilfen wie bei euch in Deutschland«, erzählte Daniel. »Wir mussten das Personal entlassen, jetzt finden wir niemanden mehr. Der Garten verkommt, im Haus macht Max alles allein, wir können nicht mehr alle Buchungen annehmen, weil wir die personelle Kapazität nicht haben. Während wir früher fast immer ausgebucht waren, haben wir oft tagelang keine Gäste. Im Moment zum Beispiel, die nächste Buchung ist am Freitag ...«

»Wovon lebt ihr?«, fragte ich unverblümt. Da kam in mir wohl die Sparkassenangestellte wieder durch.

»Von meinem Erbe, aber das kann nicht ewig so weitergehen ...«, sagte Daniel. Zur Not müsse er sich um eine Festanstellung in den Hotels im Zentrum bewerben, Max würde das Maison dann allein betreiben. »Aber dann können wir den Service, den wir uns auf die Fahne geschrieben haben, überhaupt nicht mehr bieten«, sagte Daniel traurig.

»Wie viele Zimmer gibt es?«, fragte ich.

»Sechs, insgesamt sechzehn Betten, wenn wir die Schlafsofas in den großen Zimmern mitzählen.«

Nach dem Essen besichtigten wir alles.

Heppi war seit der Renovierung noch nicht wieder hier gewesen. »Mit Holms Tod, dem unverhofften Geldsegen, meinem Umzug und der Pandemie war ich nicht reiselustig«, erklärte sie.

Das Maison Marielle war ein Traum. Zwar hatte ich mir die Webseite vorher angeschaut, aber die Fotos wurden dem Charme des Hauses nicht gerecht. Mir gefielen die liebevollen Details, die Blumen in den schönen Vasen, die »Lounge«, die mit gemütlichen Sesseln, Beistelltischen und

Bücherregalen wie ein Wohnzimmer eingerichtet war, die Schale mit Obst in der Diele, an der sich jeder bedienen konnte.

Daniel und Max wohnten unterm Dach in einem schicken Studio, das ich von außen dort nicht vermutet hatte. Auch die Bungalows überraschten mich: Mit ihren fünfzig Quadratmetern, dem Wohnschlafzimmer und einer Küchenzeile wären sie perfekte Ferienwohnungen. Allerdings müssten sie dringend renoviert werden, die Tapeten waren vergilbt, der Fußboden abgewohnt, die Möbel hatten auch schon etliche Jahre hinter sich. »Ohne Geld können wir sie nicht renovieren, und ohne Personal können wir sie nicht vermieten«, sagte Daniel.

Ja, da war was dran. Vielleicht war es so was wie eine Berufskrankheit, dass ich im Geiste auszurechnen begann, wie hoch ein Kredit sein müsste, um alles zu finanzieren, welche Sicherheiten vorhanden waren und wie man die Tilgung planen konnte.

In den nächsten Tagen schlief ich lange, frühstückte üppig, ging spazieren und genoss das Klima, die Sonne und das herrliche Frühlingswetter. Heppi saß morgens schon früh mit ihrem Sohn im *salle à manger*, während Max im Haus herumwuselte und putzte.

»Isch liebe es, wenn alles sauberr ist, du kannst misch Madame la Putz nennen«, scherzte er.

Das musste ich ihm lassen, das Haus war tipptopp in Schuss. In manchen Dingen nahm Max es vielleicht ein bisschen zu genau, zum Beispiel musste immer alles symmetrisch ausgerichtet sein. Im Esszimmer ging er neben jedem Sitzplatz leicht in die Knie und prüfte mit einem zugekniffenen Auge, ob sich die Stühle akkurat gegenüberstanden. Jedes Handtuch musste auf eine bestimmte Art gefaltet werden, und wie er die Betten in den Zimmern machte, war eine Wissenschaft für sich.

Ich hatte ihm gesagt, dass ich mein Bett durchaus selbst machen konnte, was er mit einer graziösen Handbewegung und dem Wort »Papperlapapp« abtat.

Für alles *im* Haus war Max zuständig, vom Tischdecken übers Frühstück zubereiten bis zum Zimmerputzen ließ er sich nichts abnehmen.

Daniel führte die Bücher, nahm Reservierungen entgegen, erledigte Einkäufe und Reparaturen.

Nur für Garten und Terrasse hatte niemand Zeit.

Am dritten Nachmittag fuhren wir mit Max und Daniel in die Stadt. In einem entzückenden Café im Stadtteil Médecin saßen wir unter gestreiften Markisen und zwischen rosa Hortensien, tranken Kir und aßen köstliche Macarons. Obwohl ich Gewusel in Städten eigentlich noch nie gewachsen war, hätte ich hier dem Treiben um mich herum stundenlang zuschauen können. Auf dem Blumenmarkt in der Altstadt konnte ich mich erst recht nicht sattsehen, am liebsten hätte ich einen Kofferraum voller Topfblumen mitgenommen und auf die kahle Terrasse vor dem Maison gestellt. Die vielen Menschen machten mir auch hier komischerweise nichts aus. Vielleicht würde ich Max und Daniel vor meiner Abreise mit einer schönen Terrassenbepflanzung überraschen, als Dankeschön für ihre Gastfreundschaft. Obwohl ich es immer wieder anbot, weigerten sie sich rigoros, dass ich für mein Zimmer bezahlte.

Wann meine Abreise sein sollte und wohin es dann gehen sollte, stand in den Sternen. Im Moment genoss ich nahezu gedankenversunken den Alltag im Maison, das seidenweiche Klima der Côte d'Azur und das harmonische Zusammensein mit Heppi, Max und Daniel.

Manchmal saß ich auf einem der alten Plastikstühle vor dem Haus, schloss die Augen, hielt mein Gesicht der Sonne entgegen und lauschte dem Wind, dem Zwitschern der Vögel, dem Sirren der Insekten. Und den Flugzeugen, die Nizza in ziemlich kurzen Abständen anflogen oder verließen. Ob eines von ihnen nach Neuseeland flog? Oder nach Frankfurt? An Neu-Isenburg vorbei? Wie wäre es mir ergangen, wenn ich nicht die Ausfahrt verpasst hätte? Wenn ich mich nicht verfahren hätte? Wenn Heppi nicht gepieselt hätte? Wäre ich am anderen Ende der Welt glücklicher gewesen als jetzt, hier, in diesem Moment unter der Sonne Südfrankreichs?

Neulich hatte ich mit Ronny telefoniert und ihm vom Maison, der schönen Gegend und den netten jungen Männern erzählt, aber er hatte meine Begeisterung nicht weiter kommentiert. Er war eben immer beschäftigt. *Busy.*

Eines Morgens wurde ich durch Hämmern und metallische Geräusche geweckt.

Ich reckte mich, stand auf und schaute aus dem Fenster.

Daniel schraubte unten auf der Terrasse etwas zusammen, ein futuristisch aussehendes, riesiges Ding aus Metall.

»Was baust du da? Einen Iglu aus Aluminium?«, rief ich.

Er sah mich am Fenster stehen und winkte. »Das wird eine Fahrradgarage! Damit die Räder im Trockenen stehen. Außerdem will ich Ladestationen für E-Bikes installieren.«

Was für eine tolle Idee, dachte ich und schaute spontan in den blauen Himmel. Hatte ich in Nizza überhaupt schon eine einzige Wolke gesehen? Konnte es in diesem Paradies regnen?

Als ich die Treppe hinunterging, hörte ich fremde Stimmen, sie kamen aus dem *salle à manger*. Ich schaute in die Küche, Max holte gerade ein Blech mit kleinen, frisch gebackenen Brioches aus dem Backofen.

»Wer ist da?«, fragte ich und wies mit dem Kopf zum Esszimmer.

Er verteilte die duftenden Brioches auf zwei Brotkörbe, hüpfte von einem Bein aufs andere und stieß zischende Laute aus. »Oh, *merde*, das ist so eiß! Das sind Gäste, Chérie, wirr sind nämlisch so eine Art Otel!« Er grinste frech. »Sie sind gesterrn spät angekommen. Und eute morrgen um sieben kamen zwei spontan und aben gefragt, ob wirr ein Zimmer aben, sie aben la Maison bei eusch auf Instagram entdeckt und wollen eine Nacht bleiben.« Er nahm die Brotkörbe, strahlte mich an und gab mir im Vorbeigehen einen Kuss auf Wange. »Komm mit, Chérie, der Café steht eiß und starrk für disch an deinem Platz!«

Ich folgte ihm ins Esszimmer. Es war ungewohnt, dort sechs Fremde sitzen zu sehen. Gut gelaunt schmetterten sie mir ein freundliches »*Bonjour, Madame*« entgegen, und ich antwortete souverän mit: »*Bonjour tout le monde!*«

Schnell stellte sich aber heraus, dass die vier »Reservierten« Schweizer und die beiden anderen Deutsche waren, sodass wir uns unterhalten konnten. Es ging zu wie in einer Familie: Man reichte sich die Butter, das Salz, den Schinken und redete übers Wetter und die Urlaubspläne.

Max setzte sich zu uns, trank Kaffee und strahlte alle an. »Es ist ehrlisch errlisch, dass die Bude wieder voll ist! Isch liebe es.«

Das sah man ihm an.

Die Deutsche stellte sich als Kathi vor. »Aber an eurem Webauftritt müsst ihr noch arbeiten, es ist hier viel schöner als auf den Bildern. Die Zimmer und die Bäder sind ein Traum, das Frühstück auch, aber ...« Sie drehte sich zum Fenster und wies nach draußen: »Da ist noch viel Luft nach oben! Bei dem Wetter hätte ich gern draußen auf der Terrasse gesessen, wenn ich das so sagen darf.«

In diesem Moment nistete sich ein Gedanke bei mir ein. Er wurde intensiver und stärker, entwickelte sich in den nächsten Minuten zu einer Idee. Im Laufe des Tages wurde er zu einer Vision und dann zu einem verwegenen Plan, den ich aber erst mal für mich behielt.

24

»Thea! Komm bitte mal rauf, ich muss dir was zeigen!«, rief Heppi. Sie stand oben auf dem Balkon und hielt ihr Handy in der Hand.

Ich saß auf meinem Lieblingsplatz auf der Terrasse und hatte meinen Plan in Gedanken weitergesponnen. So kreativ war ich noch nie gewesen, jeden Tag fiel mir etwas Neues dazu ein.

»Was ist denn?«

Lachend rief sie: »Kann ich nicht laut sagen, komm, ist ein Frauenthema!«

Sie saß mitten auf ihrem Bett, hatte ihre Haare mit einem bunten Tuch aus dem Gesicht gebunden und grinste von einem Ohr zum anderen. »Guck dir das an!«, sagte sie und hielt mir ihr Smartphone entgegen. »Ich habe ihn gefunden!«

Ich schaute auf den Bildschirm und sah einen älteren Mann mit Glatze, Doppelkinn und Dreitagebart. Er war braun gebrannt, trug ein helles Hemd und grinste mit weißen, dominanten Zähnen in die Kamera.

Ich sah sie fragend an. »Gefunden? Wer ist das?«

Heppi ließ sich auf den Rücken fallen und streckte wie ein großer Käfer Arme und Beine in die Luft. »Das, meine Liebe, ist Rüdiger! Rüdiger Borsutzky! Er ist bei Facebook!«

Es dauerte einen Moment, bis mir einfiel, woher ich den Namen kannte. Ich nahm ihr das Handy aus der Hand. »Klar. Rüdiger aus der Tropfsteinhöhle. Der sieht wirklich aus wie Marc Bolan, die langen schwarzen Locken, die blauen Augen, und dieses Lächeln ... es erinnert mich ein bisschen an ...« Ich tat so, als müsste ich überlegen. »Wie hieß noch mal diese Serie, in der ein Junge zu seinem Pferd sagte: ›Fury, wie wär's mit einem kleinen Ausritt!‹ Und dann hat der Gaul gewiehert und ...«

Ich duckte mich, weil Heppi mit dem Kissen nach mir schlug. »Er ist es, Thea. Auch wenn er sich verändert hat. Wir werden alle nicht jünger. Aber dass ich ihn gefunden habe, ist gar nicht der Brüller, sondern dass er in Italien lebt! Deswegen ist er nie zu den Klassentreffen gekommen.«

Ich setzte mich auf ihre Bettkante. »Deine Euphorie kann ich nicht teilen.«

Wieder grinste sie. »Rüdiger ist vor vielen Jahren ausgewandert und lebt in Turin. Ich hab ihn gegoogelt. Er hat eine Firma, er vermittelt Industrieimmobilien. Und weißt du, was das Allergeilste ist?«

(Sie sagte wirklich »das Allergeilste«!)

Ich schüttelte den Kopf.

»Er ist Witwer! Ist das nicht toll?«

»Also wirklich, Heppi, ich weiß nicht, ob er das toll findet«, schnaubte ich.

»Das weiß ich auch nicht, aber ich habe ihn vor drei Tagen angeschrieben, er hat direkt geantwortet. Stell dir vor: Er hat sich sofort an mich erinnert!«

»Und deswegen bist du so neben der Spur? Weil er dich nach all den Jahren erkannt hat?«

Heppi verdrehte die Augen. »Nein! Weil er in Turin lebt!«

Ich stand wirklich auf der Leitung. »Ja, und?«

»Mensch, Thea, das ist quasi um die Ecke. Wenn ich mit dem Rad an der Küste entlangfahre und es langsam angehen lasse, bin ich in vier Tagen da!«

Ich starrte sie fassungslos an. »Was willst du da? Du hast den Typen seit vierzig Jahren nicht gesehen und willst zu ihm radeln? Warum? Du kennst ihn doch gar nicht wirklich!«

»Nicht kennen, also das kannst du so nicht sagen. Wir haben gestern und vorgestern Nacht stundenlang telefoniert. Es war, als hätten wir uns nie aus den Augen verloren!«

»Heppi! Was hast du eingenommen? Bist du von allen guten Geistern verlassen? Er hat dich damals sitzen lassen wegen einer Tussi aus der Parallelklasse.«

»Die hat er sogar geheiratet!«

»Ach, und die ist jetzt tot oder was?«

»Nein, von ihr ist Rüdiger geschieden, und von seiner zweiten Frau, einer Italienerin, auch. Nur die dritte ist gestorben.«

»Dreimal verheiratet ... Heppi!«

Sie lächelte auf eine Weise, die mich ahnen ließ, wie hübsch sie als junges Mädchen ausgesehen haben musste. »Du, ich habe Zeit, ich bin neugierig, und ich brauchte ein neues Ziel. Seit heute Nacht heißt es Turin. Ich buche mir gleich Unterkünfte für die Tour, und natürlich werde ich auch in Turin im Hotel und nicht bei ihm übernachten. Ganz blöd bin ich auch nicht.« Ihre Miene wurde ernst. »Thea, ich weiß, dass das alles verrückt klingt, aber – ist doch egal! Ich fühle mich auf einmal total jung. Das mag ich. Und heute Nachmittag gehe ich zum Friseur!«

Ich kletterte aufs Bett und umarmte sie. »Das gönne ich dir von Herzen! Aber du musst bitte vorsichtig sein. Du weißt, wie Männer sein können. Und wie schnell verfällt man in alte Muster! Du hast mir erzählt, dass es dein Lebensinhalt gewesen ist, Holm zu gefallen. Jetzt willst du einen wildfremden Typen besuchen und gehst seinetwegen sogar zum Friseur? Färbst du sie wieder rot?«

Heppi verdrehte die Augen. »Meine Güte, du tust so, als wäre es ein Verbrechen, dass ich mal wieder einen Anflug von Eitelkeit habe! Nein, ich färbe sie nicht. Ich lasse die gefärbten Spitzen abschneiden, damit ich nicht mehr wie 'ne Brockenhexe aussehe. Und du musst auch keine Angst haben, dass ich die Radtour im engen Rock mit hohen Hacken mache!«

25

An jenem Donnerstag Ende Mai war ich dabei, eins der Hochbeete, die Daniel in den letzten Tagen auf der Terrasse aufgebaut und mit Erde hatte füllen lassen, zu bepflanzen. Als ich ihm angeboten hatte, die Bepflanzung zu übernehmen, hatte er freudestrahlend zugestimmt. Obwohl es erst halb zehn am Vormittag war, fand ich es ziemlich heiß. Montag war ich wieder mit dem Rad zum Markt in die Altstadt gefahren, war zwischen den Ständen mit Trödel und Antiquitäten gebummelt, hatte mir Postkarten und Werbeplakate angeschaut und mich über Kitsch, Kunst, Schmuck und Schnickschnack gefreut, der dort angeboten wurde. An einem Klamottenstand hatte ich zwei weite, kniekurze Kleider gekauft, ein knallblaues und ein rotes, und einen Strohhut, den ich draußen dringend brauchte, um keinen Sonnenstich zu bekommen.

Heute trug ich das rote Kleid, den Hut, Flipflops und Gummihandschuhe, als Ronny mir eine Nachricht schickte. Ich hatte seit ein paar Tagen nichts von ihm gehört und freute mich über ein Lebenszeichen.

Guten Morgen, können wir heute sprechen?

Ja, sicher. Kannst mich jederzeit anwählen, bin im Garten!

In welchem Garten?

Ich kümmere mich um die Terrasse und den Garten am Maison. Hier verwildert alles. Daniel und Max finden dafür kein Personal.

Ich rufe jetzt an.

Ronnys Gesicht erschien auf dem Bildschirm, er sah umwerfend aus. Der Vollbart war dicht, grau meliert und sorgfältig gestutzt, er trug das Haar ein bisschen länger, die Schläfen waren komplett silbergrau. Er hatte einen hellen Mantel an, offenbar war es in Paris wesentlich kühler als hier.

»Gut siehst du aus!«, sagten wir im selben Moment und lachten.

Wir redeten zuerst über die Kinder und über seinen letzten Job, ein Fotoshooting für ein Fitnessstudio. Dann druckste er ein wenig herum.

»Also, Thea, weswegen ich anrufe ... ich habe ein paar Tage frei und dachte, ich komme runter nach Nizza. Sonne tanken, ausruhen, meine Frau besuchen.«

Warum bekam ich denn jetzt Herzklopfen? War doch normal, dass wir uns nach all den Wochen mal sehen konnten, oder? Schließlich war viel geschehen. Wollte ich ihn treffen? Natürlich!

»Ja«, sagte ich, »super. Wann denn und für wie lange?«

»Passt es dir heute Abend, oder wäre das ungelegen?«

Mein Puls ging noch schneller. Heute? Heute! »Was? Heute Abend schon?«

»Ja. Ich hab erst überlegt, mit dem Zug zu fahren, das dauert sieben Stunden, aber wenn ich fliege, kann ich heute Abend da sein und vier Tage bleiben.«

Das klang aber nicht nach einer spontanen Idee, sondern nach einem Plan. Hatte er schon länger vorgehabt, mich zu besuchen? Warum hatte er nichts gesagt? Warum so plötzlich? Heute!

»Ronny, du weißt, was ich von innereuropäischen Flügen halte«, begann ich. Aber dann stutzte ich und fuhr fort: »Aber manchmal müssen Ausnahmen eben sein. Ja, klar passt es mir, ich freue mich! Dann zeige ich dir alles und erkläre dir, was wir hier vorhaben, und du lernst die Jungs kennen.«

Wenn ich über Daniel und Max sprach, nannte ich sie immer »die Jungs«, auch wenn sie auf die vierzig zugingen.

Ronny lächelte in die Kamera. »Okay, dann buche ich und melde mich per WhatsApp, wann ich lande!«

Ich legte auf und bemerkte, dass ich übers ganze Gesicht strahlte.

Als Heppi drei Minuten später anrief, grinste ich immer noch.

Sie war vorgestern wieder in Turin angekommen. Seit ihrem ersten Besuch im vergangenen Monat pendelte sie zwischen Nizza und Turin hin und her, aber nicht mit dem Fahrrad, sondern mit dem Zug. Seit Heppi und Rüdiger sich wiedergesehen hatten, trafen sie sich so oft wie möglich.

»Hier ist die Blumenfee aus dem Maison Marielle, die Terrasse wird ein Traum!«, meldete ich mich, als ich ihren Namen auf dem Display sah.

Sie lachte. »Oh, haben wir heute einen Clown gefrühstückt, oder warum bist du so gut drauf?«

»Ronny hat angerufen. Er kommt heute Abend und bleibt ein paar Tage, ich hab gerade aufgelegt.«

Entrüstet rief Heppi: »Thea! Du hast ein Date mit deinem geschiedenen Mann? Na hör mal! Regel Nummer eins: Kein Sex mit dem Ex!«

»Na, das sagt die Richtige! Nur fürs Protokoll: Ronny und ich sind nicht geschieden, sondern nur getrennt. Und um Sex geht es bei uns weiß Gott nicht. Aber wir sind natürlich immer noch Eltern und Großeltern, da gibt es viel zu erzählen. Apropos, wie geht es Fury?«

»Du sollst Rüdiger nicht so nennen!«, rief sie. Geduldig hörte ich mir ihre Schwärmerei an, sie schien tatsächlich in Rüdiger verknallt zu sein. Ich war mir dennoch nicht sicher, ob es was Ernstes war. Während der Radreise hatten wir über ihre unglückliche Ehe mit Holm gesprochen; ich hatte nicht den Eindruck gehabt, dass Heppi je wieder eine Beziehung wollte.

»Heute gehen wir ins Musical, Rüdiger hat Karten besorgt«, sagte sie.

»Ich wusste gar nicht, dass du Musicals magst?«

»Nee, mag ich auch nicht. Ich hab erst ein einziges gesehen, *Phantom der Oper* in Hamburg in den Neunzigern. Dabei ist mir was Unglaubliches passiert, Thea, so was kannst du dir nicht ausdenken! Eine schräge Geschichte! Hast du Zeit, dann erzähle ich sie dir.«

»Wenn es dich nicht stört, dass ich dir über den Lautsprecher zuhöre und dabei meine restlichen Blumen einpflanze, kannst du gern erzählen.«

Heppi begann: »Meine Freundin Susanne hatte mich eingeladen. Ich hatte mich richtig in Schale geworfen, schwarze Steghose und Stulpenstiefel, das war damals total modern. Die Stiefel waren aus schnodderigem Wildleder und hielten an meinen Beinen nur, wenn ich sie in den Kniekehlen mit Ärmelhaltern befestigt hatte. Dazu trug ich einen roten Gehrock mit schwarzen Samtknöpfen. Typisch Neunziger eben. Unter dem Gehrock hatte ich einen Body an statt Bluse. Das wird gleich noch wichtig. Im Foyer tranken Susanne und ich ein Glas Sekt, und ich aß ein Lachsbrötchen. Dann gingen wir in den Saal. In dem Theater hatten sie die Ränge steil angelegt, so ähnlich wie im Stadion, aber noch viel steiler. Schöne Musik war das, sie gefiel mir wirklich. In der Pause gab es im Foyer noch ein Glas Sekt. Dann passierte es.«

Heppi fing bei der Erinnerung an zu lachen. Sie brauchte ein Weilchen, bis sie sich beruhigt hatte und weiterreden konnte.

Ich klopfte derweil die Erde um die Mittagsblumen fest.

»Ich musste aufs Klo«, erklärte Heppi. »Plötzlich, unerwartet und so dringend wie noch nie. Ich stellte das Glas ab, rannte zum Klo, alles war besetzt, ich rüttelte an den Türen, die letzte ging endlich auf. Ich hab die Frau zur Seite geschubst, die Tür zugeknallt, abgeschlossen, meine Handtasche an den Türgriff gehängt, den Klodeckel aufgeklappt, den Gehrock hinten hochgerissen. Dann ging ich in die Hocke. Zu spät. Der Body, Thea! Ich hatte mir in den Body geschissen.«

»Oh mein Gott«, schrie ich auf, »ich will es nicht, aber ich sehe es vor mir!«

»Vor lauter Zittern kriegte ich die blöden Samtknöpfe vom Gehrock nicht auf. Hinten hielt ich die lange Jacke mit einer Hand fest, damit sie nicht in die Schusslinie kam. Glaub mir, ich hatte Mühe, meinen Hintern mittig über die Schüssel zu platzieren, damit nix danebenging. Thea, alles einhändig und hockend!«

Ich wischte mir mit dem Gartenhandschuh die Lachtränen ab. »Du solltest im Kabarett auftreten!«, keuchte ich.

»Das geht ja noch weiter! Endlich hing die Jacke am Haken. Als Nächstes musste ich raus aus dem Body, dafür aber zuerst die Stiefel ausziehen. Also fummelte ich die Ärmel-

halter von den Stulpen und zog die elend langen Dinger aus.
Dann die Hose. Den Body. Dann ertönte der Gong. Zweimal.
Ich hab fieberhaft überlegt, wie und wo ich den Body aus-
waschen konnte. Dafür hätte ich nackt in den Waschraum
gehen müssen! Also schmiss ich das vollge... das Ding in
den Bindeneimer, da hörte ich draußen Susanne: ›Heppi?
Komm, es geht weiter! Was machst du denn da so lange?‹
Ich saß immer noch pudelnackig in der Kabine. Das musst
du dir vorstellen, ich war so in Not! Wie sollte ich wieder in
die Vorstellung gehen? Ohne Body? Nackt unterm Gehrock,
ungewaschen in der Steghose? Susanne verließ den Raum.
Es hörte sich an, als wäre ich allein. Ich warf den Gehrock
über, rannte zum Waschbecken, machte ein paar Einweg-
handtücher nass und flitzte zurück in die Kabine.«

Inzwischen lag ich mit dem Oberkörper im Blumenbeet
und lachte so sehr, dass ich einen Schluckauf bekam.

»Ich huschte zu meinem Platz. Ich hatte das Gefühl, alle
konnten riechen, dass ich wieder da war. Für den Fall aller
Fälle räumte ich ein Fach in meiner Handtasche frei. Ich
dachte noch, was, wenn ich sie nicht treffe und die steilen
Ränge runterkotze? Mir war noch kodderig, aber es war
wirklich vorbei. Auf der Rückfahrt hab ich Susanne erklärt,
was passiert war. Wir tippten auf das Lachsbrötchen. Es
ging mir dann wieder gut, als wäre nichts gewesen. Aber
nur, bis ich zu Hause war.« Heppi kicherte. »Holm lag im
Bett und beobachtete mich beim Ausziehen. Erst als er sagte: ›Wieso kommst du ohne Unterwäsche nach Hause?‹,
merkte ich, dass er noch wach war. Bis zum Morgen habe
ich versucht, ihm zu erklären, was passiert war. Ich habe
Daniel geschworen, dass ich die Wahrheit gesagt habe, aber
Holm hat sie mir nie geglaubt.«

Als ich wieder normal atmen konnte, stammelte ich hicksend: »Thea, denk dran, wenn du heute Abend mit Fury im Foyer bist: Lachsbrötchen ist tabu!«

»Du sollst ihn nicht Fury nennen!«, schimpfte sie noch mal. »In echt sind die Zähne gar nicht so schlimm!«

»Es ist egal, wie groß die Zähne sind, Hauptsache ihr seid happy, Heppi!«, sagte ich.

Wir legten auf.

Ich hielt die Luft an und zählte bis fünfzig, um den Schluckauf loszuwerden.

Als das Wort »happy« in mir nachklang, fiel mir unsere erste Begegnung ein, im Februar, im Matsch, nach dem Crash am Holzstapel nahe Neu-Isenburg. Ich hatte Heppi für ein Alien gehalten.

War das wirklich erst ein Vierteljahr her? Meine Güte, seitdem hatte sich alles geändert!

Vor dem Crash war ich auf dem Weg nach Neuseeland gewesen, danach landete ich in Neu-Isenburg, und nun war ich in Nizza. Vielleicht waren Orte, die mit einem N begannen, zurzeit mein Schicksal? Hier wollte ich in jedem Fall noch bis zum Winter bleiben. Mindestens.

In wenigen Stunden würde Ronny am Flughafen landen. Ronny, der eigentlich in Paris Kunst, Kultur und Lebensart genießen wollte und stattdessen Werbung für Hörgeräte und Seniorenfitness machte.

Rasch pflanzte ich die restlichen Blumen ein und wässerte sie kräftig. Dann drapierte ich Harke, Gießkanne und Handschuhe vor einem Blumenbeet, schoss ein Foto von den gelben Freesien, den Mittagsblumen und dem roten Mohn und lud es auf Instagram hoch. *Magie der Blumen im Maison Marielle* betitelte ich es.

Mein Zeug räumte ich in den Verschlag, der sich in der Mauer vor dem Haus befand. Auch davon machte ich ein Foto, die angerostete Schubkarre mit all dem Gerät sah vor den alten Bruchsteinen mit den Spinnweben wie ein Stillleben aus.

Daniel war hinten im Garten, stand in Jeans, barfuß und mit nacktem Oberkörper auf einer Leiter und renovierte den Pavillon, der zu einem schattigen Plätzchen für die Gäste werden sollte. Er hatte ihn regelrecht entkernt, das Dach repariert, marode Stellen im Holz ausgebessert, jetzt bekam die Hütte einen neuen Anstrich.

»Bleib so, ich mach ein Foto für Instagram«, rief ich und zückte mein Handy.

Daniel nahm die Schultern zurück, streckte den Po raus, hob den Arm, tippte mit dem Pinsel an das Holz und spannte die Bizeps an. »Beeil dich, ich kann nur dreißig Sekunden Bauch einziehen!«, presste er mit angehaltenem Atem hervor.

Er war wirklich fotogen. Ich lud auch dieses Foto in die Story bei Instagram.

»Kannst du mich nachher zum Flughafen fahren? Mein Mann kommt heute Abend«, sagte ich.

Daniel ließ den Arm sinken, entspannte sich wieder, tauchte den Pinsel in den Farbtopf und strich die überflüssige Farbe am Rand ab. »Dein Mann? Ich dachte, ihr seid geschieden?«

»Nein, nur getrennt!«

»Warum kommt er?«

»Nur so, um mich zu besuchen. Wir gehören immer noch zur selben Familie. Er bleibt vier Nächte. Welches Zimmer kann er haben?«

Daniel hielt in seiner Bewegung inne und schüttelte den Kopf. »Er muss in deinem Zimmer schlafen! Wir sind voll, sogar Mamas Zimmer haben wir für ein paar Tage vermietet, Max ist gerade dabei, ihre Sachen zusammenzupacken.«

»Äh, in meinem Zimmer? Ronny und ich schlafen aber eigentlich getrennt ...«, sagte ich lahm. Zugegeben, das hörte sich komisch an.

»Geht nicht anders, Thea. Seit du die Stories postest, läuft der Laden. Und weil du uns im Garten und bei den täglichen Abläufen so tatkräftig unterstützt, können wir alle Buchungen annehmen.«

»Ich weiß, das ist ja Sinn der Sache ... aber ...«

Daniel überlegte: »Wenn es nicht so kurzfristig wäre, könnten wir ihm einen Bungalow herrichten, aber da stehen die Terrassenmöbel drin.«

Vier alte, verschnörkelte Tische und sechzehn passende Stühle hatten wir für kleines Geld im Internet gefunden, die Metallgestelle mussten abgeschliffen und neu lackiert werden.

Was soll's, dachte ich, dann musste Ronny eben in meinem Bett schlafen. Er war ja kein Fremder. Dass ich ein leichtes Kribbeln im Magen verspürte, lag sicher bloß daran, dass ich auf diese Situation nicht vorbereitet war.

»Fährst du mich zum Flughafen? Ich trau mich mit eurem Auto nicht durch den verrückten Verkehr!«

Daniel nickte. »Klar.«

Ich ging ins Haus, um Max Bescheid zu sagen, dass wir noch einen Gast bekommen würden.

»Oh, là, là, Monsieur kommt in unserre bescheidene Ütte?« Max ging nicht weiter darauf ein, stattdessen reichte er mir einen Teller mit einer Art zerpflücktem Pfannkuchen. »Probierren!«

»Köstlich, was ist das?«

»Socca, Nationalgerrischt. Isch abe die Rezepte von meiner Großmutter alle sorrtiert und probierre, ob sie für unseren Plan gut sind.«

Wir hatten neulich zusammengesessen und gemeinsam überlegt, wie man neue Gäste anlocken könnte. Die Idee: Wir wollten unter anderem eine Auswahl heimischer Snacks anbieten, die sich schnell zubereiten ließen.

»Isch abe eine Liste gemacht und mit Google übersetzt in Deutsch, Englisch und Italienisch.«

Es sollte also Socca geben, Pfannkuchen aus Kichererbsenmehl, die Max in einer Kupferpfanne zubereitete. Man musste sie heiß aus der Hand essen, sie wurden nur mit Pfeffer gewürzt.

Seine »Tapenade nach Mariellas Art« hatte ich gestern probiert, eine Paste, die er aus schwarzen Oliven, Kapern und Sardellen hergestellt hatte. Dazu wollten wir knuspriges Baguette und Wein servieren. Außerdem plante Max, Pissaladière anzubieten, Zwiebelkuchen, den er mit fein geschnittenen Zwiebeln, pürierten Sardellen und schwarzen Oliven belegte. Und natürlich konnte er immer ruckzuck einen Salat Niçoise zubereiten. Die Zutaten – Paprika, Tomaten, Sellerie, Eier, schwarze Oliven, Zwiebeln, Artischocken und dicke Bohnen – hatten wir immer im Haus.

Aufmerksam folgte ich jedem seiner Handgriffe. »Dann muss ich dich nur noch beim Zubereiten jeder Speise filmen, und die Videos kommen ins Netz. Außerdem mache ich Fotos von den Gerichten, und dann können wir die Speisekarte anbieten.«

Unser Plan nahm Gestalt an.

26

Ich erblickte Ronny sofort, als er die Halle betrat, wie üblich überragte er die meisten Mitreisenden. Auch er entdeckte mich, ging einen Schritt schneller, die letzten Meter lief er.

Dann fielen wir uns in die Arme.

Wie vertraut er sich anfühlte.

Wie sehr er nach zu Hause roch.

Wie schön es war, ihn zu spüren.

Warum kamen mir denn jetzt die Tränen?

»Es tut gut, dich zu sehen«, flüsterte er in mein Ohr.

Warum bekam ich beim Klang seiner Stimme Gänsehaut?

Er ließ mich schließlich los, schob mich mit ausgestreckten Armen von sich und schaute mich an. Dann lächelte er. »Nicht zu fassen, wie toll du dich in den drei Monaten verändert hast!«

»Verändert?« Ich trug das blaue Kleid, eine Kette aus bunten Holzperlen und Sneakers. So was Besonderes war das ja nun nicht. Meine Haare hatte ich einfach nach hinten gekämmt.

»Du hast abgenommen, das merk ich doch sofort. Du fühlst dich durchtrainiert an. Außerdem bist du schön braun, das steht dir!«

»Ja, sicher, wenn du vier Wochen lang mit dem Rad unterwegs bist, das merkst du schon. Und ich bin jeden Tag draußen, die typische Sparkassenblässe hab ich hier natürlich nicht.«

Neben uns räusperte sich jemand.

Ich lachte. »Darf ich vorstellen, das ist Ronny, Ronny, das ist Daniel Heppner, Heppis Sohn.«

Daniels bewundernder Blick entging mir nicht.

Auf dem Weg zum Auto plauderten Ronny und Daniel über den Flug, das Wetter in Paris und Nizza, während der Fahrt redeten sie über den Verkehr.

Als rechts von uns das Meer auftauchte und tiefblau in der Sonne glitzerte, seufzte Ronny. »Ist das schön!«

»Wir sind gleich auf der Promenade des Anglais, es soll die schönste Küstenstraße Frankreichs, wenn nicht sogar die schönste in ganz Europa sein«, erklärte Daniel.

An einer roten Ampel mussten wir halten. Das Meer war wenige Meter entfernt, nur der Grünstreifen mit den Palmen, ein Radweg und die Fußgängerpromenade trennten uns vom Wasser.

»Ist es noch weit bis zum Maison Marielle?«, fragte Ronny.

Daniel schaute ihn im Rückspiegel an. »Wenn wir gut durchkommen, zwanzig Minuten.«

»Und zu Fuß?«

»Acht Kilometer, kommt darauf an, wie rüstig du bist!«

»Ich möchte laufen! Thea, kommst du mit? Schnell, bevor die Ampel grün wird!«

Ehe ich nachdenken konnte, sprangen wir aus dem Wagen und winkten Daniel zu, der grinsend davonfuhr.

»Es ist warm hier!« Ronny zog seinen roten Pullover aus und hängte ihn sich über die Schultern. Jetzt musterte ich ihn demonstrativ und stieß einen leisen Pfiff aus. Er winkelte den Arm an, nahm eine übertriebene Modelpose ein und drehte sich. Er trug Jeans, schwarze Sneakers und ein schwarzes Shirt.

»So lässig in der Öffentlichkeit? Sieht ungewohnt, aber gut aus«, bemerkte ich.

»Ich hab dich auch noch nie im Flatterkleid mit Turnschuhen gesehen! Steht dir.«

»Wenn wir mit den Komplimenten fertig sind, können wir uns ja die Gegend ansehen. Du wolltest schließlich zu Fuß gehen, was man dick im Kalender anstreichen sollte. Jetzt guck auch!«

Wir lehnten uns an das Geländer, das den Strand vom Fußweg trennte. Es war wirklich herrlich – die hohen Palmen, die seidenweiche Luft, die herrschaftlichen Hotelpaläste, das azurblaue Meer.

»Grandios! Als wären wir in der Kulisse eines Fünfzigerjahre-Films. Ich hab das Gefühl, gleich kommt Grace Kelly drüben aus dem Hotel.« Ronny zeigte hinüber zu dem Prunkbau, in dem sich seit Jahrzehnten das weltberühmte Hotel Negresco befand. »Über den Dächern von Nizza … den Film muss ich mir demnächst unbedingt noch mal anschauen, aber dann mit ganz anderen Augen.«

»Jetzt muss ich mal mit meinem Wissen prahlen«, warf ich ein. »Das ist zwar der berühmteste Film über die Côte d'Azur, aber eigentlich müsste er ›Über den Dächern von Cannes‹ heißen. Hier in Nizza wurde nämlich kein einziges Dach bestiegen, Cary Grant huschte in allen Szenen auf den Dächern von Cannes herum. Aber weil den Ort damals keiner kannte, nahm man einfach Nizza in den Titel.«

Wir erreichten eine riesige weiße Pergola, die symmetrische Schatten warf. Eine Bank mit Blick aufs Meer wurde zufällig frei, wir setzten uns und schauten aufs Wasser.

Mir gingen tausend Gedanken durch den Kopf.

Ronny war hier. Mein Mann, besser gesagt, mein Quasi-Ex-Mann. Ich hatte gedacht, dass ich ihn nicht vermissen würde, aber ich freute mich so sehr, ihn zu sehen, dass das nicht stimmen konnte. Er wollte zu Fuß bis hinauf zum Maison Marielle gehen, das war befremdlich. Bisher hatte ich ihn mit Engelszungen überreden müssen, überhaupt mal mit mir spazieren zu gehen, und jetzt tat er es freiwillig. Die sportlichen Klamotten, der gepflegte, dichte Bart, die längeren Haare, das Lederarmband an seinem Handgelenk. Er war mein Mann, mein Ronny, und er war es irgendwie doch nicht.

»Du trägst unseren Ehering noch«, bemerkte ich.

Er schaute auf seine rechte Hand. »Ja, warum nicht.«

»Weil wir uns getrennt haben.«

»Ach, Thea, jetzt lass uns einfach die Zeit genießen, wir haben uns drei Monate nicht gesehen.« Er legte tatsächlich den Arm um mich.

Und ich ließ es geschehen. War ja auch nichts dabei. Es bedeutete nichts weiter als tiefe Freundschaft.

Ich legte meinen Kopf an seine Schulter, wie ich es schon immer getan hatte.

Lange schauten wir schweigend aufs Meer, dessen Farbe sich im Sonnenuntergang in glitzerndes Silberblau verwandelte. Weit draußen schaukelte ein Fischerboot. Am Horizont, weit hinten im Dunst, lag der Flughafen. Gerade startete wieder ein Flugzeug, angestrahlt vom Licht der untergehenden Sonne wirkte es wie ein silberner Hai am Himmel.

Ich fotografierte die Szene. »Ein wundervolles Motiv, es wird bei Instagram gut laufen«, erklärte ich.

Wir schlenderten weiter.

Ronny erzählte von der Pariser Model-WG, die er respektlos »Hühnerstall« nannte, von den Unmengen Mineralwasser, das die Mädels tranken, um den Hunger im Griff zu behalten und dünn zu bleiben. »Sie sind bildhübsch, ja, sie kennen tolle Leute, haben interessante Jobs und reisen durch die Welt, und sie verdienen gut. Aber ob sie glücklich sind? In jedem Fall sind sie oft zickig und gehen mir auf die Nerven.«

»Sagt ein Vater von drei Töchtern, der immun gegen Zickenalarm sein müsste ...«

Er blieb stehen und schaute mir in die Augen. »Bist du denn jetzt glücklich, Thea?«

»Ja. Ja, das bin ich.«

»Obwohl du nicht in Neuseeland bist?«

Ich lächelte. »Ja, obwohl ich nicht in Neuseeland bin! Schau dich um, kann es einen schöneren Ort geben? Und warte erst, bis du das Maison siehst! Ich bin mit der Terrasse fast fertig, überall stehen Kübel mit bunten Blumen, wir haben ringsum Hochbeete angelegt, die ich mit Kräutern und Blumen bepflanzt habe. Jetzt müssen wir die Gartenmöbel restaurieren und Sonnenschirme kaufen, dann können die Gäste draußen sitzen. Von der Terrasse aus hat man einen herrlichen Blick, an manchen Tagen kann man sogar das Meer sehen!«

»Du sagst immer *wir*. Kommst du mit deinen neuen Freunden gut klar?«

»Sie sind wunderbar. Wir sind ein tolles Team.«

Am Jardin Albert verließen wir die Promenade und bogen links ab.

»Du kennst dich schon gut aus«, bemerkte Ronny.

»Ich fahre jeden Tag mit dem Rad, die haben hier spitzenmäßige Radwege.«

»Früher mochtest du keine Städte, du wolltest immer nur in die Natur.«

Ich lachte. »Hier ist es anders. Keine Ahnung, ob es am Wetter liegt, daran, dass die Berge und das Meer so nah sind, oder daran, dass mir alle Menschen freundlich und entspannt vorkommen.«

Ronny nickte. »Ja, verstehe. Willst du wirklich bis zum Winter bleiben?«

»Ja, mindestens! Ich hab so viel vor. So bald wie möglich soll der Garten in Ordnung gebracht werden, noch vor August, dann haben die Franzosen nämlich Ferien, und an der Côte ist der Teufel los. Das erste Jahr nach der Pandemie und das erste Jahr, in dem Daniel und Max wieder Hilfe haben und alle Buchungen annehmen können. Um den Garten kümmere ich mich, soweit ich kann. Aber ich helfe auch beim Putzen und Frühstück. Daniel renoviert zurzeit einen alten Pavillon, der wird wunderschön, eine romantische Laube. Max kocht und brät den ganzen Tag und probiert Rezepte von seiner Oma aus. Ich dokumentiere alles für Instagram. Max will vielleicht Hobbyimker werden, damit wir eigenen Honig anbieten können. Im Winter wollen wir Marmeladen, Pesti und Früchte einwecken, dafür hab ich ja genug tolle Rezepte. Die kommen dann in der nächsten Saison auf die Speisekarte. Es wird nur eine kleine Karte sein mit landestypischen Gerichten, die man schnell zubereiten kann. Und dann müssen noch die beiden Bungalows auf Vordermann gebracht werden, damit sie nächstes Jahr vermietet werden können.«

Ronny sah mich mit großen Augen an. »Wirst du für deine Arbeit eigentlich bezahlt?«

Ich musste lachen. »Das ist keine Arbeit! Nein, ich werde nicht bezahlt, ich hab aber Kost und Logis frei. Mehr brauche ich nicht. Und wenn doch, habe ich meine Reisekasse. Ich mach das gerne, ich liebe diesen Ort.«

Er nickte. »Das verstehe ich. Und was macht deine Freundin Heppi?«

»Heppi, ja, die hat ihre Jugendliebe Rüdiger wieder getroffen. Er lebt in Turin, sie ist zurzeit bei ihm. So eine richtig schöne, späte alte Liebe ist das wohl. Aber sie will bald wieder nach Neu-Isenburg, sie hat dort auch ein Leben. Ob er mitkommt oder sie eine Fernbeziehung führen werden, das wissen sie noch nicht.«

»Und du hast keinerlei Ambitionen, in dein altes Leben zurückzukehren?«

Die Antwort fiel mir leicht. »Nein. Im Moment jedenfalls nicht.«

»Und die Kinder, fehlen sie dir nicht?«

»Nein. Nur Ilse. Sie ist in einem Alter, in dem sie sich in Riesenschritten verändert. Es ist schade, dass ich in ihrer Entwicklung so viel verpasse. Aber die Großen?« Ich schüttelte den Kopf. »Nein, sie fehlen mir nicht. Wir sind per WhatsApp immer in Verbindung. Ich bin richtig froh, dass ich mich von ihnen abnabeln kann.«

»Eigentlich nabeln sich Kinder von den Eltern ab und nicht umgekehrt«, wandte Ronny ein.

»Das haben sie getan, alle drei. Von dem Moment an, als sie in die Schule gekommen sind, wurden sie jeden Tag selbstständiger, haben sich Tag für Tag ein Stück weiter abgenabelt und von mir entfernt. Das habe ich erst nicht gemerkt, weil sie dennoch meinen Alltag bestimmt haben. Als sie erwachsen geworden waren und ausgezogen sind, habe ich mich gewundert, dass ich das eigentlich gut ausgehalten habe. Sogar als Franziska nach Schweden ging, kam ich damit klar. Aber weil ich weiterhin unbedingt gebraucht werden wollte, hab ich mich Opa Günni, Katharina und Jette quasi aufgedrängt, um zu ihrem Leben gehören zu können. Das war zu viel. Zu viel für uns alle. Ich bin ihre Mutter, nicht ihre Babysitterin, ihr Fahrdienst oder die Salatmamsell. Das ist mir klar geworden, und das müssen sie jetzt lernen. Und wenn sie mich weniger lieben, weil ich lebe, wo ich will und wie ich will, haben wir was falsch gemacht, Ronny! Mit sechzig Jahren mache ich endlich mein eigenes Ding.«

Er sah nachdenklich aus. »Woher kommt diese philosophische Erkenntnis?«

»Das hat mit Philosophie nichts zu tun. Wenn du vier Wochen lang mit dem Rad fährst, Kilometer um Kilometer, hast du viel Zeit zum Nachdenken. Irgendwann kannst du in Worte fassen, was du fühlst.«

»Und … dieses eigene Leben spielt sich jetzt in Nizza ab«, konstatierte Ronny. »Für wie lange? Wirklich nur bis zum Winter? Klingt, als könntest du es hier für immer aushalten.«

»Keine Ahnung. Für immer ist gar nichts, das weißt du selbst. Du bleibst auch nicht für immer ein Seniormodel, in ein paar Wochen bist du wieder in Bonn in deiner Sparkasse.« Plötzlich irritierte es mich, dass Ronny so interessiert an meinem Leben war. Er fragte mich seit einer Stunde mehr als in den drei Monaten zuvor. »Ist bei dir alles okay?«

Eilig nickte er. »Doch, doch!«

Wir waren am Maison angekommen, inzwischen war es dunkel geworden. Ich liebte es, wenn ich die ausgetretene Treppe neben der Mauer hinaufstieg und die Fenster im Erdgeschoss hell erleuchtet waren.

Max kam uns aus dem *salle à manger* entgegen, blieb mit aufgerissenen Augen vor Ronny stehen und rief: »*Mon Dieu!* Isch abe nischt gewusst, wie übsch du bist!« Dann schloss er Ronny in die Arme. »Erzlisch willkommen, schönerr Mann!«

Er bemerkte Ronnys verdutzte Miene und lachte. »Ja, isch weiß, ihrr seid getrennt von Tisch und Bett, aberr es ist leiderr kein Zimmerr frei! Da müsst ihrr jetzt durch.«

Ronny und ich wechselten einen Blick.

»Das schaffen wir«, sagte ich forsch. Ich hatte gewusst, dass er bei mir würde schlafen müssen, aber ich hatte nicht damit gerechnet, dass es so ein komisches Gefühl in mir auslösen würde.

Der Tisch im *salle à manger* war für vier gedeckt, von den Hotelgästen war niemand unten.

Ich ging zu Max in die Küche. Während Ronny sich oben frisch machte, brachte ich den Salat ins Esszimmer und schenkte Wein ein, Max stellte eine köstlich duftende Quiche Lorraine auf den Tisch. »Bist du sicher, dass dein Mann ne Hete ist?«

Ich lachte. »Wenn er auf Männer stehen würde, hätte ich das in den vielen Jahrzehnten merken müssen!«

Max machte eine drehende Handbewegung mit gespreizten Fingern. »Manschmal wissen die Männerr es selberr nischt. *Mon Dieu*, bei deinem Ronny ist es wirrklisch ein Jammer.«

Seine Begeisterung empfand ich als ehrliches Kompliment.

Als Ronny sich setzte, schaute er auf die Uhr. »Schon zehn ... oh. Eigentlich esse ich nach achtzehn Uhr nichts mehr ...«

Max machte große Augen. »Warrum nischt? Ast du nach derr Reise keinen Unger? Magst du keine Quiche?«

»Doch, ich bin superhungrig, und ich liebe Quiche. Aber ... ich mache Intervallfasten, das heißt, zwischen der letzten und der ersten Mahlzeit müssen sechzehn Stunden liegen.«

»Was für eine Torrturr! Aber warrum?« Max füllte ihm ungerührt eine Portion Quiche auf den Teller.

»Weil das gesund ist, dann kann sich nämlich der Darm über Nacht komplett erholen und ...«

»Chérie!«, sagte Max sanft. »Gesund, gesund! Gesund ist *savoir vivre*, gutes Essen mit Frreunden, gesund ist *toujour l'amour*. In Deutschland sagt ihr: Isch mösschte leben wie Gott in Fronkrreisch. *Alors!* Ier ist die beste Quiche, die du bis eute gegessen ast, da ist knuspriges Baguette, ier steht frischer Salat, wirr aben Wein, wirr aben Zeit, wirr mögen uns. Jetzt benimm disch nischt am errsten Abend wie ein dummes Uhn, benimm disch wie Gott in Fronkreisch!«

27

Es wurde ein Abend, an dem wir viel lachten. Nach Max' Aufforderung »Au rein, Chérie!« langte Ronny doch ordentlich zu und aß mit sichtbarem Appetit. Max beobachtete ihn die ganze Zeit. Nach einigen Minuten ließ er seine Gabel sinken und spitzte die Lippen. Ich kannte diesen Blick schon, danach ließ er meistens einen Spruch los.

Und da war er auch schon: »Mein errster Freund at gesagt: ›Wenn du wissen willst, wie ein Mann im Bett ist, schau ihm beim Essen zu. Wenn err damit schnell ferrtig ist, dauert es im Bett auch nischt lange ...‹«

»Stopp!«, rief ich lachend. »Das geht zu weit!«

Max pustete sich eine Locke aus der Stirn und aß betont langsam und grinsend weiter.

Nach dem Essen gingen Ronny und ich auf die Terrasse. Ich wollte ihm die nächtliche Aussicht zeigen, während Daniel und Max drinnen das Geschirr abräumten und für das Frühstück am nächsten Morgen eindeckten.

Dass die Gäste im Maison beim Frühstück an einem Tisch saßen, gefiel Ronny. »Wie in einer großen Familie, aber man sieht sich nach dem Urlaub nicht wieder.«

»Ja, so ist es. Jede Woche sind andere Menschen hier. So viele schöne Gespräche hatte ich beim Frühstück noch nie.

Die Leute sind entspannt und gut drauf, weil sie Urlaub haben und sich hier wohlfühlen.«

Die kühle Luft roch intensiv nach Blüten und Kräutern, der Himmel war sternenklar, vor uns im Tal lag die weit geschwungene »Bucht der Engel« mit den funkelnden Lichtern der Stadt.

Aus dem Haus hörte man leise Geschirr klappern.

Ronny gähnte. »Es ist wunderschön hier, aber langsam bin ich hundemüde. Können wir schlafen gehen? Ich schaue mir morgen alles in Ruhe an.«

Wir gingen leise, um die anderen Gäste nicht zu stören, hinauf in mein Zimmer.

Als wir die Tür hinter uns geschlossen hatten und Ronny sofort begann, sein Hemd aufzuknöpfen, musste ich schmunzeln. Er hängte das Hemd ordentlich über die Stuhllehne. Ich wusste, dass er sich jetzt auf die Bettkante setzen und die Socken ausziehen würde, bevor er wieder aufstand, um den Gürtel aus seiner Jeans zu ziehen.

Genau so geschah es. Ich lachte.

»Was ist denn?« Er öffnete seine Hose.

»Wir sind über vierzig Jahre lang jeden Abend gemeinsam ins Bett gegangen.«

»Ja, und?« Er zog die Jeans aus, legte sie auf den Stuhl und stand nun in engen schwarzen Shorts da. Er hatte wirklich eine gute Figur.

Wieder grinste ich. »Ich kenne jeden deiner Handgriffe und die Reihenfolge, in der du ...«

Er kam einen Schritt auf mich zu, sah mir in die Augen. Heiser murmelte er: »Jeden Handgriff kennst du?« Dann fasste er sanft in meinen Nacken und zog mich an sich. »Diesen Handgriff kennst du auch noch, oder?«, raunte er.

Das Gefühl, einen Mann zu küssen, den ich so gut kannte wie mich selbst, den ich aber heute Nacht irgendwie doch nicht kannte und mit dem ich dann etwas ganz und gar Unanständiges tat, dieses Gefühl war völlig neu für mich.

Ich wachte auf, als ich Ronny nebenan duschen hörte. Sofort fielen mir die vergangenen Stunden ein. Ich setzte mich auf. Wir hatten tatsächlich ... Wie hatte das denn passieren können? Und dann auch noch so ... so schön ... Es war ewig her gewesen, dass wir ...

Gestern hatte es bestimmt am Wein gelegen, dass es passiert war. Oder daran, dass wir uns monatelang nicht gesehen hatten. Oder an der besonderen Situation. Oder am Wetter, was wusste denn ich. Es war nun mal geschehen. Und es hatte mir gefallen. Sehr. Beim Gedanken daran bekam ich heftiges Herzklopfen.

Ronny kam splitternackt aus dem Bad, dabei rubbelte er seine Haare mit einem Handtuch trocken. Als er sich auf die Bettkante setzte und mich angrinste wie ein großer Junge, entspannte ich mich. Meine Güte, es war Ronny! Ich hatte mit meinem eigenen Mann geschlafen. Obwohl, das war das falsche Wort ... geschlafen hatten wir erst viel später. Wir hatten nichts Verbotenes getan und niemanden betrogen.

»Warum grinst du?«, fragte ich.

Er ließ das Handtuch sinken. »Ich hab gerade daran gedacht, dass die Formel von Max nicht stimmt!«

»Welche Formel?«

Er warf das Handtuch über seine Schulter und strich sich die strubbeligen Haare mit den Fingern aus dem

Gesicht. »Er hat gesagt, dass jemand, der schnell isst, auch im Bett schnell fertig wird. Das hab ich ja wohl eins A widerlegt.«

»Ist das fishing for compliments?«

Mit einem übertriebenen Blick zur Zimmerdecke sagte er: »Schon. Kannst mich ruhig loben.«

Ich streckte meine Hand aus, er nahm sie. »Das war wirklich schön, keine Frage!«

»Ja, und was noch?«

Ich zog meine Hand wieder weg und schwang mich aus dem Bett. Auf dem Weg ins Bad sagte ich:

»Lass es uns nicht zerreden. Ich gehe duschen.«

Nach dem Frühstück zeigte ich Ronny den Garten. Am Hang standen Büsche, Oliven- und Kastanienbäume, es gab wilde, schräge Wiesenflächen mit schmalen Trampelpfaden. An einigen Stellen hatte ich bunt bepflanzte Kübel platziert, ich hatte überall altes Laub zusammengerecht und verdorrte Zweige an Büschen und Bäumen abgeschnitten. Dort, wo der Boden einigermaßen gerade war, hatte ich alte Gartenstühle hingestellt. Es war längst nicht perfekt, aber immerhin ein Anfang. Wichtig war, die Terrasse an der Südseite vor den Sommerferien fertig zu bekommen.

Ronny ließ seinen Blick umherschweifen. »Ich find's wunderschön hier. Aber es ist auch viel verschenkte Fläche!«

»Was willst du denn machen, es ist fast überall zu steil.«

Wortlos ging er zwischen den Bäumen herum, die Hände in den Hosentaschen. Vor dem Pavillon blieb er stehen, nickte anerkennend, ging weiter. Er schritt das ganze Grundstück ab, schaute sich in aller Ruhe um.

Später, als wir gemeinsam mit allen Gästen gefrühstückt hatten, schlossen wir Fenster und Läden an der Südseite, damit sich das Haus durch die warme Maisonne nicht aufheizte. Dann legten wir die Terrasse mit Folie aus und begannen zu viert, die Gartenmöbel aus den Bungalows zu holen, sie sorgfältig abzuschmirgeln und anschließend zu grundieren.

Wir arbeiteten den ganzen Tag. Ronny hatte sich uns wortlos angeschlossen und mitgemacht, als wäre es selbstverständlich, dass er an seinem freien Wochenende rostige Stühle abschmirgelte.

Mittags servierte Max Baguette, bestrichen mit geriebenem Knoblauch und Olivenöl. Dazu gab es Blattsalat mit Sardellen, Paprika, schwarzen Oliven und Zwiebeln. Er hatte morgens alles vorbereitet und in Frischhaltefolie gewickelt, damit sich die Aromen verteilten. Über eine Alternative zur umweltschädlichen Folie wollte ich bei Gelegenheit mit ihm reden, da gab es bessere Möglichkeiten.

Wir saßen auf alten Klappstühlen im Schatten einer Kastanie, aßen und genossen die Geräusche des Gartens. Ronny wischte sich den Mund mit einer Serviette ab (Stoff, kein Papier), trank einen Schluck Wasser und sagte: »Ihr habt bestimmt schon mal daran gedacht, mehr aus diesem herrlichen Anwesen zu machen, oder?«

»Was meinst du mit *mehr*?«, fragte Daniel. »Wir haben vor der Pandemie unser ganzes Geld in die Renovierung der Zimmer und Bäder gesteckt!«

»Die Zimmer sind ein Traum, im Haus ist alles toll«, sagte Ronny. »Aber hier draußen ...« Er machte eine ausschweifende Armbewegung. »Ich finde, es ist eine Sünde, alles verwildern zu lassen und nicht sinnvoll zu nutzen.«

»Das kann ja sein, aber jetzt müssen wir erst mal wieder Geld verdienen. Nach der Pandemie nahmen wir nur so viele Gäste auf, wie wir zu zweit versorgen konnten. Erst seit deine Frau ...« Daniel stutzte, lächelte unsicher, fuhr fort: »Ich meine, seit Thea hier ist, sind wir zu dritt und wenigstens ab und zu ausgebucht.«

Ronny sagte: »Ja, investieren muss man natürlich, wenn man expandieren will.«

Jetzt mischte Max sich ein. »Isch will nischt expandieren! Das ist ein deutsches Ding: Immer mehr, immer weiter, immer größer! Das wollen wir garr nischt, wir wollen dieses Aus weiterrführen, es soll immer diese private Atmosphäre haben. Wenn wirr ausgebucht sind, ist alles gut, was sollen wirr uns noch wünschen? Vergrößern? Anbauen? Non! Es gibt an der Côte kein Perrsonal, und Thea wird nischt immer bei uns bleiben können.«

In seiner Stimme schien Furcht mitzuschwingen, ich ahnte, was ihn verunsicherte. Da tauchte ein deutscher Bankangestellter auf, der zwar ungefragt bei der Arbeit mit anpackte, aber nach ein paar Stunden schon schlaue Vorschläge machen wollte.

Aber ich irrte mich.

»Nicht umbauen oder anbauen«, beschwichtigte Ronny. Er grinste. »Zugegeben, ich könnte mir einen verglasten Wintergarten über die ganze Hausseite vorstellen, mit einem Kamin und Sofas und Sesseln, von denen aus man in den herrlichen Garten schauen kann.«

Max hob abwehrend die Hände.

»Alles gut!«, sagte Ronny. »Ich wollte mich doch gar nicht ungefragt einmischen. Aber dieses Haus ist so ... inspirierend.«

Nach dem Essen widmeten wir uns wieder den Gartenmöbeln. Ab und zu beobachtete ich Ronny, dachte an die vergangene Nacht und fragte mich, ob sie etwas zwischen uns geändert hatte.

Mehrmals trafen sich unsere Blicke, dann lächelten wir einander nahezu verschwörerisch zu. Es war schön, eine Art erotisches Geheimnis mit ihm zu teilen.

Am nächsten Tag zeigte ich Ronny die Stadt.

Wir begannen am Promenade du Paillon, einem schmalen Park, der zwischen zwei Einkaufsstraßen liegt und sehr belebt ist. Auf den großflächigen Wasserspielen fotografierte ich eine Schar jauchzender Kinder. In dem Moment, wenn die kleinen Fontänen nicht sprudelten, spiegelten sich die bunten Fassaden der Häuser in der nassen Fläche. Ich hielt den Moment für Instagram fest. An der Place Massena setzten wir uns auf den Brunnenrand, planschten mit den Händen im Wasser und hielten die Gesichter der Sonne entgegen.

»Das ist genau das Frankreich, nach dem ich mich so gesehnt habe, das habe ich immer gesucht«, murmelte Ronny mit geschlossenen Augen.

Wir spazierten schließlich Richtung Meer, überquerten die mehrspurige Straße und die Promenade, an der es an diesem Samstag noch quirliger zuging als sonst. Mit wenigen Schritten waren wir am Strand, setzten uns auf den Kies und schauten aufs Meer.

»Das Wasser schimmert wirklich azurblau, es ist hier so unfassbar schön«, schwärmte Ronny.

»In Paris ist es nicht so schön?«

»Doch, aber es ist ganz anders. Berlin ist ja auch nicht repräsentativ für Deutschland, und Wien ist anders als das übrige Österreich. Auch Paris steht für sich. Mit dieser Atmosphäre ist es nicht zu vergleichen.«

Er suchte mit spitzen Fingern kleine Kiesel auf, dann nahm er jedes Steinchen einzeln aus der Handfläche und warf es in hohem Bogen ins Wasser.

»Ich verstehe«, sagte ich. »Es ist in Paris nicht so, wie du dachtest, da lief ja auch alles anders als geplant. Wenn dir zu Hause jemand angeboten hätte, als Model zu arbeiten, hättest du es getan?«

Er schüttelte nur den Kopf, antwortete nicht und warf weiter die Steine ins Wasser.

»Was ist mit deinem Job?«, hakte ich nach.

»Ach, das Modeln ist nur eine Phase. Es wird super bezahlt, es ist eine gute Möglichkeit, mir den Aufenthalt in Paris weiter zu finanzieren, aber meine Welt ist das auf Dauer nicht.«

»Gefällt es dir nicht, umschwärmt zu sein? Hahn im Korb in einer Model-WG, für viele Männer wäre das ein absoluter Traum ...«

»Nicht für mich. Ich stehe nicht auf junge Mädchen.« Er legte den Arm um meine Schultern und zog mich an sich. »Hast du doch gemerkt, gestern Nacht, und heute Nacht ...«

»Hast du in der Zwischenzeit eigentlich was mit einer anderen gehabt?«, fragte ich.

»Nein.«

»Keine Gelegenheit?«

»Weiß nicht, hab nicht darauf geachtet. Du weißt, dass ich eitel bin. Aber nicht, weil ich anderen gefallen will, sondern mir selbst. Ich merke es sowieso nie, wenn mich jemand anflirtet.«

Ich kniff ihn liebevoll in den Oberschenkel. »Mach dir keine Sorgen, du bist flott und rüstig und siehst richtig toll aus. Das Wörtchen *noch* hab ich bewusst ausgelassen, das würde mein Kompliment relativieren.«

Plötzlich fasste Ronny mit zwei Fingern unter mein Kinn, hob es an und schaute mir lange in die Augen. »Thea, seit ich fünfzehn war, wollte ich immer nur dir gefallen.«

Oh. Worauf wollte er hinaus?

»Das ist dir gelungen«, wich ich aus.

Er seufzte, stand auf, klopfte seine Hose ab und reichte mir die Hand. »Wollen wir weiter?«

Er zog mich hoch und wir gingen am Wasser entlang Richtung Schlossberg.

Was hatte er damit sagen wollen? *Seit ich fünfzehn war, wollte ich immer nur dir gefallen* …

Es hatte wie eine Liebeserklärung geklungen. Wenn es eine gewesen war, machte sie mich zwar gerade sehr glücklich, aber sie verwirrte mich auch.

Wir waren getrennt. Eigentlich.

Uneigentlich hatten wir zwei ziemlich leidenschaftliche Nächte hinter uns.

Vor dem Schlosshügel verließen wir den Strand. Wir stiegen die Stufen hinauf und spazierten Hand in Hand durch die idyllische Parklandschaft, blieben immer wieder stehen und inhalierten den Duft der Bäume und Pflanzen. Vom Colline du Château aus hatten wir einen atemberaubenden Blick auf die Altstadt und die Promenade des Anglais.

»Es ist eine sonnige Stadt, wenn man sie von oben sieht«, sagte ich. Die roten Ziegeldächer, die gelben und orangefarbenen Fassaden, das azurblaue Meer, der blaue Himmel – wie ein Bild, dachte ich.

Im selben Moment sagte Ronny: »Sieht von hier oben aus wie ein Gemälde.«

Dann lächelten wir und sagten im Chor: »Zwei Doofe, ein Gedanke.«

Wir schlugen den Weg zum Hafen ein, bestaunten die luxuriösen Boote, die dicht an dicht ankerten, und gingen in die Altstadt. Vor einem Bistro setzten wir uns in die Sonne. Ich nahm einen Auflauf aus Auberginen und Tomaten, Ronny bestellte Salat und Baguette, dazu eine Flasche Rosé.

»Eine ganze Flasche Wein, am helllichten Tag?«, protestierte ich halbherzig.

»Wieso nicht, wir haben heute keine wichtigen Termine, und ich muss morgen wieder zurück nach Paris.« Er hob sein Glas. »Auf uns, Thea.«

»Auf uns?«

»Auf uns.«

Wir stießen an, tranken, aßen, beobachteten die Menschen, die vorbeiflanierten.

»Hier könnte ich es aushalten«, sagte Ronny, lehnte sich zurück und tupfte sich den Mund mit der Serviette ab.

Die ganze Zeit hatte ich das Gefühl, dass er mir etwas sagen wollte. Er schien immer wieder anzusetzen und es sich dann doch anders zu überlegen. Schließlich fragte ich: »Was ist mit dir los?«

Er schlug die Augen nieder und seufzte. »Ach, Thea. Du denkst, du kennst mich so gut, dass du weißt, wenn mir etwas fehlt. Ist doch so, oder?«

»Ja, sicher, immerhin …«

»Nein, komm mir jetzt nicht wieder mit unseren vierzig gemeinsamen Jahren.« Er trank einen Schluck, stellte das Glas ab und streckte mir seine Hände über den Tisch entgegen.

Ich legte meine Hände in seine.

»Hast du wirklich keine Ahnung, was mir fehlt?«

»Sag es mir«, antwortete ich leise, obwohl ich plötzlich spürte, was er meinte.

»Du fehlst mir. So kann ich nicht leben. Ich hab mir das alles so einfach vorgestellt, aber es ist nicht einfach. Es ist unerträglich ohne dich.«

Ich schloss für Sekunden die Augen. Drückte seine Hände ganz fest. In mir spielte alles verrückt. Mein Blut schäumte, mein Herz wummerte, mein Puls raste, und am liebsten hätte ich einen Purzelbaum über den Tisch gemacht und wäre in seinen Armen gelandet.

Stattdessen begann ich zu weinen.

»Ja, wein ruhig, du weinst ja nicht, weil du traurig bist«, sagte er mit sanfter Stimme. »Ich weiß nämlich auch, was in *dir* vorgeht. Du liebst mich auch noch. Wir beide, wir gehören zusammen. Vorgestern Nacht, da gab es für mich keinen Zweifel mehr.« Er küsste meine Hände, die er immer noch festhielt. »Deine Tränen kullern, weil es dir auch so geht, weil dir das jetzt klar geworden ist. Und weil du Angst hast, wieder in das alte Leben zurückzukehren. Stimmt's?«

Jetzt brachen in mir alle Dämme. Ich heulte plötzlich so sehr, dass der Kellner besorgt herüberschaute, und Gäste und Passanten auf uns aufmerksam wurden.

Ronny ging zum Kellner, drückte ihm einen Schein in die Hand, kam mit einer neuen Flasche Wein zurück an den Tisch. Er hielt zwei ineinandergesteckte Pappbecher in der Hand, stülpte sie über die Flasche, nahm sie und zog mich wortlos in das Gewimmel der Gasse.

Nach ein paar Metern blieb er stehen und nahm mich in den Arm. »Thea, es wird alles gut. Ich weiß es«, sagte er. »Wir beide haben einen großen Schritt gewagt, aber wir haben die falsche Richtung eingeschlagen.«

Wir gingen wieder zum Strand, es war nicht weit. Wir setzten uns, lehnten uns mit dem Rücken an die Mauer der Promenade und tranken Rosé aus Pappbechern. Immer wieder klangen Ronnys Worte in mir nach. Meine Gefühle überrollten mich. Natürlich bedeutete er mir noch sehr viel. Aber: Hatte er recht? Wollte ich wieder mit ihm leben? Zu Hause? So wie früher? Wir würden wahrscheinlich sofort wieder in den alten Trott verfallen.

»Ja«, sagte ich unvermittelt, obwohl wir seit Minuten still nebeneinandergesessen hatten.

»Ja. Wir gehören zusammen, aber … wenn, dann müssen wir es anders versuchen. Ganz anders.«

»Du hast recht. So wie vorher geht's nicht weiter. Ich denke, das wollen wir beide nicht. Aber das ist kein Problem, wir sind ja noch jung.«

Ich musste lachen. »Wir sind sechzigeinhalb.«

»Eben, zwei Drittel sind um. Und vor uns liegt das beste Drittel unseres Lebens.«

Darauf stießen wir an.

Wir kehrten Hand in Hand ins Maison zurück. Als wir am großen Tisch noch bei einem Glas Merlot zusammensaßen, schaute Max von einem zum anderen, bevor er sagte: »Wenn isch es nischt besserr wüsste, würrde isch denken, ihrr seid frisch verrliebt.«

»Wie kommst du denn auf so was?«, fragte ich mit betont argloser Stimme.

Er hob sein Glas. »Isch abe eine Blick dafür!«

»Ja. Und nein«, antwortete Ronny. »Also, verliebt sind wir bestimmt, aber nicht frisch. Vielleicht aufgefrischt, ach, ich weiß auch nicht, wie ich das nennen soll. Miteinander war es nicht mehr schön, ohne einander ist ein Leben nicht möglich. Wir müssen uns erst mal selbst darüber klar werden, wie es nun mit uns weitergehen soll.«

Ich nickte die ganze Zeit. Ronny hatte recht. Wieder lächelte Max. »Auptsache *l'amour*!«

In dieser Nacht vor Ronnys Abreise lagen wir nebeneinander und hielten uns an den Händen.

»Was soll nun werden?«, flüsterte ich in die Dunkelheit.

»Kannst dir denn vorstellen, dass wir wieder zusammenleben?«

»Kommt darauf an ...«

Wieder schwiegen wir.

»Wir könnten eine Weile hierbleiben, in Nizza. Ein Jahr oder zwei, so lange, wie es uns gefällt, und uns dann was anderes überlegen.« Das sagte mein Ronny, für den Rituale und immer wiederkehrende Tagesabläufe genauso ein wichtiges Fundament wie für mich gewesen waren.

»Was ist mit der Sparkasse?«, fragte ich.

»Niemand zwingt mich, bis zur Rente dazubleiben. Ich bin ein freier Mann und kann jederzeit aufhören.«

»Aber mit finanziellen Einbußen bei der Rente«, gab ich zu bedenken.

»Das scheint nur auf den ersten Blick so. Sieh mal, Thea, wir brauchen eine Menge Geld für das Haus und die Betriebskosten, für anfallende Reparaturen, Versicherungen, Anschaffungen und so weiter. Ich hab neulich was gelesen: Ein Mann sitzt in der Sonne vor seinem Haus. Ein Tourist kommt vorbei, sie unterhalten sich, der Tourist fragt den Mann, warum er um diese Zeit nicht arbeitet. ›Warum sollte ich?‹, fragt der Mann zurück. ›Damit du Geld verdienst, das könntest du zur Bank bringen und bekämst Zinsen.‹ Sagt der Mann: ›Und dann?‹ Der Tourist lacht: ›Wenn du genug Geld hast, brauchst du nicht mehr zu arbeiten!‹«

Ich schmunzelte. Und ich verstand, was Ronny mir damit sagen wollte. An seinen Worten erkannte ich, dass er sich darüber schon viele Gedanken gemacht hatte.

»Du meinst, wenn wir das Haus verkaufen, könntest du aufhören zu arbeiten?«

»Brauchen wir ein Haus und einen Garten, wenn wir überall leben können? An einem Ort wie diesem?«

»Nein«, antwortete ich. »Ganz bestimmt nicht. Hat eben alles seine Zeit, jetzt ist die mit Eigenheim und Alltag vorbei.«

Bevor wir einschliefen, wussten wir, was wir zu tun hatten. Ronny wollte zu Hause alles regeln, und ich würde mit Daniel und Max reden.

Und schon wieder freuten wir uns auf eine neue Zukunft, eine, die wir noch vor wenigen Monaten ganz anders geplant hatten.

Mein letzter Gedanke galt dem berühmten Ausspruch von John Lennon. Er hatte gesagt: »Leben ist das, was passiert, während du fleißig dabei bist, andere Pläne zu schmieden.«

Dem konnte ich absolut zustimmen.

28

Überall in der Stadt liefen die Vorbereitungen für den Jahreswechsel auf Hochtouren, nur im Maison Marielle ging es entspannt zu. Wir hatten seit Mitte Dezember geschlossen und uns über Weihnachten ausgeruht. Die letzten Monate hatten uns alle geschlaucht, aber das Ergebnis war sensationell geworden.

Heiligabend hatten wir zu viert bei Fondue und Rotwein verbracht. Daniel war traurig gewesen, dass seine Mutter und Rüdiger nicht dabei gewesen waren, aber Heppi und Fury befanden sich auf einer Trekkingtour in den Pyrenäen und würden erst im Februar zurückkommen.

Ronny hatte nach seiner Rückkehr in der Sparkasse gekündigt, während seines Resturlaubs hatte er den Verkauf unseres Hauses abgewickelt. Das war schnell über die Bühne gegangen, Häuser wie unseres wurden zurzeit gesucht. Bald hatten wir eine ordentliche Summe auf dem Konto, und Ronny sorgte dafür, dass sie gewinnbringend angelegt wurde.

Einen Teil des Geldes hatten wir ins Maison Marielle investiert: Die Renovierung der beiden Bungalows hatten wir finanziert, und einen Transporter gekauft. Nun waren wir am Gewinn des kleinen Hotels beteiligt. Aber darum ging es gar nicht. Wir waren hier, an diesem wunderbaren

Ort, und ich kümmerte mich um meine neuen Aufgaben, die mich glücklicher machten als jede Kreditbearbeitung.

Ich hatte zum Beispiel die Zimmer im Maison Marielle mit Bademänteln, Vergrößerungsspiegeln, Haartrocknern und Kaffeemaschinen ausgestattet. Natürlich hatte ich alles bei Instagram dokumentiert. Dort folgten uns jetzt über zehntausend Leute; nicht mehr lange, und wir würden uns passende Werbepartner suchen können und mit den Postings Geld verdienen. Eine erste Kooperation war ich schon eingegangen: Ein kleines Start-up, das Pflegeprodukte als Tabs anbot, hatte mich sofort überzeugt. In die Spender für Shampoo und Duschgel musste man nur eine Tablette des jeweiligen Produktes geben und mit Wasser auffüllen. Es gab somit keinen Plastikmüll, die Nachfülltabs kamen in Papiertütchen an. Durch das geringere Transportvolumen fiel weniger CO_2 an, außerdem waren die Inhaltsstoffe vegan und ohne unnötige Chemie. Wir arbeiteten mit Hochdruck daran, nachhaltig und verantwortungsbewusst zu wirtschaften.

Ab und zu reiste Ronny für Modeljobs nach Paris und schlief dort im Hotel, in die Model-WG kehrte er nicht mehr zurück.

Ende November waren die Bungalows fertig geworden, und in einem davon wohnten wir jetzt. Ronny und ich. Wir hatten uns einfach, aber gemütlich eingerichtet. Falls wir eines Tages weiterziehen würden, konnte man das Häuschen problemlos vermieten. Wir hatten eine Wand gezogen, um ein separates Schlafzimmer zu erhalten, im nächsten Jahr wollten wir eine Terrasse anbauen. Aber das hatte Zeit.

Die große Terrasse am Maison war rechtzeitig fertig geworden: Es gab Sitzecken mit bequemen Polstern unter dunkelgrünen Sonnenschirmen. In Kübeln und Hochbeeten blühten Blumen und wuchsen duftende Kräuter, solargespeiste Windlichter und Lampions tauchten abends alles in romantisches Licht. Und es gab einen nagelneuen Bouleplatz unter einem Sonnensegel. Unten vor der Mauer, waren Solarpaneele und Ladesäulen für E-Autos installiert worden, an der Seite standen Fahrradgaragen inklusive der nagelneuen Räder, die jetzt von den Gästen gemietet werden konnten.

Im Garten hatten wir simple Hängematten zwischen den Bäumen aufgehängt, in denen man wunderbar entspannen konnte. Überall dort, wo der Hang es zuließ, sollte es im nächsten Jahr kleine Terrassen geben, auf denen hölzerne Liegen stehen würden. Außerdem war ein Naturpool geplant, Max und Daniel tüftelten seit Wochen an den Details. Sie hatten sich über pflanzliche Filtersysteme informiert, auf chemische und desinfizierende Stoffe wollten sie komplett verzichten. Es würde eine Filterzone mit vielen verschiedenen Pflanzen geben und eine Schwimmzone.

Wenn alles gut lief, würden wir vielleicht im übernächsten Jahr den Wintergarten an der Nordseite anbauen.

Ronny hatte Max und Daniel mit seinen Ideen restlos überzeugt. Er hatte ergänzend den Fahrradverleih vorgeschlagen, die Jungs hatten begeistert zugestimmt. Bald sollten noch zwei E-Autos dazukommen, die von den Gästen gemietet werden konnten. Außerdem wollten wir an der Mauer einen Laden bauen, in dem wir Rad- und Wanderzubehör wie Helme, Rucksäcke und wetterfeste Kleidung anbieten wollten.

Ronny und Daniel fuhren heute zum Flughafen, um die Bagage abzuholen.

Ich half Max, das Essen vorzubereiten. Als Vorspeise sollte es Pissaladière à la Max geben. Das war ein Brotteig mit gedünsteten Zwiebeln, Sardellen und schwarzen Oliven, dazu einen Rosé aus der Gegend. Als Hauptgericht hatte er ein landestypisches Gulasch vorbereitet: In einem gusseisernen Topf schmorte seit Stunden Rindfleisch mit schwarzen Oliven, Tomaten, Kräutern und Rotwein. Das ganze Haus duftete danach.

Max und ich standen im *salle à manger* und betrachteten den festlich gedeckten Tisch.

»Aben wirr alles?«

Ich begann noch mal die Namen aufzuzählen und zeigte jedes Mal auf ein Gedeck. »Jette und Gustavo, Katharina und Niko, Franziska und Jens, du und Daniel, Ronny und ich. Zehn Leute, zehn Stühle, zehn Gedecke.«

Der Champagner stand kalt, das Essen war fertig, und in diesem Moment kam die WhatsApp von Ronny: *Sie sind gelandet!*

Ich hatte meine Töchter zehn Monate nicht gesehen und konnte es kaum erwarten, sie endlich in meine Arme zu schließen. Die großen Enkel feierten zu Hause bei Freunden, Opa Günni wollte nicht fliegen und den Jahreswechsel mit dem »lecker Mädsch'n« Urzula verbringen. Ilse war über den Jahreswechsel bei Jettes Freundin untergebracht, die ein Kind im selben Alter hatte. Ronny und ich wollten im Februar zum Karneval nach Deutschland reisen, dann würde ich meinen kleinen Schatz endlich wiedersehen. Vielleicht konnte sie nächstes Jahr ihre Ferien bei uns in

Südfrankreich verbringen. Aber als einziges Kind unter den Erwachsenen wäre es über Silvester und unseren Geburtstag für sie viel zu langweilig gewesen.

Max und ich zogen uns um.

Eine halbe Stunde später hupte es, ich rannte hinaus und blieb an der Treppe zum Vorplatz stehen.

Da waren sie!

Meine Mädels, meine Töchter, ach herrje, hatte ich wirklich gedacht, ich hätte sie nicht vermisst? So ein Unsinn.

Jette sah mich zuerst. »Mama!«, brüllte sie.

Wenige Sekunden später lagen wir uns alle vier in den Armen und heulten vor Freude.

Natürlich waren sie vom Maison Marielle restlos begeistert; ich hatte noch nie erlebt, dass jemand dieses Haus betrat und nicht sofort verliebt war. Katharina, Franziska, Jette und die Männer bezogen ihre Zimmer, Geschnatter und Gelächter klang durchs ganze Haus.

So fühlte sich Glück an.

Später gingen wir Mädels in den Garten, die Jungs saßen in der Lounge und tranken Pastis.

Katharina warf sich sofort in eine der Hängematten und rief: »Das ist ein Traum, Mama! Zu Hause ist es grau in grau, es regnet seit Tagen bei fiesen neun Grad, hier scheint die Sonne, und die Luft ist aus Seide. Hoffentlich kann Niko sich erholen!«

»Wovon erholen?«, fragte ich. »War er krank?«

Katharina kicherte. »Er wollte schon sein Testament machen. Aus meiner Sicht hatte er Schnupfen.«

Sofort begannen alle zu lachen. Franziska rief: »Wisst ihr noch? Opa Günnis Männerschnupfen? Davon hat Mama ihn damals aber schnell und brutal kuriert.«

Ich verteidigte mich: »Das war nicht brutal, das war notwendig! Meine Mutter hatte ihn doch total verhätschelt. Er musste bloß niesen, dann stand sie schon mit ihrer Spezialmischung vor ihm.«

»Ja, diese Mischung, was war das noch mal?«, fragte Jette.

»Rohes Eigelb, mit Zucker verquirlt und mit viel Rotwein aufgegossen. Opa war verrückt danach.«

Jette grinste. »Klar, das hat ihm gefallen, am besten dreimal täglich, oder?«

»Wenn es nach ihm gegangen wäre sogar jede Stunde«, sagte ich. Nach dem Tod meiner Mutter hatte er seine Mitleidstour bei mir versucht, aber da war er an die Falsche geraten. Aus jedem Wehwehchen machte Opa Günni nämlich ein Riesendrama, typisch Mann. Marita hatte mal zu ihm gesagt: »Wenn Männer Kinder kriegen müssten, würden sie schon an den Schmerzen der Vorwehen sterben. Von den Presswehen wollen wir mal gar nicht reden.«

Opa Günni hatte entrüstet protestiert, aber Marita war ihm sofort über den Mund gefahren: »Ein Kinderkopf ist so groß wie eine Melone. Jetzt stell dir vor, du müsstest eine Melone scheißen, so fühlt sich das nämlich an.«

Er war kreidebleich geworden und hatte keinen Pieps mehr gesagt.

Diese Szene war in unsere Familiengeschichte eingegangen, und mein Vater war seither wesentlich tapferer, wenn ihm mal die Nase lief.

Katharina sagte: »So schlimm wie Opa Günni ist Niko natürlich nicht, aber er nervt ganz schön, wenn er krank ist …«

Jette hatte den Pavillon entdeckt und stieß einen kleinen Schrei aus. »Wie romantisch ist das denn, Mama! Da könntet ihr Trauungen anbieten, das ist doch die perfekte Kulisse für eine Hochzeit!«

Ich starrte sie an. »Das ist genial! Darauf ist noch keiner von uns gekommen. Wir haben in unserem neuen Konzept auf Radreisende und Wandernde gesetzt. Aber nicht auf Hochzeitsreisen!« Ich imitierte Max: »Eine Ochzeit, wie errlisch! Max wird ausrasten, wenn wir ihm das vorschlagen.«

Interessiert hörten meine Töchter zu, als ich erklärte, wie der Naturpool aussehen sollte und wie die bepflanzte Filterzone das Wasser ohne Chemie reinigen würde.

»Das wird mega!«, meinte Jette. Sie zögerte kurz. »Bevor wir wieder reingehen, muss ich dir was sagen.«

Ich sah meine Tochter aufmerksam an. »Ja?«

»Ich bin happy, dass ihr wieder zusammen seid. Und es ist toll, dass Papa jetzt auch hier ist.« Sie senkte den Kopf und wirkte ziemlich zerknirscht. »Tut mir leid, dass ich mich so bescheuert verhalten habe. Ich kam mit dieser bekloppten Trennung einfach nicht klar.«

Ich umarmte meine Jüngste. »Du kennst doch das Sprichwort: Am Ende wird immer alles gut. Und wenn es nicht gut ist, ist es noch nicht das Ende.« Ich nahm ein Taschentuch und wischte Jette die Tränen ab.

»Ja, ich kann euch verstehen«, mischte Katharina sich ein. »Ihr habt alles richtig gemacht. Hier ist es traumhaft.«

Wir gingen zu viert nebeneinander Arm in Arm ins Haus.

Ach, wie schön war es, mit unseren Töchtern an einem Tisch zu sitzen, mit ihnen zu essen, zu trinken, einfach mit ihnen zusammen zu sein! Wie glücklich war ich, sie so unbeschwert mit ihren Partnern lachen zu sehen. Und Daniel und Max gehörten dazu, als wären sie immer schon Teil dieser Runde gewesen.

Ich behielt recht: Als Jette Max Trauungen im Pavillon vorschlug, bekam er glänzende Augen und begann sofort, Pläne dafür zu schmieden.

Jette sagte: »Ihr könntet den einen Bungalow als Honeymoon-Suite umrüsten! Draußen könnte es ein Spalier aus Rosen geben und drinnen …«

Die beiden steckten die Köpfe zusammen und »brainstormten«, wie Jette es nannte.

Ronny grinste dazu.

Den ganzen Abend gab es spannende und witzige Gesprächsthemen, jeder plauderte mit jedem, das Essen war köstlich, der Wein exzellent, die Stimmung hätte besser nicht sein können.

Ronny und ich saßen an der Stirnseite der Tafel, hielten uns an den Händen.

»Unsere Kinder, schau sie dir an«, murmelte ich glücklich.

Er nickte. »Vor langer Zeit gab es nur uns beide, zwei verliebte Teenager. Jetzt haben wir so eine große Familie.«

Es war halb zwölf. Gleich würde das neue Jahr beginnen, gleich hatten wir beide Geburtstag. Einundsechzig. Meine Güte, dieses neue Lebensjahrzehnt hatte turbulent begonnen!

Ronny stand plötzlich auf, nickte Max zu, die beiden gingen in die Küche. Drüben knallten Korken, dann kamen sie mit gefüllten Champagnergläsern zurück und verteilten sie.

»Es ist doch noch gar nicht zwölf?«, wunderte sich Franziska.

Ronny antwortete nicht, kam wieder an seinen Platz und setzte sich. Er klopfte mit dem Ehering an sein Glas, sofort verstummten alle.

»Ihr Lieben! Heute vor einem Jahr um diese Zeit waren wir auf einer Mottoparty und haben euch eine wichtige Entscheidung verkündet.«

Bis auf Max und Daniel nickten alle.

»Seitdem ist so viel passiert. Trinken wir also zuerst auf das vergangene Jahr!«

Alle hoben die Gläser, schauten verunsichert in die Runde, prosteten einander verhalten zu. Was hatte Ronny vor?

Jetzt stand er auf, räusperte sich, hielt das Glas in der linken Hand. »Heute möchte ich den festlichen Anlass nutzen, um mit euch etwas Wichtiges zu ...«

»Papa, nein, um Himmels willen, bitte nicht schon wieder!«, rief Jette entsetzt.

Ronny warf den Kopf in den Nacken und lachte. Dann blickte er mich an.

Reichte mir die rechte Hand.

Alle Augen waren auf ihn gerichtet.

Ronny schaute nur mich an. Er sprach sehr langsam. »Meine geliebte Thea. Heute ist es einundvierzig Jahre her, dass wir geheiratet haben.« Er lächelte. »Und heute vor einem Jahr haben wir, das kann ich mit ein bisschen Abstand wohl behaupten, die beste Entscheidung unseres Lebens verkündet. Wir hatten uns entschieden, uns zu trennen und getrennte Wege zu gehen.«

Jette stellte ihr Glas ab und hielt sich erschrocken die Hand vor den Mund.

Die anderen zogen fragende Gesichter.

Ronny wandte sich nun an die Familie. »Diese Entscheidung hat uns nämlich gezeigt, dass wir uns niemals trennen werden. Wir gehören zusammen. Und deswegen ...«
Jetzt sah er mir wieder tief in Augen. »Thea. Willst du mich
heiraten? Wieder? Noch einmal? Hier, im Maison, nächste
Woche? Vielleicht drüben im Pavillon?« Er lächelte kurz zu
Jette hinüber, die ihn ungläubig anschaute. Ich schluckte.

Bevor ich etwas sagen konnte, fuhr Ronny fort: »Und
möchtest du mich vielleicht im nächsten Jahr in Spanien
heiraten? Und danach in Italien? Ein Jahr später in Polen?
Und dann in Norwegen? An jedem Hochzeitstag, den wir
vor uns haben – und mit ein bisschen Glück können es
durchaus noch dreißig werden –, möchte ich dich in einem
anderen Land noch einmal heiraten, immer und immer
wieder.«

Was für ein Mann.

Ich stand auf. Nahm ihm das Glas aus der Hand, stellte
es ab.

Hielt seine Hände ganz fest in meinen.

Und ich sagte mit fester Stimme wie schon einundvierzig
Jahre zuvor: »Ja, Ronny. Ja, ich will.«